Julius Berstl

Berlin Schlesischer Bahnhof

Julius Berstl

Berlin Schlesischer Bahnhof

Mit einem Nachwort von Klaus Völker

Quintus

Der vorliegende Text basiert auf der 1964 im Staneck Verlag Berlin erschienenen Erstausgabe des Romans. Offensichtliche Druckfehler wurden berichtigt, Orthografie und Grammatik behutsam modernisiert.

1. Auflage 2022

Binzstraße 19, 13189 Berlin
www.quintus-verlag.de

Satz und Gestaltung: Ralph Gabriel, Berlin
Umschlaggestaltung: Oda Ruthe, Braunschweig, unter Verwendung eines Fotos, das junge Arbeitslose auf dem Andreasplatz in Berlin-Friedrichshain (unweit des Schlesischen Bahnhofs) zeigt, unbekannter Fotograf, 1932,

Druck und Bindung: Finidr, s.r.o., Český Těšín

ISBN 978-3-96982-051-3

Inhalt

Berlin, Vorfrühling 1930

Im Wartesaal 3. Klasse des Schlesischen Bahnhofs (für Reisende mit Traglasten) ist vom Erwachen des Frühlings nichts zu spüren. Zwölf Uhr nachts steht der Tabaksqualm senkrecht unter den Glühkörpern. Man kann ihn, bildlich gesprochen, mit Messern zerschneiden. Es riecht nach unausgelüfteten Menschen, Bier, Käse und Knoblauch. Tabaksasche und Straßenschmutz bedecken den Fußboden. Die Luft ist feindlich kühl, diese Wolke von Gerüchen, die spröde Atmosphäre, aus der arme Lungen Sauerstoff saugen. Die Theke an der Schmalseite ist wie eine verheißungsvolle Küste im Nebelmeer. Schultheiß-Patzenhofer. Löffelerbsen mit Spitzbein, Portion fünfundsiebzig Pfennig. Zigaretten. Kaffee. Limonade. Ein hageres Weib in zertretenen Trittchen und fadenscheinigem Rock mit Schmutzkruste animiert ein zerklüftetes männliches Gesicht mit Wollschal unterm Kinn, ihr einen Koks zu spendieren. Die Mamsell hinter der Theke bringt zwei große Schnapsgläser, mit Rum gefüllt, Zuckerstücke auf dem Boden treiben träge Blasen. Einer liegt mit dem Oberkörper überm Tisch, in einer Lache von saurem Bier, und schnarcht. Mensch, sägt der Mensch! Wenn der seine sieben Groschen nur gut verstaut hat. Wacht sonst auf und fühlt sich leicht wie im Himmel. Schupo! Schupo! Wo is –? Ich hatte doch –! Mein Portmanneh –!! Die Hand des Gesetzes winkt ab: Vor Taschendieben wird gewarnt! Denkst wohl, liegst in Mutters Bett, die Hose überm Schemel, fern vom Schuss? Hier is Berlin. Hier is Betrieb. Hier sind die scharfen Jungen, die Leichenfledderer, die Hosentaschenspezialisten. Wozu denn immer gleich Schupo? Mensch, pass uff uff die Klamotten! Er wendet sich majestätisch zur Theke. Frollein, mir auch eine große Molle! Jawoll, Herr Wachtmeister! For Ihnen mit Bejeisterung!

Man kann auch draußen im Gang stehen, obwohl der unbefugte Aufenthalt in den Vor- und Warteräumen verboten ist. Die Zeit tickt, tickt schläfrig wie der Wassertropfen aus dem undichten Küchenhahn. Es gibt ja aber Fahrpläne. Zum Auswendiglernen. Reichsbahndirektion Königsberg Preußen. Goldap – Tollmingkehmen – Kassuben – Pillupönen – Budweitschen – Stallupönen. Dolle Namen. Die Zunge stolpert, und das Auge stolpert. Trüb brennt die Birne, und die Finger frieren. Abfahrt der Züge vom Schlesischen Bahnhof: 0:15 Uhr Postzug nach Eydtkuhnen über Küstrin, Landsberg, Kreuz, Schneidemühl, Marienburg. 0:27 Uhr Kohlfurt über Frankfurt, Guben. 3:00 Uhr Bentschen über Frankfurt, Reppen. Aber es zieht gewaltig durch die Fenster. Und der kalte Nebel fließt wie ein Gletscherbach zur offenen Hallentür herein. Draußen brennen die Gaslaternen kümmerlich. Eine gottverlassene Kraftdroschke schläft am Stand. 35708. Marke Brennabor. Lieber reingehen. Sich anwärmen. Mut trinken. Noch ’ne Molle, Frollein! Zwanzig Fennich, der Herr!

An den Wänden stehen Tische. Und es sind Bänke da. Aber wenig. In der Mitte zwischen Ausschank und Tischen ist Platz zum Stehen. Die Tanzfläche in der Königin-Bar ist kleiner. Dafür glatter. Vielleicht Tänzchen gefällig? Vielleicht Jazzband gefällig? Neues Amüsierlokal: Schlesischer Bahnhof, Wartesaal 3. Klasse (für Reisende mit Traglasten). In a little spanish town. Oder: The song is ended. Mensch, nu aber Schluss mit die Musike! Hier is grau. Graues Elend. Die Plakate an den Wänden machen's auch nicht lustiger. Ihr liegt in euren warmen Betten. Oder sitzt bei Heßler. Kellner, eine Orangeade! Mir Halbgefrornes! Aber ihr wisst nicht, dass der morgige Tag anhebt wie dieser: grauer Nebel zwischen grauen Häusern. Schlafstelle dritter Hof, Seitenflügel, vier Treppen. Oder gar keine Bleibe. Ihr habt Muttern zu Haus, die die Butterbrötchen schmiert und sanft grollt, wenn ihr um vier Uhr morgens nach Haus kommt. Aber hier sitzen sie, und niemand wartet auf sie mit Ungeduld. Mutter! Ja, wo is Mutter? Überhaupt Mutter gehabt? Die Polente ist hinter einem her, die verfluchten Blauen! Es ist nur wegen kleinem Einbruch. Weil man doch Hunger hat. Und Stempelngehen macht den Menschen auch nicht besser. Oder wegen Mangel an Ausweispapieren. Ja, wo schwimmen die jetzt, Junge, Junge?

Sie sitzen an der Wand, lehnen den Kopf an. Ihre Augen sind grau, versunken. Sie denken: Leck mich –! Und haben gar kein Vertrauen zu Moral und Religion, zu Reichstag und Parteien. Sie blinzeln zwischen den Augenlidern. Verdammtes Schild an der Wand: Der unbefugte Aufenthalt in den Vor- und Warteräumen ist verboten! Für sie ist alles verboten und alles unbefugt. Sie wissen, hinter der Theke ist ein Fass Schultheiß, das ist zu dreiviertel voll. Aber die große Molle kost' zwanzig Fennich! Durch den Türbogen hinter der Theke zieht ein Duft von Koschwitz-Würstchen oder Breslauer. Es duftet zart und warm und erregend. Richtig wie Fleisch. Die Fleischtöpfe Israels. Aber sie sitzen in der Wüste und verdorren bei lebendigem Leibe, Schlesischer Bahnhof, Wartesaal 3. Klasse. Junge Menschen, alte Menschen,

Männer, Frauen, kräftig und schlaff, *mit* Gefühlen und *ohne* Gefühle, wie Fleisch- und Knochenstücke in einem Sieb zum Abtropfen.

Am Tisch in der Nische, hinten an der Wand, verkrümelt sich ganz junges Gelichter. Ein Reiseköfferchen verbaut den Weg. Nicht mal ohne, Vulkanfibre, fast wie neu. Der Dazugehörige ist sechzehn Jahr alt. Anständige Kluft. Schnürstiefel. Kragen. Krawatte. Gardestern am Rockaufschlag. Sieh mal an! Schau mal den! Zwölf Uhr nachts. Und raucht Zigarette.

Neben ihm sitzt einer, lang aufgeschossen, auch nicht älter. Ganz blond. Zahme Augen. Schmutzige Stiefel. Aha, getippelt. Anzug bescheiden. Von der Stange. Konfirmandenhütchen auf der Tolle. Passt auf seinen Ranzen auf. Eher ängstlich.

Das Mädchen am selben Tisch ist die Dritte. Rote, gestrickte Baskenmütze. Fadenscheiniger marineblauer Mantel. Aber der Kragen ist garantiert Seehund. Wo mag der herstammen? Sie hat ein rundes Gesicht, von gesunder Farbe. Kleine, weiche Nase, und die Augen sind von der Nasenwurzel komisch weit entfernt.

Nun sitzen die drei und reden nicht. Zufällig zusammengeweht. Aber das Zusammengehörigkeitsgefühl ist da. Aneinanderrücken. Tuchfühlung nehmen. Und gemeinsam aufpassen, ob nicht irgendwo Gefahr droht. Der mit dem Reiseköfferchen bietet stumm Zigaretten an. Der Blonde wird rot, nimmt aber. Die Kleine, eher kess: „Wat'n für 'ne Marke?"

Die Halle surrt und schwirrt. Es riecht nach unausgelüfteten Menschen, Bier, Käse und Knoblauch. Manchmal geht ein Zug über ihren Häuptern hinweg. Da horchen sie auf, stumm, gespannt, mit schmalen Lippen. Ihre Füße bekommen Räder. Ihr Atem pfeift wie 'ne Lokomotive. Sie kleben an ihrem Tisch und fahren doch. Ihre Sehnsucht fährt. Nach Osten? Nach Westen? Immer ist es ein D-Zug und Schlafwagen mit verhängten Fenstern. Da reisen nun die Leute und haben Geld in der Tasche. Geschäfte in Köln und Königsberg. Expresszug Warschau–Paris. An den Fenstern sitzen Damen und Herren, die tun so, als ob sie im D-Zug geboren wären. Sie lehnen sich in die Polster und lesen in ausländischen Zeitungen. Oder sie rauchen Zigaretten und werfen einen gelangweilten Blick auf den Bahnsteig. Wissen die denn nicht, dass hier unten Menschen sitzen, die was drum gäben, wenn sie nur mal im Traum mit denen da oben tauschen könnten? Immerhin nicht unzufrieden sein. Auch unten atmen sie und stehen an der Theke und trinken ihren Schnaps oder ihr Bier. Es ist noch nicht aller Tage Abend. Wer weiß, was morgen blüht?

An der Wand beginnt ein Magerer mit Schiffermütze Ziehharmonika zu spielen. Nanu? Was is denn? Alles gerät aus dem Gleichgewicht. Hinter der Theke duften die Würstchen stärker. Frollein, Bier her! Mir einen Kümmel! Die Brust spannt sich. Weitet sich. Die Sportmützen rutschen in den Nacken. Wat denn? Wat denn? 'n Mann willste sind? 'n Abziehbild biste! Ja, komm man! Komm man! Hier is richtig. Hier gibt's Saures. Aber, meine Herren! Ruhe! Muss denn immer gleich die Bahnhofswache einschreiten? Wieso denn Bahnhofswache? Wir machen unser Meckmeck alleene. Die Begeisterung pflanzt sich in Wellenlinien fort. Der Umsatz an der Theke steigt. Die Harmonika musiziert. Frühlings Einzug Schlesischer Bahnhof, Wartesaal 3. Klasse.

Einer mit hungrigen Augen dreht sich auf der Bank um und sitzt nun den Jungen dicht gegenüber. Die ducken sich. Sagen kein Wort. Der Hungrige grinst. Ihm fehlen oben zwei Schneidezähne. Dann sagt er, ohne Einleitung, aber mit Ausdauer: „Als mein Vater starb, war ich elf Jahre, und wir waren sechs Kinder. Nischt zu essen. Einer von unseren Schlafburschen blieb bei Mutter wohnen, und den beiden war ich im Wege. Da schoben sie mich mit dreizehn nach Westfalen ab, zu einem Schneidermeister. Die Arbeit gefiel mir nicht. Ich rückte aus und kam ganz verdreckt wieder bei Muttern an. ‚Hier kannste nich bleiben', sagte der Schlafbursche. Da trieb ich mich rum, unterm Stadtbahnbogen fassten sie mich, ich kam in Fürsorge. Das war anders wie heute. Au backe, Keile und wieder Keile. Es gefiel mir nicht. Ich türmte, und wieder zu Muttern wegen anderer Kleider, damit sie mich nicht schnappten. Aber der Schlafbursche sagte: ‚Wenn du andere Kluft haben willst, klau sie dir doch.' Das tat ich auch. Ich hatte einen Freund, wir brachen bei Muttern ein, als sie auf Aufwartung war, und wir nahmen, was da war. Schließlich ging ich doch hopps und bekam sieben Monate. Na, schön! Als ich wieder raus war, hausten die Polacken am Schlesischen Bahnhof, die überfielen alle mit Messern. Als ich in 'ne Kneipe ging, einen Schnaps genehmigen, drängten sich sechs Polacken an mich ran, und ich hatte nichts als meine Faust, habe auch zweie fertig gemacht, aber die andern waren zu viel. Seit der Zeit trage ich immer einen Revolver bei mir. Ich habe dann in Lokalen und auf dem Rummel gearbeitet. Wir haben uns ganz schön was zurückgelegt, meine Braut und ich. Der Wachtmeister vons Revier, der uns kennt, hat mir auch gesagt, seit ich die habe, führe ich ein gemaßregeltes Leben. Hier, von meine Finger, meine Schultern, meine Arme, kein Knochen is mehr heil. Aber ich hab 'ne Bleibe und anständiges Essen, und was meine Braut is, die hält mir propper. Was will der Mensch mehr?"

Er verzieht vor Stolz keine Miene. Und die drei halten den Atem an. Was ist Karl May, was Winnetou, was die ganze Indianerherrlichkeit gegen das heroische Leben dieses Mannes, der hungrige Augen hat und dem oben zwei Schneidezähne fehlen? Die Luft im Wartesaal ist auf einmal herb und schneidend. Das Leben erscheint einfach und doch großzügig, mit einem Schuss Fantastik. Sie sitzen hier, und wer weiß, was morgen ist. Aber sie sind nicht mutlos. Es wird schon werden.

Der mit dem Reiseköfferchen überlegt, und dann zieht er ein Blatt Papier aus der Tasche, faltet es auseinander und streicht es auf der Tischplatte glatt. Karte von Afrika. Ägypten. Nil-Delta. Rotes Meer. Ostafrika. Äquator. Madagaskar. Südafrikanische Union. „Johannesburg", sagt er, und die trotzig gekräuselten Lippen pressen sich stolz aufeinander. „Mein Freund wohnt in Johannesburg. Und dahin fahr ich jetzt auch." Feierliches Schweigen. Die Kleine mit der Baskenmütze lehnt sich mit der Brust gegen den Tisch, und dabei fühlt sie, wie ihr Herz an die Holzplatte schlägt. Der Sanfte, Blonde fährt mit dem Blick rund um Afrika, und dann fragt er schüchtern: „Johannesburg? Wo liegt'n das?" Nun wird der andere mobil. „Mensch, hast wohl in der Dorfschule gesessen? Ich bin Gymnasiast, Untersekunda. Da ist man für das Leben vorbereitet." Dann nachsichtiger und im Ton von Studienrat Männertreu, wenn der mit dem Zeigestock vor der Landkarte steht und doziert: „Die Südspitze Afrikas hat für die weiße Rasse große Bedeutung. Sowohl was die Schifffahrt nach den ostasiatischen Ländern anbelangt, als auch in klimatischer Hinsicht. Drittens: Südafrika liefert drei Fünftel alles gewonnenen Goldes und den überwiegenden Teil aller Diamanten. Naturgemäß sind auch die Erzeugnisse der Viehzucht wichtig: Leder, Wolle, Straußenfedern und Gefrierfleisch. Größte Stadt: Johannesburg, 283 000 Einwohner. Folgt Kapstadt mit 183 000 Einwohnern. Johannesburg, 1 733 Meter über dem Meere, am Fuße des Witwatersrandgebirges, 1886 gegründet, Mittelpunkt des Golddistrikts."

Die Jungen reißen die Mäuler auf, und ihre Fantasie arbeitet. „Dahin willst du?" Der Glogauer nickt. Der Blonde, verschämt: „Mensch, hast du Schwein!" Auf einmal glüht im Auge des Gymnasiasten etwas auf. Jähzorn. Er hat es von seiner Mutter, obwohl die im Grunde fromm ist und schwärmerisch. „Ich mach nicht mehr mit. Schulbank drücken. Aufsätze schustern. Geschichtszahlen büffeln. Verdammter Quatsch. Mein Vater ist Oberpostsekretär. Hat gesagt, wenn ich zu Ostern hängen bleibe, werde ich Lehrling bei Manning & Co., Eisenwarengeschäft. Ich *bleibe* hängen. Aber Lehrling spielen, Nägel verkaufen, für 'n Groschen Schrauben, zehn Meter Draht, haben Sie Rattenfallen? Das wär gelacht! Mein Freund ist ja auch nach Südafrika, natürlich mit seinen Eltern. Mein Freund schreibt: Dies ist das Land der Zukunft. Hier wird Wettrennen nach Diamanten veranstaltet. Hier kann man Millionär werden. Einstweilen ist Vater Korrespondent in einem Exportgeschäft. Das ist man mäßig. Schuften bleibt Schuften, auch in Afrika. Aber die alte Generation hat ja keinen Mumm. Wenn ich mich erst mal richtig in Bewegung setze, sollste sehen, kann ich meinem alten Herrn in drei Monaten auf die Glatze spucken."

Er faltet die Landkarte zusammen und steckt sie ein. Es brodelt in ihm. Überlegung kennt er nicht. Sein Kinn ist stark. Die Nase springt mutig vor. Kleiner Adler. Aber das Auge flackert unruhig. Er wird sich die Zacken gewaltig abstoßen müssen, ehe er ins richtige Fahrwasser kommt. Er hat einen Groll auf den Vater, der nur seine Amtsverfügungen im Kopf hat und stöhnt, wenn das Postreglement geändert wird. Vor der Mutter macht er einen Bogen, weil sie im Gesangbuch liest, um ihm im nächsten Augenblick das Buch an den Kopf zu werfen. Er hat einen Hass auf die Schule. Auf Glogau. Auf Deutschland. Mensch, Deutschland! Ist ja alles Bruch. „Ich bin mal in einer Versammlung gewesen: Der Schmachfriede und seine Folgen. Mit uns ist's Matthäi am Letzten. Abgedrosselt. Unsere Kinder dem Diktat ausgeliefert. Für Generationen. Die Juden sind dran schuld. Die Sozialdemokraten. Auf unsrer Schule ist schon eine geheime Organisation. Tod der Demokratie! Es muss mal endlich aufgeräumt werden. Das alte Landsknechtsideal! Am deutschen Wesen soll die Welt genesen. Rundgesang und Rebensaft lieben wir ja alle, ja alle. In die Kanne! Rest weg! Nagelprobe!"

Er hat heiße Backen. Seine Fäuste sind geballt. Im Kopf ist's ihm wüst. Er möchte die Welt erlösen oder die Welt in Klumpen schlagen. Wenn man nur wüsste, was das Richtige ist.

Neuer Kopf im Kreis. Die Kinder befällt Unruhe. Wieder sechzehnjährig. Aber mit alten, wissenden Augen. Der hat sich hier rangemacht, niemand weiß, wie. Sitzt vielleicht schon lange da, wie ein Tier auf der

Lauer. Höhnischer Zug um den Mund. Dünne Lippen. Gesichtsfarbe grau. Aber kein Lachen. Der hat spitze Knöchel. Die bohren sich einem ins Fleisch, ehe man sich's versieht. Er sagt: „Südafrika!? Was ist das schon? Besser Dschungel in Brasilien. Amazonenstrom. Ich hab mal 'n Buch gelesen. Wisst ihr, was 'ne Machete is? Langes krummes Messer. Scharf wie 'n Rasiermesser. Mit dem haut man sich 'nen Weg durch die Schlingpflanzen. Oder schneidet 'nem Indianer die Kehle durch." Sein Auge flimmert kalt. „Nein, Dschungel is besser."

Das Bild von Dschungel und Machete entzündet die Fantasie der Halbwüchsigen. Sie strecken das Kinn vor und starren in den Tabaksnebel hinein. Aber schon erwacht die Skepsis des Neuankömmlings. Die reißt der Fantasie den Faden ab. „Afrika is weit. Ohne Geld bis Hamburg, mach mir das erst mal vor, du." „Ich hab mein Sparkassenbuch abgehoben. Das ist kein Diebstahl. Siebenundneunzig Mark. Bis Berlin, das zählt kaum. Jetzt noch bis Hamburg. Natürlich: Kabine erster Klasse ist für Yankees und Filmstars. Da muss man sich eben als Kohlentrimmer anheuern lassen." Er sieht den Hamburger Hafen vor sich. „Mensch, die Schiffe! Ich habe mal 'ne Ansichtskarte getauscht: Breslau, Schweidnitzer Keller, gegen Hamburg, Hafenrundfahrt. Biester sind das, diese Ozeanriesen! Aber auch Prachtdampfer. Das wimmelt. Deutsche, Italiener, Engländer, Japaner. Manchmal auch Norweger und Portugiesen. Fahrplan hab ich schon im Kopf. Dampfer Wolfsburg, von Bombay, Karachi und Marmugao kommend, ist eingetroffen und löscht seine Ladung am Schuppen 30. Die unbekannten Herren Empfänger werden gebeten, die Konossemente zwecks Abstempelung bei uns vorzulegen. Wagago, Dampfer, ausgelaufen, 25. März in Koko. Toledo, Dampfer, ausgelaufen, 3. April in der Walfischbai. Der holländische Dampfer Saint Louis ist in dem Dock von H. C. Stülcken Sohn einer gründlichen Überholung unterzogen worden. Das Schiff wird am 20. März den Hafen mit der Bestimmung nach Kapstadt wieder verlassen."

Saint Louis! Das ist das Schicksal. 20. März der Schicksalstag. Kurt Heinersdorf, merk dir das Datum! Du sitzt in Berlin, Schlesischer Bahnhof. Mit siebenundachtzig Mark sechzig in der Tasche (Fahrkarte 3. Klasse Glogau–Berlin, Personenzug, allbereits ausgegeben). Es ist eine weite Spanne vom 13. bis zum 20. März. Fülle sie aus. Halte dich bereit. Lieber früher am Ziel ankommen. Sich umsehen in Hamburg. Nur den Dampfer nicht verfehlen. Herrgott, deutsche Jungens haben es immer noch zu was gebracht in der Welt!

„Ich hab mal 'nen Neger gesehn. Im Lokal. Elsässer Straße. Also, Ehrenhand, 'nen richtjen Neger. Der machte Faxen und sang. Uah, uah, uah, quaqua, uah, uah, hopsassa!" Die Kleine mit der Baskenmütze sagt das, und dann kräht sie laut auf vor Vergnügen. Ihr Näschen ist ganz klein. Ihre Backen brennen. Sie stößt Kurt Heinersdorf in die Seite und kuschelt sich an seine Brusttasche. Sie ist weich, weich wie ein Kätzchen, und ihre Wurstbeinchen baumeln unterm Stuhl. Auf einmal kuschelt sich der Neuankömmling an das Mädchen mit der roten Mütze. Er verzieht den Mund vor Wonne, sagt aber nichts. Das Mädchen schnellt in die Höhe. Hat der Mensch Worte? Der zwinkert. „Na, Mariechen!" „Ich heiß nich Mariechen." „Also, Erna." „Ich heiß nich Erna." „Noch feiner? Camilla oder Margot?" Beleidigt: „Ich heiße Lotte. Lotte Streit." „Wir werden doch nicht in Streit geraten, wir zwei beide?" „Den Witz haben andere auch schon gemacht." Sie wendet sich gleichgültig ab. Der Junge gefällt ihr nicht. Der Glogauer ist besser. Der kann reden. Von Afrika und so. Hat auch studiert. Sie ist immer mehr für das Höhere gewesen. Aber der Neue bringt Lärm in die Bude. „Was denn, Afrika! Berlin is auch schön. Man muss sich nur Gelegenheit verschaffen, dass es Spaß macht. Vielleicht Abendgebet vorm Schlafengehen? Oder 'n Katzbuckel vorm Hausvater? Ich bin getürmt aus Fürsorge, Mensch. Bin ich 'n Affe? Bin ich 'ne Marzipanpuppe? Nu soll'n sie mich erst mal kriegen. Eher rin in Landwehrkanal. Oder untern Stadtbahnzug." Er hat rote Flecke im Grau. Sein Auge sticht tückisch um sich. Der hat bestimmt nicht Vater und Mutter. Und wenn, die haben ihr Lebtag sich nicht um den Bengel gekümmert. Das schießt auf wie Unkraut, kennt kein Gebot, beißt alle Gitterstäbe durch. Kluft gestohlen. Anstaltskleidung weggeworfen. Hasst die Polente und alle Menschen, die freundlich gucken. Spuckt aus und weiß nicht, warum.

Lotte Streit ist jung. Und was das Leben betrifft – sie schnalzt mit der Zunge –, da muss doch was dahinterstecken. Was, wird sich sehr bald zeigen, indem dass sie einen Strich unter die Vergangenheit gemacht hat. Aber einen gründlichen Strich. Mit dem Semmelaustragen für Bäcker Karsuntke, Linienstraße, das ginge wohl noch an. Aber zu Hause, brrr, nich in die Tüte! Oder soll sie sich's länger gefallen lassen, dass der Stiefvater ewig an sie schmiert und ihr mit seinen groben Händen unter die Röcke greift? Mensch, der Mensch is siebenunddreißig! Und sie ist fünfzehndreiviertel! Kurt, ja, der gefällt ihr. Kurt Heinersdorf aus Glogau,

Gymnasiast, mit dem Gardestern am Rockaufschlag. Muss der gerade nach Afrika müssen? Aber schließlich: Er is ja Kapitaliste. Der nimmt mich mit als blinden Passagier, wir suchen zusammen Diamanten, groß wie Hühnereier. Sie klemmt die Augenlider zusammen und lässt sich schweben. Au, fein! Auf Rummel gehn is nich ohne. Im Lokal sitzen, Elsässer Straße, is nich ohne. Schöner Gigolo, armer Gigolo, denke nicht mehr an die Zeiten, wo du als Husar, goldverschnürt sogar, konntest durch die Straßen reiten. Aber man bekommt es satt. Dagegen nicht wissen, wo du morgen schläfst, vielleicht Bahn fahren, alles aussteigen, Hamburg Hauptbahnhof, auf Schiff schaukeln, kein Land mehr sehen, die Wolken fliegen, die Wellen kabolzen, können aber nichts ausrichten, das ist anders wie sonntags auf „Wintermärchen“ nach Grünau und Schmöckwitz mit Musikkapelle. Sie legt ihr Köpfchen wieder an Kurts Brusttasche. Der ist nicht schlecht stolz. Schließlich: Man ist erwachsen, man hat sich selbstständig gemacht, Globetrotter, Millionär-Kandidat, man hat sein Mädchen, ein kleines, weiches Mädchen, das läuft neben einem her wie ’n junger Hund. Pussy! Er muss an den Hund zu Haus denken. Wer führt den jetzt runter auf die Straße? Nun weint die Mutter, sucht in der Bibel, findet keinen Trost. Vater schämt sich vor den Kollegen. Vater ist so verbiestert stolz, weil er Beamter ist. Die denken jetzt: Wo ist der Junge? Ob man die Polizei verständigt? Aber, nein. Mein Gott, die Schande! Morgen steht es gewiss in der Niederschlesischen Zeitung. Lokales. Fett gedruckte Überschrift: „Gymnasiast spurlos verschwunden. Davongelaufen? Oder liegt Verbrechen vor?“

Kurt wird rot. Schüttelt sich aber. Was wissen die? Wer hat überhaupt eine Ahnung? Die sind erwachsen. Die haben ihre Augen und ihre Gedanken bei sich, nicht bei der Jugend. Spüren die noch, dass Frühling wird? Können die sich freuen? Begreifen die, was es heißt, sechzehn Jahr alt zu sein, am Halfter zu zerren und hinaus zu wollen? Hier sitzen vier: Der Blonde, Scheue, die Kleine mit der roten Mütze, der Fürsorgejunge, und dann er selbst. Jugend! Das schnobert in der Luft. Das leckt sich die Lippen. Das blinzelt durch die Lider und reißt die Augen auf, wie aus dem Schlaf gestört, wenn's an die Tür bumpert: Aufstehen! Anziehen! Kommst sonst zu spät zur Schule! Und steht da und greift mit der Pupille nach allen Dingen rundum. Und stöhnt und lacht und ächzt und jubiliert: Also, das ist Leben! *Das* ist Leben! Herrgott! Herrgott!

Noch *ein*mal im Leben ist das so, oder so ähnlich: Wenn man geschafft hat und geschafft und eines Tages sich fragt: Was nun? Wenn man sich eingestehen muss, dass man oben angekommen ist und dass alles, was folgt, Wiederholung ist, Wiederholung sein *muss.* Du bist im Käfig, dein Leben lang! Beruf, Familie: Käfig, Eisenstangen, Futterstelle, und der Hintergrund rammfeste Backsteinmauer! Und nun? Weitermachen? Dein Leben lang? Im Käfig stolzieren, begafft von der Familie, den Berufsgenossen, der neidgelben Konkurrenz? Raus! Raus! Untertauchen! Von vorn anfangen!

Noch *ein*mal Frühling. Eines Tages bist du wie vom Erdboden verschluckt. Du läufst wie ein losgerissenes Pferd, dass Funken stieben, Köpfeschütteln der Mitwelt. Überlegenes Lächeln. Im Grunde doch wohl ein Fantast! Ohne sittliches Rückgrat, ohne die Wurzelkraft bürgerlicher Solidität. Wenn auch begabt. Na, Friede seiner Asche! Weitermachen. Weitermachen. Kurzer Tendenzbericht der heutigen Vorbörse: Wie gestern, so liegen auch heute keinerlei anregende Momente vor. Publikum und Spekulation verhalten sich abwartend. Anfangskurse eher schwächer. Kleines Geschäft in Elektropapieren und Glanzstoff.

Aber von den Erwachsenen soll ja gar nicht die Rede sein. Hier geht's um die Jungen, es rumort ihnen in den Adern. Das Thermometer rutscht langsam in die Höhe, und in der Markthalle liegen die Rhabarberstangen, zart und rosig. Frühling in Sicht! Die junge Brut wird flügge. Macht sich los von den Eltern und platscht auf eigene Faust in den Teich. Alle meine Enten schwimmen auf dem See. Oder hebt die Flügel, die zerbrechlichen kleinen Schwingen, und fliegt los. Ade, Nest! Ade, Baum! Eleganter Bogen, Gleitflug, hinterm nächsten Busch beginnt die neue Welt. Aber da sind auch welche, die überschätzen ihre Kraft. Plauz, fallen sie vom Ast und liegen auf dem feuchten Frühlingsboden. Platt, kümmerlich, mit zuckendem Herzchen und gebrochenen Flügelstümpfen. Die Katze liegt schon auf der Lauer. Springt aus dem Hinterhalt. Schnurrt: Wir wollen spielen! Streichelt mit der Tatze zärtlich hin und her. Da zuckt das kleine Herz zum letzten Mal. Bleiern wird das junge Auge. Und von Frühling und Flug ins Leben ist nicht mehr die Rede.

Herr Tölle tritt in Erscheinung

Herr Tölle ist Stadtreisender für Nonplusultra-Schokolade. Inhaber: Ignaz Silberstern. Er bezieht Fixum und Provision. Wenn er mit seinem schwarzen Patent-Musterkoffer zur Ladentür hereintritt, lächeln die ältlichen Fräuleins (Zum Knusperhäuschen, Inhaberin: Melanie Willroither), denn Herr Tölle ist wegen seiner Artigkeit, seiner stets dezenten Witze und seiner Treue zum angestammten Herrscherhaus allgemein beliebt. „Darf ich die neuesten Dessengs vorführen? Gefüllte Osterhasen, gezuckerte Veilchen, unsre Saisonschlager sowie das Rückgrat unsres Hauses: Nussschokolade, Fondant und Edelbitter?" Herr Tölle macht dazu eine anmutige Verbeugung, nicht liebedienerisch, eher chevaleresk. Er neigt zur Beleibtheit. Sein Gesicht ist glatt, rosig. Sein weißblondes Haar schütter. Seine grauen Augen mit den rehbraunen Flecken darin lächeln sympathisch. Man kann nicht widerstehen. Schließlich ist Herr Tölle das Muster bürgerlicher und geschäftlicher Seriosität. Man ist verpflichtet, ihm Aufträge zu erteilen. Schon aus Solidaritätsgefühl, sowohl in Standes- als auch in politischer Hinsicht. Herr Tölle handhabt seinen Durchschreibeblock gewandt. „3 Dutzend Osterhasen ohne Füllung. 2 Dutzend mit Füllung. Je 20 Tafeln Edelbitter, Fondant, Nuss. Ostereier, wie ist's mit Ostereiern? Aber gewiss doch! Schreiben wir: 4 Dutzend aus Schokolade, Sorte C, 6 Dutzend Zuckerguss, Sorte B. Fruchtbonbons? Natürlich, Fruchtbonbons. Zarte Säure. Der beginnende Saisonartikel. 5 Pfund Melange. Bitte nur noch den Auftrag quittieren. Marke Nonplusultra in der Welt voran!“ „Ist ihr Chef nicht Jude? Schließlich: Silberstern –?“ „Ignaz Silberstern, wenn ich bitten darf. Ja, wenn er Isidor hieße –. Aber Ignaz lässt auf altkatholische Familie schließen.“ „Immer schlagfertig, Herr Tölle! Man kann ihnen nicht böse sein.“ „Schlagfertig und treu! Kennen gnädiges Fräulein schon den neuen Schlager? Aber, natürlich, singt ja jedes Kind. Nein? Sie kennen ihn nicht? Ist ja allerhand! Ich hab zu Haus ’nen riesengroßen Rintintin, ’nen Rintintin, ’nen Rintintin. Der ist ja noch viel treuer, als ich selber bin, mein Rintintin, jawohl! Wenn ich nachts ins Bettchen gehe, bleibt er stets in meiner Nähe, und wer mich anfasst, wehe ihm! Gleich sitzen ihm die Vorderzähne hinten drin vom Rintintin, jawohl! Großartig, was?“ Er markiert ein paar Tanzschritte. Das ältliche Fräulein hinterm Ladentisch lacht unnatürlich hoch, und ihre Blicke ruhen gebannt auf den tanzenden Beinen, gestreifte Hose, echt Englisch aus Aachen. Aber Herr Tölle greift schon nach Hut und Musterkoffer. Ohne Rast und Ruh. Wie ein Stadtbahnzug, ein elektrischer. „Kurz vor Pfingsten werde ich mir erlauben, wieder vorzusprechen. Vergessen Sie bis dahin nicht Ihren stets ergebenen, hochachtungsvollen Clemens Tölle.“ Handkuss. „Oh, aber nicht doch, Herr Tölle! Immer so galant.“ Er schwenkt durch die Tür. Flott angekurbelt. Aufmachung Ia. Motor: Wird sich erst herausstellen. Auf den Lippen: Gleich sitzen ihm die Vorderzähne hinten drin vom Rintintin, jawohl!

Der Metropolis-Tanzpalast ist pleite. Der Generaldirektor und der Generalsekretär sitzen in Untersuchungshaft. Gläubiger-Versammlung im Rheingold.

Zwei Rechtsanwälte als Wellenbrecher. Aber der Wutschaum der Geprellten geht über sie hinweg. Unten in der Mokka-Diele der Metropolis, neben der Kleiderablage, Versammlung der Angestellten. Kellner, Portiers, Garderobenfrauen, Barmixer, Tanzdamen, Liftboys und Pagen. Paul Mielenz, Page, fünfzehn Jahre alt, klein, rund, mit pfiffigem Ballongesicht und Komiker-Augen, merkt gleich, wie der Hase läuft. Der Herr Generaldirektor ist ihm noch für zwei Monate das Gehalt schuldig. Außerdem: Wo findet er so schnell 'ne neue Stellung? Frau Möseke, die Toilettenfrau, die es so gut mit ihm meint, rät: „Fahr nach Haus, Junge. Berlin is 'n gefährliches Flaster. Wo bist'n her?" „Allenstein. Aber ick bin voll und janz Berliner jeworden." „So siehste aus. Nee, mein Junge. Bei Muttern is am besten. Oder haste noch deine Schlafstelle?" „Die is heute anderweitig bezogen. Ein Kellner." „Na, siehste. Willste unter die Räder kommen?" „Ich bin ja helle. Wenn ich so weitermache, werd ich bestimmt auch mal Generaldirektor." „Und kommst ins Kittchen wie der unsrichte." „Mal sehn!" Paul Mielenz schlendert durch den Tanzsaal. Der ist jetzt leer. Die Stühle sind übereinandergekippt. Die Marmortische nicht mehr poliert. In der Luft liegt ein Gemisch von Jazz, Frauenlachen und pikanter Konversation. Frauen, ihr macht uns das Leben schön, Frauen, ihr führt uns in Himmelshöhen. Dein ist mein ganzes Herz, wo du nicht bist, kann ich nicht sein, wie die Blume welkt, wenn sie nicht küsst der Sonnenschein. Strahlende Sterne leuchten in der Ferne, leuchten für dich, Sonny Boy!

Also, Sonny Boy ist sein Leib- und Magenlied. Irma, die Animierdame, hat ihn Sonny Boy getauft. Er ist nicht schlecht stolz darauf. Aber von einem Namen allein wird man nicht satt. Irma lässt auch die Flügel hängen, indem dass ihr Kavalier sie gleichzeitig mit der Pleite hat sitzen lassen. *Ein* Unglück kommt selten allein. Es ist nichts mit der Vergnügungsindustrie!, denkt Paul Mielenz. Pleite-Epidemie. Konkurs-Vergehen. Wechsel-Proteste, scharf wie Platzregen. Man muss sehen, dass man rauskommt aus den ungesunden Verhältnissen. Page im Kino wäre nich ohne. Oder Liftboy bei Adlon, Esplanade, Eden-Hotel. Aber wie da ankommen ohne Protektion? Alles Schiebung, alles Mache. Bahn frei dem Tüchtigen? Is auch nur so 'n Bluff mit Luftfüllung.

In der Versammlung weht mit einem Mal ein anderer Wind. Irgendwer hat die Behauptung fallen lassen, den kleinen Angestellten würden aus sozialen Gründen achtzig Prozent ihrer Forderungen ausgezahlt. Das macht Mut. Man kann schnell mal in die Bier-Quelle nebenan laufen, einen deutschen Weinbrand genehmigen. Aber dann schnauft der Herr Syndikus des verkrachten Unternehmens in die Versammlung, und sofort sind die optimistischen Behauptungen Latrinengerüchte. „Meine Damen und Herren, die prekäre Lage des Reiches, der Länder, der Kommunen! Der Young-Plan wirft seine Schatten voraus. Wirtschaftliche Depressionen. Niedergeschlagenheit weitester Volkskreise. Wo offenbart sich die schleichende Krise an erster Stelle? In der Vergnügungsindustrie. Unser verehrter Herr Generaldirektor Schnütgen (Zwischenruf: Ins Zuchthaus mit dem Verbrecher!) – ich sage, unser verehrter Herr Generaldirektor hatte sich bis zuletzt der Hoffnung hingegeben, dass wenigstens der Erfolg der

Grünen Woche dem Unternehmen zugutekommen würde. Aber die notleidende Landwirtschaft zog es vor, nur in stark gelichteten Reihen zu erscheinen, obwohl unser Fassaden-Transparent: ‚Treffpunkt der Herren Jäger und Landwirte! Allerherzlichst willkommen!' als Attraktion und vorbildliche Fremden-Reklame berechtigtes Aufsehen erregte. Was soll ich Ihnen weiter sagen, meine Damen und Herren (Schluss! Schluss!!): Wir sind soweit. Ich muss es, wenn auch blutenden Herzens, gestehen. Unsre letzten Reserven sind erschöpft. Die Lieferanten verweigern weitere Ware. Die Sektproduzenten zumal benehmen sich rabiat, ohne Verständnis für die gute nationale Sache. Einige Gläubiger sind in ihrer Vermessenheit sogar so weit gegangen, den Fall beim Staatsanwalt anhängig zu machen (Na, Gott sei Dank! War auch höchste Zeit!). Wir appellieren an Ihr Solidaritätsgefühl, Ihr Verständnis für die allgemeinen Zusammenhänge (Schluss! Raus! Raus mit dem Schmuser!). Meine Herren, Sie werden doch nicht gegen die primitivsten Gesetze der Zivilisation verstoßen wollen? Hier stehe ich! (Er kann auch anders!) Ich beschwöre Sie. Bewahren Sie die Ruhe. Kopf hoch. Klarer Verstand. Nüchterne Betrachtungsweise. Wenn ich Ihnen sage, dass ich selbst – ich meine, mein Fixum als Syndikus –" Raus! Raus! Raus! Die Versammlung geht in einen wüsten Tumult über. Der Syndikus muss in die Toilette flüchten. Die Majorität wandert in die Bier-Quelle nebenan aus, weil es dort nicht nach Kapitalisten, Konkursverbrechern und unbezahlten Rechtsanwälten stinkt.

Paul Mielenz ist unter denen, die nicht mehr mitmachen. *Doch* nur verlorene Zeit. Wenn man sich stattdessen im Kino meldete –. Oder im Hotel –. Man nennt das Konkurrenz-Vorsprung. Er lässt sich also bei Tietz sehen, Fürstenhof, Haus Vaterland, benebst Kammer-Lichtspielen. Nichts zu machen. Alles besetzt. Deutschland kann seine Bevölkerung nicht mehr ernähren. Der hungrigen Mäuler sind zu viele, der Regimentskochtopf ist leer. Der Junge läuft den ganzen Tag. Von Pontius zu Pilatus. Wird schon werden. Aber es wird nicht. Abends lässt sein Optimismus die Flügel hängen. Doch vielleicht besser, nach Haus zu fahren? Er überzählt seine letzten Kröten. Grad so viel, um bis Allenstein zu kommen. Er steigt, etwas müde, die Treppen hinauf zu seiner alten Schlafstelle. Eigentlich müsste die Wirtsfrau ein Auge zudrücken und ihn weiter wohnen lassen, wo die doch entfernt verwandt is mit Muttern. Aber die denkt: Weil doch der Bengel nu und verdient kein Geld nich! Also: „Der Platz ist besetzt, die Schlafstelle. Wie gesagt, ein Kellner. Willst wohl deinen Karton holen, Paule? Ich dachte, bist schon über alle Berge." Paul nimmt den Karton beim Bindfaden. Viel ist da nicht drin. „Na, denn adjö, alle!" Und stolpert die Stufen wieder runter. Döst die Straße lang. Rüber nach'm Schlesischen Bahnhof.

Angekommen, bläht er erst mal die Nüstern auf und nimmt einen Schluck Kohlenstaub, nassen Nebel und kalten Zigarrenqualm. Er steht mitten in der Schalterhalle, Pappkarton geschultert, schielt nach der Billetausgabe und nach dem Zeitungshäuschen nebenan. Da liegen nun die Zeitungen, fein geschichtet, und man kann drin lesen, welche lukrativen Stellen gerade frei sind. Kommt aber für ihn nicht mehr infrage, weil er im Begriff steht, Fahrkarte nach Allenstein zu lösen.

Wann fährt denn ein Zug? Is ja egal. Kommst du heut nich, kommst du morgen. Es fällt nämlich verdammt schwer, sich von Berlin zu trennen. Denn wieso? Weil ick voll und janz Berliner jeworden bin. Und weil in Allenstein das Tempo fehlt, mit dem man es vom Pagen bis zum Generaldirektor bringen kann. „Tempo!“ Kiek nur! Dritte Ausgabe is auch schon da. Er pirscht sich an den Stand heran und blinzelt an den fetten Überschriften entlang. „8 Uhr-Abendblatt? Die Nachtausgabe?“ Er retiriert. Heute nich. Nee, schönen Dank auch. Und peest den Gang entlang. Wartesäle 3. und 2. Klasse.

„Na, Kleiner, wohin denn?“ Herr Tölle steht vor ihm, Musterkoffer in der Hand, und lächelt leutselig. Er hat heute Friedrichshagen und Karlshorst hinter sich. Anstrengende Tour. Grund genug, nach des Tages Müh und Lasten sich noch ein großes Helles zu genehmigen. „Na, wohin?“ „Ach, nur so.“ „Verreisen?“ Der Kleine nickt gewichtig. „Allenstein.“ „Ist noch Zeit die schwere Menge. Komm nur. Hier zieht’s.“ Herr Tölle macht keine großen Umstände. Er legt seinen Arm um Paules Schulter, und schon stehen sie vor der Theke, Wartesaal 3. Klasse. „Zwei große Helle, Fräulein! Lass nur, ich bezahle.“ Paul Mielenz fühlt sich geschmeichelt. „Zum Wohle!“ „Zum Wohle!“ Ah, das schmeckt. Herr Tölle wischt sich den Schaum von den Lippen. Nach fünf Minuten kennt er Paules Lebenslauf. „Hm! Wenn ich als erfahrener Mann raten soll: Die Kleinstadt hat ihre Vorzüge. Aber – Berlin bleibt Berlin.“ „Das sage ich ja auch. Wenn ich die schäbigste Stelle gefunden hätte –.“ „Man darf nichts übers Knie brechen. Abwarten ist mein Wahlspruch.“ „Das kost’ Geld.“ „Ach so, Sie sind ohne Barschaft?“ Herr Tölle siezt den Jungen mit einem Mal. Sehr schmeichelhaft. Der Schokoladen-Reisende beißt sich auf die Lippen und denkt angestrengt nach. Plötzlich schlägt er Paul Mielenz auf die Schulter. „Wenn ich Ihnen mit meiner Hilfe dienlich sein kann –!“ Der Junge blickt sehnsüchtig zu ihm auf. „Nämlich, ich bin Geschäftsreisender. Prima Kondition. Kolossaler Betrieb. Sie könnten mir die Musterkoffer tragen. Kost und Logis gratis. Das heißt, wenn Sie wollen –.“ Er blinzelt den Jungen von der Seite an. Der überlegt und möchte schon zusagen. Aber, wie das so geht, der Junge ist helle, hat auch schon was gesehen von Berlin und was sich tut in dem großen Ameisenhaufen, hält also die Augen offen und schnappt ein Lächeln des Herrn Tölle auf, das ihm nicht gefällt, ein ganz beiläufiges Lächeln in den Mundwinkeln, wobei eine Goldplombe geheimnisvoll funkelt. Was soll ich sagen, vielleicht denkt der Junge, ein falscher Fuffziger, zum Beispiel ein Kriminal, der ihn bespitzeln will, oder ein Bauernfänger, der's auf seine letzten paar Groschen abgesehen hat. Er zieht also sehr zeremoniell seine Mütze, lässt den Pomadenscheitel aufblitzen und antwortet: „Merci, Herr Nachbar! Aber ich bin man zart besaitet. Und Koffertragen is nich mein Fall.“ Herr Tölle ist offensichtlich enttäuscht über Undankbarkeit in der Welt und so, trinkt sein großes Helles in einem Zug leer und wischt sich den Mund. Zuckt die Achseln. „Na, dann nich. Aber vielleicht überlegen Sie sich's noch.“ Paul Mielenz grinst verbindlich. „Ich bin ja jung. Ich hab Zeit zum Überlegen.“ Und zuckelt genießerisch an seinem Bier.

Herr Tölle lehnt an der Theke, kneift die Augen etwas kurzsichtig zusammen und lässt seinen Blick gemächlich durch den Saal gleiten. Dabei gerät ihm der Tisch mit Kurt Heinersdorf und Genossen ins Blickfeld. Er stutzt und sondiert wie ein Jäger behutsam das Terrain. „Vielleicht setzen wir uns", sagt er zu Paul Mielenz. „Da drüben ist noch Platz." Und schiebt sich routiniert durch das Gedränge. Der verflossene Page langsam hinter ihm her. „'n Abend, allerseits. Hier is wohl Kindergesellschaft?" Die Jungen wissen nicht, wie sie sich verhalten sollen. Aber Herr Tölle lächelt so pazifistisch, seine Stimme ist so glatt wie Öl, dass sie etwaige Bedenken zurückstellen. Obendrein kommt Herr Tölle ja in Begleitung. Und was Paul Mielenz anbetrifft: Der stärkt nur ihre Phalanx.

Sie rücken zusammen. Herr Tölle zieht Nonplusultra-Schokolade aus der Tasche. „Bitte sich nicht zu genieren. Ganz kostenlos. Porto und Verpackung inbegriffen." Lotte Streit ist die Erste, die zugreift. Sie ist sehr für Schokolade. Außerdem hat sie Hunger. Der Fürsorgejunge lässt sich auch nicht lange nötigen. Schließlich knabbert die ganze Gesellschaft an Nuss, Fondant und Edelbitter. Herr Tölle sieht dem jungen Volk gerührt zu und freut sich seiner Menschenliebe. „Nu lasst mal hören, was jeder von euch erlebt hat. Ich bin sehr für Geschichten und so." Erst zögern die Jungen, aber dann geht's wie geschmiert. Kurt Heinersdorf macht den Anfang. Er doziert über Afrika, und Herr Tölle staunt, weil seine Tour nur bis Staaken und Grünheide reicht. Der Fürsorgejunge ist zugeknöpfter. Fritz Knelke heißt er, wenn er nicht lügt. Er drückt sich nur sehr vorsichtig über seine Vergangenheit aus, und was die Zukunft betrifft, die lässt er ganz hinter Schleiern. Auf den Bericht von Lotte Streit verzichtet Herr

Tölle. „Damen gegenüber muss man delikat sein. Aber wie ist es denn mit Ihnen, junger Mann?" Sein Blick haftet prüfend an der Gestalt des Blonden, Schüchternen. Der sitzt ihm gegenüber, wird rot und möchte in die Erde versinken. Alle gucken sie ihn jetzt an und warten, was er antworten wird. Aber sprechen fällt ihm schwer. Er hat kein Selbstbewusstsein. „Immer rin ins Wasser. Munter, munter. Es ist zwar kalt, aber nass. Nur keine Bange. Wer nich schwimmen kann, bleibt an der Strippe." Die Jungen lachen, teils über Herrn Tölle, der eine ulkige Nudel ist, teils über den Kameraden, der auf dem Hosenboden hin- und herrutscht und verdammt Schiss hat. „Na, also: Name? Alter? Herkunft?" Der Blonde gibt sich einen Ruck. „Alfred Schütte. Sechzehn Jahre. Aus Alfeld an der Leine." „Provinz Hannover!", echot Herr Tölle. „Ich hatte mal 'ne Offerte als Bezirksreisender für die Gegend. Na, Berlin is besser." Der Junge lächelt beglückt, dass ihm das Wort abgeschnitten ist, aber unter dem aufmunternden Blick des jovialen Herrn rappelt er sich zusammen und fährt fort: „Vater war Bahnarbeiter. Ist jetzt tot. Ich bin in die Lehre gekommen zu Tischlermeister Kreibohm, der hat immer gleich gedroschen. Mutter heiratet wieder. Da bin ich fortgemacht." „Aha!" Herr Tölle droht lächelnd mit dem Zeigefinger. Das spornt Alfred Schütte an. Er will sich verteidigen. „Weil Vater einen Bruder hat, der Sägewerksbesitzer ist. Bei Görlitz. Mit viel Geld. Aber er hat sich nie um Vater gekümmert, und dass ich auf der Welt bin, weiß er gar nicht. Jetzt bin ich auf der Walze zu ihm hin. Vielleicht nimmt er mich bei sich auf, weil Vater tot ist. Es ist ein großes Sägewerk." Seine Augen träumen in den Tabaksqualm hinein. Er träumt das Märchen seiner Kindheit: reicher, hartherziger Onkel, irgendwo da unten auf der Landkarte. Die Kreissäge singt. Die Bretter werden geschichtet. Der Holzplatz ist ein Vermögen wert. Nun taucht er zwischen den Brettern auf, die Mütze in der Hand. „Mein Name ist Alfred Schütte." „Schütte –?" „Ich bin dein Neffe. Vater ist tot." „Du bist mein Neffe? Habe gar nicht gewusst, dass ich einen Neffen habe. Was willst du hier? Betteln?" „Arbeiten!" „Und deine Mutter –?" Er schluckt. „Mutter heiratet wieder. Ich will keinen Stiefvater. Du bist mein Onkel. Gib mir Arbeit, Onkel." Der macht ein wütendes Gesicht. „Lass dir Suppe geben. Und geh in den Stall. Pferde putzen." Es ist harte Arbeit beim Onkel. Aber immer noch besser, als einem Stiefvater dienen. Eines Tages wird der Onkel sagen: „Ich habe keine Kinder. Und der Alfred ist treu. Er soll mein Erbe sein." Märchen! Alfred Schütte, der von Alfeld nach Schlesien tippelt, ohne Geld in der Tasche, auf die Mildtätigkeit fremder Leute angewiesen, der schüchterne Alfred mit der zähen Sehnsucht im Herzen wird auf einmal Sägewerksbesitzer. Die Kreissäge singt. Die Bretter werden geschichtet. Der Holzplatz ist ein Vermögen wert.

Herr Tölle sitzt neben ihm und legt ihm die Hand aufs Knie. „Wenn Sie wollen, können Sie sich bei mir ein paar Tage verschnaufen. I bewahre, nicht für umsonst. Sie können mir die Musterkoffer tragen. Abgemacht?" Alfred Schütte sieht den weiten Weg vor sich bis Görlitz, den weiten Weg, den er hinter sich hat, von Alfeld bis Berlin, nickt verschüchtert, und ein Stein fällt ihm vom Herzen. Es ist wie im Märchen. Der Ritter im wilden Wald. Aber plötzlich blinkt ein Licht, und eine

Stimme spricht: Hier ist Einkehr und Ruhe. Tretet ein, hier ist Wohlsein!

Die Uhr geht auf eins. Der Tabaksqualm wird immer dichter. Die Jungen sind ungewöhnlich aufgeregt, aber das Brennen in den Augen, die Schwere in den Gliedern erinnert sie daran, dass sie die Zeit unnütz totschlagen. Kurt Heinersdorf ertappt sich dabei, wie ihm die Lider auf einmal zufallen. Merkwürdiges Pendeln zwischen Traum und Wirklichkeit. Aber das Bewusstsein rutscht ihm gleichsam unter den Händen fort.

Glogau! Morgen früh acht Uhr Schulbeginn. Hast du dein Pensum erledigt? Geschichte. Mathematik. Latein. Deutsch. Physik. Mit dem Geschichtslehrer ist nicht gut Kirschen essen. „Heinersdorf! Stehen Sie auf! Wann waren die Punischen Kriege?“ Heinersdorf taumelt in die Höhe. „Erster Punischer Krieg 264 bis 241 v. Chr. Zweiter Punischer Krieg 218 bis 201. Dritter Punischer Krieg 149 bis 145.“ „Falsch!“ „150 bis –.“ „Noch falscher! Mehnert, korrigieren Sie!“ „148 bis 146.“ „Richtig! Heinersdorf, mir scheint, Sie fühlen sich nicht sicher. Die Geschichtszahlen sind der Grundstock historischen Wissens. Wann war der Beginn der Völkerwanderung? Nun?“ „375 n. Chr.“ „So, so! Also das wissen Sie doch? Aber die Kreuzzüge –!“ Plötzlich singt es in seinen Traum hinein, von der Theke her, Männergesang, aber grölend: „Ich hab kein Auto, ich hab kein Rittergut, das Einz’ge, was ich hab: Ich hab dich lieb. Ich bin kein Rothschild, bin nicht von blauem Blut, das Einz’ge, was ich bin: Ich bin dir gut!“ Das macht ihn vollends konfus. „Erster Kreuzzug 1096 bis 99. Zweiter Kreuzzug –.“ Da stockt er schon. „Nun, Heinersdorf, die vier ist eine schöne Notenzier. Zweiter Kreuzzug –?“ „Es gibt sieben Kreuzzüge.“ „Richtig!“ „Erster Kreuzzug 1096 bis 99.“ „Das wissen wir allbereits.“ „Zweiter Kreuzzug –. Es gibt sieben Kreuzzüge. Der erste, der zweite, der dritte, der vierte –.“ Er spricht immer schneller, aber er verheddert sich dabei. Plötzlich fällt ihm ein, dass es auch noch einen Kinderkreuzzug gibt. Da klammert er sich mit aller Inbrunst an diesen, den Kinderkreuzzug. Der Geschichtslehrer versinkt vor seinen Augen. Ein Hirtenjunge taucht auf und winkt. Kinder schließen sich ihm an. Sie haben eine dunkle Sehnsucht im Herzen, ein dumpfes Brausen im Hirn. Sie wissen nichts weiter als: Der Winter ist ein toter Mann. Saft schießt in alle Zweige. Eine Schwalbe flitzt im Sonnenschein. Die Hängeweide bedeckt sich mit hauchzartem Grün. Da wandern sie. Wandern. Ins Blaue hinein. Kein Elternhaus mehr, keine Schule mehr. Der Hirtenknabe führt sie an. Was suchen sie nur? Das Heilige Grab? Wollen sie die Christenheit erlösen? Oder sind sie ganz einfach dem Leben auf der Spur, diesem rätselhaften, dumpfen, abgrundtiefen, wundervollen Leben? Kurt Heinersdorf lässt den Kopf auf die Tischplatte sinken. Kinderkreuzzug. 1212. Das schießt ihm durchs schwindende Bewusstsein. Er sieht diesen Heerwurm von Kindern, der sich durch die Lande wälzt. Mit welchem Ziel? Eine Fahne weht voran, ein Kruzifix mahnt, eine Flamme lodert. Es ist heute wie damals. Nur dass der Hirtenknabe fehlt, der sie sammelt. Nur dass sie verstreut sitzen und auf den Ruf warten, das Losungswort. Berlin, Schlesischer Bahnhof. Antwerpen, Hafen. Bombay, Hafen. New York, Hafen. Sie warten, warten und verplempern sich. Es ist eine große Sehnsucht in ihnen. Der Frühling drängt. Wie ein Heringsschwarm ziehen sie aus. Viele gehen zugrunde. Manche kommen ans Ziel. Viele verschwinden, geraten in Netze oder werden ans Land gespült. Da verzappeln sie sich zwischen Muscheln und Tang. Es ist ein Überfluss an Jugend, Überfluss an Leben. Wer besitzt die Kraft und die Aufmerksamkeit, all der Strandenden sich anzunehmen, die die Hoffnung im Herzen tragen, ihr einziges Gepäck?

Den Mittelpunkt der Wanderfürsorge für Jugendliche bildet die Wohlfahrtsstelle des Landesjugendamtes, Alexanderstraße 3–6, Zimmer 91–94. Von dieser Stelle wurden im vergangenen Geschäftsjahre in Heimen untergebracht 2 655 Jugendliche, in die Heimat befördert 2 734 Jugendliche, durch den Arbeitsnachweis in Arbeit gebracht 465 Jugendliche, Gepäck ausgelöst für 228 Jugendliche, den auswärtigen Jugendämtern zu weiterer Betreuung überwiesen 1 275 Jugendliche.

Wie viele gingen durch die Maschen?

Ich frage: *Wie viele gingen durch die Maschen?*

Afrika! Johannesburg! Die Diamantenfelder! Aufstehen! Der Dampfer fährt ab! Siebenundachtzig Mark sechzig Zehrgeld! Kurt Heinersdorf torkelt in die Höhe, ganz verschlafen, blickt sich im Nebel um und greift instinktiv nach dem Portemonnaie. „Mein Portemonnaie!“ Er zerrt an der Hosentasche. Fassungslos. Leer! Auf einmal ist Afrika von der Erdkarte weggewischt. Es gibt kein Hamburg mehr. Keinen Hafen mehr. „Mein Geld! Wo ist mein Geld? Wie soll ich denn ohne Geld bis Johannesburg kommen? Fort! Alles fort! Siebenundachtzig Mark und sechzig Pfennig!“

S.O.S.-Ruf, der in der ungeheuren Einöde verhallt. Die Tränen schießen ihm ins Auge. Aber der Jähzorn ist stärker als sein Schmerz. „Diebe!“, schreit er. „Diebe!“ Und rüttelt wie ein Besessener an dem Tisch, auf dem noch eben seine Stirn fiebernd lag. „Na, na! Wer wird denn gleich mit Verdächtigungen um sich schmeißen?“ „Aber ich hatte doch noch eben –.“ „Aufpassen und nich schlafen.“ Er sucht unterm Tisch. Nichts. Er rückt die Bank von der Wand. Nichts. Der blonde Alfred hilft suchen. Nichts. Herr Tölle zieht die Augenbrauen in die Höhe und wiegt die Schultern bedauernd hin und her. Der Gymnasiast kniet auf dem schmutzigen Fußboden. „Ich war vorhin auf Toilette. Vielleicht, dass dort –?“ Kurt Heinersdorf schnellt in die Höhe, zwängt sich hinterm Tisch vor und läuft durch den Wartesaal. Er ist ganz kopflos. Raus aus der Tür. Den Gang hinunter. Trübes Licht. Nebel draußen.

Lotte Streit hinter ihm her. „Da kannst du doch nicht mit rein!“ „Ich warte. Und überhaupt –.“ „Was, überhaupt?“ Sie ist auf einmal mit brennender Röte übergossen. „Das Geld hat der Knelke, der Fürsorgejunge. Wetten?“ Kurt Heinersdorf erschrickt. Er schüttelt den Kopf. „Kamerad und stiehlt?“ „Das Geld hat der Knelke. So wahr ich hier stehe.“ „Beweise?“ Sie zuckt mit den Achseln. „Na, siehst du!“ Erst mal in der Toilette suchen. Er verschwindet hinter der Tür. Lotte Streit geht mit kleinen Schritten weiter. Sie lehnt sich in eine Fensternische und wartet. Verschleierter Blick, fließend. Weiche Nase, nun verfroren. Volle Lippen, aufgeworfen und animalisch. Was macht der Junge ohne Geld?, denkt sie. Johannesburg is Essig. Der geht mit mir. Und ich mit ihm. Ihr Blick hängt ganz verschollen irgendwo an den Fahrplänen. Sie lächelt. Im Gang ist's kalt. Aber da drin ist einer, auf den sie wartet. Es gibt einen Menschen, auf den sie wartet. Sie schlägt den Seehundskragen zurück. Es ist ihr auch ohnedies warm genug.

Razzia

Zwei Frauen treten in den Wartesaal. Dunkelblauer Trenchcoat. Regenkappen. Die eine ist ein Mannweib. Breites, gewalttätiges Kinn. Die andere eher zierlich. Nickelbrille. Dahinter zwei vigilante Augen. Die Frauen setzen sich an einen Tisch. Neben eine Achtzehnjährige mit stumpfem, etwas gedunsenem Gesicht. Dienstmädchentyp. „Na, schon lange hier?" Das Mädchen sieht sie schräg an. „Sie warten wohl auf Ihren Bräutigam?" „Ich hab keinen." „Wird sich schon einer finden. Männer gibt's die schwere Menge." Keine Antwort. „Sagen Sie mal: Was machen Sie eigentlich hier?" Nun wandelt sich die Stumpfheit des Mädchens in Erstaunen. „Warum quatschen Sie mich denn immer an?" Die beiden im blauen Trenchcoat wechseln einen flüchtigen Blick miteinander. Sie schlagen den Mantelkragen um. Da kommt die Erkennungsmarke zum Vorschein. Ach, du mein Schreck! Kriminalpolizei. „Können Sie sich ausweisen?" „Was denn, ausweisen? Ich hab doch nischt getan." „Behaupten wir auch nicht. Aber wenn Sie nichts auf dem Kerbholz haben, wird es Ihnen ja umso leichter fallen, sich zu legitimieren." Die Achtzehnjährige sieht sie entgeistert an, sagt aber nichts. „Dann müssen wir Sie mitnehmen. Zunächst nur zur Feststellung der Personalien." „Auf Wache?" Das Mannweib nickt. Plötzlich kreischt die Achtzehnjährige auf. Es ist ein kurzer, hysterischer Schrei. Ihr Gesicht wird ganz schlaff. Die Augen schwimmen. „Machen Sie keinen Lärm, Sie!", sagt die Kriminalbeamtin und legt ihr die Hand auf den Mund. Die Kleine, Magere steht schon neben der Schreienden und zieht sie am Armgelenk in die Höhe. Das Mädchen erhebt sich willenlos. Ihr Auge ist gänzlich erloschen. Wie ein Schatten wankt sie zwischen den beiden Strafengeln zur Tür hinaus.

Drei Männer stehen in der Tür. Lodenmäntel. Jägerhüte. Schwarzer Schnurrbart. Gesträubt. Wulstige Stirn. Breite Schultern. Sie haben die Hände in den Manteltaschen und sehen sich den Betrieb eine Weile ohne sichtliche Neugier an. Dann hebt der eine das Kinn. Militärisch. Und ruft im altvertrauten Unteroffizierston in den Saal hinein: „Alle mal herhören. Sitzen bleiben. Legitimationen bereithalten.“ Er tritt seine Inspektionsreise durch den Saal an, Schuhgröße vierundvierzig, echte Kommisstreter mit Doppelsohle. Die andern beiden pflanzen sich breit vor der Tür auf. Raus kommt da keiner.

Totenstille. Die Mamsell an der Theke will gerade noch zwei Portionen Löffelerbsen mit Spitzbein in der Küche ansagen. Aber es lohnt sich nicht mehr. Nu mal erst Revision. Das dauert 'ne ganze Weile. Der Lodenmantel geht von Tisch zu Tisch. „Na, irgend 'n Ausweis wer'n Sie ja haben! Nee, Straßenbahnfahrschein is kein Ausweis. Haben Sie einen Beruf? Wenn Sie erwerbslos sind, gehen Sie doch stempeln. Na, also – raus schon mit dem Ausweis! Ich muss Sie mitnehmen. Der Wartesaal is keine Wärmehalle. Tut mir leid, wir haben uns nach unsren Vorschriften zu richten. Machen Sie keine Sachen, Mann, und folgen Sie gutwillig. Sie wissen, Widerstand gegen die Staatsgewalt wird bestraft.“ Er liefert ihn bei den Cerberussen an der Tür ab. Da stehen schon ein paar und warten auf den Lastkraftwagen. Es wird weiter durchgekämmt.

Fritz Knelke, der Fürsorgejunge, sieht die drei beim Eintreten auf den ersten Blick. Er hat schon seine Übung und weiß, was ihm blüht, wenn sie ihn erwischen. Also flitzt er in die Höhe, schießt durch das Menschenknäuel, wirft sich hinter die Theke und macht der Mamsell, die Alarm schlagen will, ein Zeichen, sie solle schweigen. Hat der Mensch Worte?, denkt die Mamsell und besieht sich den kessen Jungen, der ihr beinahe unter die Röcke kriecht. „Hier is dicke Luft. Mensch, türme!“ „Wohin?“ Sie bewegt den Kopf vorsichtig und macht mit den Augen ein Zeichen. Hinter der Theke durch den Türbogen. Dann rüber in den anderen Wartesaal. So 'n Junge! So 'ne kesse Bolle! Schlägt der Polizei 'n Schnippchen. Sie kichert unterdrückt, und die Bluse über dem handfesten Busen spannt sich. Fritz Knelke kriecht auf allen vieren. Fassen lassen? Nich ums Verrecken! Raus! Nur raus! Er kann sich was Bessres denken als wieder zurück in Fürsorge. Die Mamsell lächelt befriedigt. Der hat's geschafft! Mal sehn, was sich sonst noch tut. Sie summt: Drei Musketiere, drei Kavaliere, drei scharfe Rapiere, für die Freiheit stehn sie ein ...

Der Lodenmantel tritt an den Tisch, an dem Herr Tölle, Alfred Schütte und Paul Mielenz ihren Verein aufgemacht haben. Herr Tölle lächelt dem Mann des Gesetzes verbindlich entgegen und zückt seine Brieftasche. Er hat tadellose Ausweispapiere. Da kann man nichts machen. Die anderen? „Meine Neffen. Ich bringe sie zur Bahn. Sie fahren nach Haus.“ Er nennt den Zug. Das klappt alles wie am Schnürchen. Ausweispapiere? Herr Tölle stutzt einen Augenblick. Verdammt! Wer weiß denn, ob die Jungens sich legitimieren können? Aber Paul Mielenz hat seine Invalidenkarte und Krankenkassen-Abmeldung bei sich. Alles tadellos. Braver Junge. Alfred Schütte –? Wenn dieser Geburtsschein genügt –? Der Mann prüft genau und grunzt. Tritt dann an den nächsten Tisch. „Auf Wiedersehen, Herr Kriminalrat!" Herr Tölle lacht neckisch. Er klatscht den Jungens vor Vergnügen auf die Schenkel. Es geht doch nichts über einen geordneten Staat und ausreichende Legitimationspapiere.

Kurt Heinersdorf kommt aus der Toilette zurück. Sein Gesichtsausdruck ist verstört. Das Geld ist hin. Siebenundachtzig Mark, hin. Sie werden ihn per Schub nach Glogau zurücktransportieren. Die Schande! Was soll er den Eltern sagen? Was dem Klassenlehrer? Heinersdorf, du wirst geschasst!, rufen ihm die Klassenkameraden schon am Bahnhof entgegen. Und Manning & Co. verzichten auf die Ehre, ihn als Lehrling in ihr renommiertes Eisenwarengeschäft aufzunehmen.

Lotte Streit schiebt ihren Arm sanft unter den seinen. Die hat er ganz vergessen. Hier steht er, Schlesischer Bahnhof, Berlin. Und am 20. März läuft der Dampfer Saint Louis mit Reiseziel Kapstadt aus dem Hamburger Hafen aus. Wie kommt er ohne Geld bis Hamburg? „Der Knelke hat das Geld!", behauptet Lotte hartnäckig. „Kannst du's beweisen?" „Ich habe nischt gesehen, was man so sehen nennt. Aber er hat's, da kannst du Gift drauf nehmen." Der Gymnasiast zuckt ungläubig die Achseln. Die Kleine bohrt weiter. „Sag's ihm doch auf den Kopf zu!" „Und wenn er's gar nicht hat?" „Is *auch* kein Malör. *Der* Junge kann 'n Knuff vertragen." Sie schiebt ihn gegen die Tür zum Wartesaal. Er klinkt unschlüssig auf und will in Gedanken hinein. Da sieht das Mädchen durch den Spalt einen schwarzen Schnurrbart, gesträubt, wulstige Stirn, breite Schultern, dazu Lodenmantel und Jägerhut. Sie reißt den Jungen zurück und warnt: „Polente!“ „Was denn? Polente? Wo denn? Na, und –?“ Mensch, du hast wohl 'n falschen Zahn? Wenn die dich erwischen, bist du morgen wieder in Glogau.“

Kurt Heinersdorf zögert. „Aber mein Koffer –!“ „Den lass nur schwimmen. Besser frei sein *ohne* Koffer, als auf der Wache *mit* Koffer.“ Der Junge ist wie benommen. Geld weg. Koffer weg. Da steht er auf dem Gang vorm Wartesaal. Draußen der Nebel, das ist Berlin. Die Züge rollen. Aber keiner bringt ihn ans Ziel. Er weiß nicht einmal, woher er das Geld nehmen soll, um vom Schlesischen bis zum Lehrter Bahnhof zu kommen. Er möchte weinen. Aber er kann doch nicht weinen! Da ist ein Mädchen, das erwartet vielleicht, dass er es stützen wird. Ach, du lieber Gott! Er und noch einen andern Menschen stützen. Er lehnt an der Wand, vorm Fahrplan Königsberg, Preußen, ganz verbiestert. Aber das Mädchen nimmt ihn bei der Hand. Resolut. „Mensch, nu erst mal raus hier. Dicke Luft. Draußen is besser.“ Da geht er mit wie ein Hund an der Leine.

Draußen läuft ihnen Fritz Knelke in den Weg. Das ist Gerechtigkeit!, denkt Lotte Streit und hält ihn am Ärmel fest. „Ihr?“ Der Fürsorgejunge macht ein verdutztes Gesicht. „Ich denke, euch hat die Polente.“ „Eben nich. Wie du dich augenscheinlich überzeugen kannst.“ Fritz Knelke grinst. „Ich bin hinter der Theke getürmt. Nu können die Doofköppe suchen.“ Kurt Heinersdorf öffnet den Mund, nicht ohne Anstrengung: „Wenn du jetzt nicht die Wahrheit sagst, die lautere Wahrheit –.“ „Wat denn, Wahrheit –? Du quatschst ja mit einmal wie 'n Leichenprediger.“ „Schluss mit Musieke!“, fährt Lotte

Streit dem Gymnasiasten in die Parade. „Ihr habt wohl Lust, hopps zu gehen? Schnell mal Kriegsrat. Was nun?“ Der Fürsorgejunge merkt, dass es ohne ihn nicht geht. Die haben ja Schiss, die beiden. Vor der Polente, vor Berlin, vor dem ganzen Leben. Was wollen die ohne ihn? Er fühlt sich in seinem Element. Denen wird er's gleich zeigen. „Wenn ihr Mut habt, ich hätte 'ne Bleibe für uns alle.“ „Wo?“ „*Mein* Geheimnis! Wollt ihr mit?“ Die beiden werfen einander Blicke zu. „Erst sagen, wo. Dann meinetwegen.“ „Gefragt wird nich. Kommt nur mit. Wir fahren Elektrische.“ Kurt Heinersdorf starrt ihm ins Gesicht. „Mein Geld ist weg. Ich kann nicht Elektrische fahren.“ Der Fürsorgejunge grinst. „Quatsch! Ich lege aus.“ Die Straßenbahn hält an der nächsten Ecke. Sie steigen auf. Vorderperron. Kurt und Lotte drücken sich in die Ecke, wo's am dunkelsten ist. Fritz Knelke übernimmt das Geschäftliche. „Macht, dass ihr nach Hause kommt, Lausejungens!“, brummt der Wagenführer und fährt an.

„Und nun noch eine kleine Runde vorm Schlafengehen!“ Herr Tölle blickt Alfred Schütte und Paul Mielenz treuherzig ins Auge. Der Alfelder wagt nicht, nein zu sagen, obwohl er sich aus Alkohol gar nicht viel macht. Paul Mielenz steht auf. „Mal austreten.“ Vergisst aber nicht, seinen Pappkarton mitzunehmen. Oller Schmuser!, denkt er und drückt sich beizeiten.

Draußen angekommen, ist er weniger resolut. Was nun? Nach Allenstein fahren? Berlin erobern? Wenn er sich in die Fensternische kauert, nimmt ihn der nächste Schupo beim Kragen. Wieder reingehen? Puh, die Stinkluft! Kleinen Spaziergang im Nebel machen? Ist auch kein Lotteriegewinn. Was tun? Was tun? Knöppe abzählen. Berlin? Allenstein? Na, mal los. Wird schon werden. Beim letzten Knopf biegt einer von der Heilsarmee um die Ecke. Halleluja-Gesicht. Immer noch besser als 'n Kriminal-Spitzel. „Nun, junger Mann, so spät auf den Beinen?" Paul Mielenz zuckt die Achseln. „Haben Sie Eltern? Wohnen Ihre Eltern in Berlin?" Der fragt wie's Adressbuch, denkt Paul Mielenz. Aber freundlich ist der Mann. Was recht ist, muss recht bleiben. Der hat 'ne Stimme wie warmer Tee. Nicht übel bei dem Nebel! Schließlich, man kann ja dem Halleluja-Onkel 'ne kleine Freude machen. Und ob es bei der Heilsarmee Nachtquartiere gäbe? Paul Mielenz legt den Kopf auf die Seite und ist neugierig, ob der Betbruder ihn enttäuschen wird. Der Soldat nickt. Und sein Auge hinter der runden Nickelbrille füllt sich mit verlegener Wärme. „Kommen Sie, junger Mann. Die Liebe Gottes ist der Mantel, der alle Frierenden wärmt." Paul Mielenz lacht, wie der so komisch daherredet. Aber das Bett ist gut, das auf ihn wartet, ein gutes, sauberes Feldbett. Und die Suppe ist gut, die ihm gereicht wird. „Schlafen Sie sanft, junger Mann!", sagt der Soldat und hält ihm die Hand zum Abschied hin. „Ich habe noch Dienst. Es sind immer Seelen am Verzagen. Gebe Gott ihnen die Kraft, auszuharren, bis ich ihnen die rettende Hand reichen kann." Er geht. Paul Mielenz blickt ihm zweifelnd nach. Aber unter der Bettdecke faltet er die Hände. Er betet. Es sieht's ja niemand. Warum soll er sich also genieren?

Pflanzerverein Sonnen-Heil

Die Häuser werden spärlicher. Es sind immer noch Mietskasernen. Aber dazwischen Bauplätze wie Zahnlücken. Dann Planken mit Stacheldraht. Plakat: Achtung! Der Hund beißt! Mit Mennige beschmiert: Heraus am 1. Mai! Und mit Kreide: Mariechen Müller is doof! Holz- und Zimmerplätze. Presskohlen, Anthrazit, Torf. Benzin-Tank. Shell-Pumpe. Möbelwagen-Lagerplatz. Ein Friedhof mit obligaten Steinsetzereien, Bildhauereien, Gärtnereien. Dann wieder Planken, Planken. Ein Sportplatz, Hockey-Club 97 e. V. Und schließlich das Laubengelände.

Pflanzerverein Sonnen-Heil. Es ist alles adrett und freundlich, obwohl die Zweige der Stachelbeerbüsche noch schwarz und kahl in die Luft stechen und die Wasserpumpen mit Stroh umwickelt sind. Jeder Weg zwischen den Gärten hat seinen Namen. Mit Liebe ausgesucht. Paradiesweg. Nachtigallenweg. Ananasweg. Aequatorstraße. Dazwischen stehen die Lauben. „Glück im Winkel“, „Heiderose“, „Honolulu“, „Hier is richtig“. Die Dachpappe hat über Winter stark gelitten. Hier und dort ein Fenster zerbrochen. Aber wovon sollen die Glaser leben, wenn die Scheiben nicht den Weg alles Irdischen gehen? Mensch, die Stakete sind auch zusammengefault, nich zu glauben. Das wird Arbeit geben, wenn der Frühling da ist. Vor allem die Lauben streichen. Ich denke mir: grünlich-gelb das Sims und die Dachrinnen preußisch-blau. Es muss harmonieren mit der Natur. Wenn erst der Krokus blüht und die Hyazinthen kommen, bist du besoffen von so viel

Farbe. Aber Mutter will das. Mutter freut sich, wenn die Farben durcheinanderpurzeln. Das is wie Jazzmusieke, sagt Mutter. Da purzelt auch alles. Verdammt, der Müllkasten is nu glücklich durchgerostet. Das kost' Reparatur. Und die Beete können auch mal neu eingefasst werden. Umgestülpte Seltersbuddels. Nee, die nich, die sind so wässerig-blau. Lieber Schultheiß-Export. Braun is 'ne liebevollere Umrahmung für die Ananas-Erdbeeren und Petersilie. Aber Radio muss dies Jahr kommen. Achtung! Achtung! Hier Berlin und der deutsche Kurzwellensender. Wir übertragen Ihnen jetzt Unterhaltungsmusik aus dem Hotel Der Kaiserhof. Au, fein! Das is was für Muttern. Hör gut zu, Mutter. Brauchst dir nich genieren, wenn der Lautsprecher auch nur auf Abzahlung bezahlt is. Liebestraum nach dem Balle. Von Czibulka. Und dann: Küssen ist keine Sünd'. Von Eysler. Darauf freu ick mir!

An der Kreuzung von Aequatorstraße und Goldfasanenweg steht die Tafel für die Vereinsbekanntmachungen. Da ist die Zeit stehen geblieben. Hängt noch so 'n Plakat vom Jahr zuvor. Sonntag, 25. August: Ernte-Fest. Nach Einbruch der Dunkelheit großer Fackelzug. Jedes Pflanzer-Kind erhält einen Lampion gratis. Daneben Bekanntmachung: Mitglieder-Versammlung. Obstbaumschnitt im Winter. Vortrag mit Vorführungen von Obergarteninspektor Bittrich. Jeder Kolonist sollte unbedingt Mitglied unserer Brandunterstützungs-Kasse werden. Achtung, Kleingärtner! Laube zu verkaufen! Des Gartens Zier ist das Spalier, die Leisten liefert Bendix dir.

An den Planken entlang kommen Fritz Knelke, Kurt Heinersdorf, Lotte Streit. Die Letzteren aneinandergedrückt, vermiest. „Is das nu bald? Oder wie lange noch?“ „Nur immer langsam voran. Ihr werdet's erwarten. Jetzt rechts schwenkt marsch!“ Sie biegen in das Laubengelände ein. Kurt Heinersdorf und Lotte Streit, merkt ihr was? Der Fürsorgejunge triumphiert. „Hier gibt's Wohnung ohne Wohnungsschein.“ Na ja, nich übel! Besser als im Wartesaal 3. Klasse, wenn Polente kommt. Sie gehen herum wie die Kapitalisten, die eine Villa kaufen wollen und lange mäkeln. Aber im Dustern auf Wohnungssuche ist schließlich keine Kleinigkeit. Wenn wenigstens Mondschein im Kalender wäre! Aber der feuchte Nebel pappt in den Kleidern wie Mehlkleister. Is ja einerlei, links oder rechts! Hauptsache: schlafen! Da ist eine Laube: manierlich. Ein Ofenrohr ragt aus der Seitenwand. Überm Eingang zwei Papageien, die sich schnäbeln, hinten mit Holz abgesteift. Hier is richtig! Sie gehen keinen Schritt weiter. Nu Schluss und in die Klappe, ihr Kinder! Kurt Heinersdorf hantiert am Schloss von der Gartentür. „Halt dich nicht auf. Übersteigen.“ „Und ich?“, mault Lotte Streit. Sie wird wie ein Paket rübergehoben.

Knorke! An der Laubentür dieselbe Prozedur mit dem Schloss. „Die drücken wir ein. Eins, zwei, drei, alle Mann ...“ Da knallt sie auf. Puh, das stinkt nach vorigem Jahr. Macht aber wenigstens warm. Zappenduster! Fritz Knelke muss ein Streichholz anstecken. Der Lichtschein flackert über die Wände. Papiermaché-Teller. „Ich bin dir 3, 4 und 4.“ Ein Delfter Teller hängt auch da. Blaue Windmühle. Echt imitiert. Kurt Heinersdorf stolpert über einen eisernen Gartenstuhl. Au, mein Schienbein! Aber da kommt das Kanapee zum Vorschein. Juchhee! Ein richtiges, verbogenes, ganz windschiefes, wackliges

Kanapee. Rauf mit der Braut! Lotte Streit hat ihr Daunenbettchen. Fritz Knelke verbrennt sich die Finger mit dem Streichholz, findet aber noch ein paar Kartoffelsäcke und Aufwaschhadern. Eins, zwei, drei: Schläft die ganze, todmüde Gesellschaft.

Es ist duster. Zappenduster. Aber durch das Fenster in der Ecke, das halb mit Sackleinwand zugespannt ist von wegen zerbrochener Scheibe, kommt doch ein grauer Schimmer, der sich mit der Finsternis mischt. Die Atemzüge der drei gehen friedlich und gleichmäßig. Manchmal wälzt sich der Glogauer von einer Seite auf die andere. Oder der Fürsorgejunge schlägt mit dem Bein um sich. Aber das sind nur vorübergehende Kraftäußerungen. Der Schlaf ist stärker als die Unruhe der Schlafenden. Die Uhr rückt weiter. Von Stunde zu Stunde. Es ist köstlich still wie in Abrahams Schoß.

Mit einem Mal schlägt Kurt Heinersdorf die Augen auf. Wo bin ich? Er muss sich erst zurechtfinden in der Welt. Das ist nicht so einfach. Aufbruch von Glogau. Flucht nach Berlin. Schlesischer Bahnhof. Polente. Er liegt ganz still, lässt aber die Augen im Kreise gehen. Da ist ein matter, fahler Schimmer in der Dunkelheit. Nur ein Fleck. Der zieht ihn an. Er starrt auf den Fleck. Lange Zeit. Dann rappelt er sich auf und tappt hin. Er streckt die Hand vor, behutsam und unsicher. Fleisch! Kühles, zartes Fleisch. überm Knie. Ein Stück Schenkel. Lotte Streit liegt auf dem Kanapee – verbogenes, ganz windschiefes, wackliges Kanapee – und hat im Schlaf das eine Bein hochgezogen. Nun klafft der Mantel und das Fleisch schimmert. Fahl. Ach, du mein Schreck! Kurt Heinersdorf hat noch nie im Leben mit einem Mädchen im gleichen Zimmer geschlafen. Er zieht wie ein ertappter Sünder die Hand zurück und kriecht verschämt auf seine Lagerstatt. Junge, Junge! Unheimliche Situation! Und doch ist Kurt Heinersdorf nicht ohne Stolz. Welcher seiner Klassenkameraden kann sich denn rühmen, in einer Laube, unweit Berlins, mit einem Mädel genächtigt zu haben? Romantik. Er streckt sich lang aus, angenehm erregt, und greift mit den Händen ins Dunkle. Da bekommt er Fritz Knelke am Kragen zu fassen. Der? Richtig! Der Fürsorgejunge! Den hätte er beinahe vergessen. Dem Glogauer gehen die Augen auf. Möglicherweise, dass er neben einem Dieb liegt, einem ganz abgefeimten, skrupellosen Dieb, der ihn um seine letzte Barschaft gebracht hat. Biest! Hast mich um Afrika betrogen. Aber wir wollen doch erst mal sehen, ob nicht am Ende –.

Er tastet den Schlafenden ab. Vorsichtig und doch gierig. Das Blut klopft ihm in den Schläfen. Aber er zwingt sich, ruhig zu bleiben. Tasche für Tasche. Nur langsam. Wird schon werden. Schwein! Dich bring ich ins Zuchthaus. Der Fürsorgejunge fährt in die Höhe. Schlaftrunken. „Wat denn? Wat denn? Klauen willste?" „Mein Geld!" „Hier is kein Geld. Hier wird geschlafen." „Siebenundachtzig Mark, sechzig Pfennige." „Na, und die Elektrische?" „Schuft!" Er beugt sich über ihn. Sie ringen miteinander. Lotte Streit fährt überrascht in die Höhe. „Seid ihr denn ganz des Deibels?" „Misch dich nicht in Männersachen!" Sie springt aber doch vom Kanapee und fällt ihnen in die Arme. Es ist ein Knäuel in der Dunkelheit. Da! Da! Es hagelt Hiebe. „Schuft!" „Das wär gelacht!" „Aufhören! Aufhören!" „Das Geld raus." Gekicher. „Au!" Lotte Streit hat einen Schlag vor die Stirn abbekommen. Sterne spritzen durch die Dunkelheit. Kurt Heinersdorf unterbricht den Ringkampf. „Schluss, Mensch! Unentschieden!" Er tastet sich zu Lotte. „Wo bist du, Lotte? Bist du getroffen?" „Doofköppe!" Sie möchte weinen, aber sie lacht. Der Gymnasiast nimmt sie in den Arm und führt sie zu ihrem Kanapee zurück. Er hält sie sehr weich und ritterlich. Das gefällt ihr. Nun legt er sie nieder und deckt sie mit dem Mantel zu. Nichts zu sehen von Fleisch, aber rein gar nichts. „Ich will dir was sagen, du!", flüstert sie. Da neigt er sich über ihr Gesicht und horcht. Aber sie sagt nichts. Stattdessen fühlt Kurt Heinersdorf etwas Warmes auf seinem Mund. Etwas sehr Weiches, Hingebendes, das ihn berauscht. Ihre Lippen. Die beiden Kinder halten den Atem an, und Lottes Kuss fließt über zu Kurt Heinersdorf. Elektrischer Strom. Da hüpft sein Herz. Und er denkt: Ich will nicht wissen, ob der Knelke mir mein Geld gestohlen hat. Soll er doch! Er schnurrt wie ein Kater und sucht die Wärme des Mädchens. Aber da neigt sie den Mund ein klein wenig, und die Verbindung ist unterbrochen. Die Wärme erlischt. Es ist wieder duster, zappenduster. Und Kurt Heinersdorf tappt zu seinem Lager zurück. Der Fürsorgejunge rührt sich nicht. Der soll auch nur wagen, 'ne Lippe zu riskieren!

Herr Tölle schließt die Korridortür auf und lässt Alfred Schütte eintreten. „Mein Haus ist mein Schloss!, wie der Engländer sagt." Stube, Kammer, Küche. Richtige Junggesellenwohnung. Zum Kummer von Frau Hotz, der letzten Wirtin Herrn Tölles, die ihm noch immer nachtrauert. „Wenn ich so 'nen Schambergarnisten wie Herrn Tölle habe, dann will ich lieber keinen andern haben!" Denn wieso? Herr Tölle ist seelensgut, sauber und bringt keine Weiber mit. Wohingegen er Frau Hotzens Benno, was kein Mann, sondern ein Hund ist, zwischendurch auf die Straße führt. Aber das war einmal. Mein Haus ist mein Schloss. Man hat das Bedürfnis, sesshaft zu werden, Wurzeln zu schlagen. Herr Tölle schlägt Wurzeln.

Man ist Verkaufskanone. Exponent für das Tempo der Zeit. Aber man hat auch Sinn für häusliche Behaglichkeit. Über dem Sofa an der Wand hängt die kleine, zierlich gedrechselte Etagere. Und was sehen unsere Augen befriedigt auf der Etagere? Fotografien in Zinkgussrähmchen. Ein trautes Elternpaar. Herr Tölle als Baby, Konfirmand und Schipper hinter der Front. Ein paar kunstvoll geschnörkelte Muscheln. Eine Ansichtskarte, gerahmt, in Farbendruck: die Lutherstube auf der Wartburg. Drum herum, an der Wand, in anmutig geschwungenem Bogen: Filmstars, wie sie leiben und leben. Der schöne Valentino (nun auch schon tot). Harry Liedtke. The singing fool. Conrad Veidt. Nicht zu vergessen: unser großer Deutscher Emil Jannings, heimgekehrt aus Dollarien. Dazu Varieté-Sterne. Akrobaten. Equilibristen. Die Fratellinis. Alles säuberlich mit Reißzwecken über einer neckischen Tapete befestigt.

Alfred Schütte sieht das mit Andacht und begreift den Entwicklungsgang über Wohlstand zur Kultur. Neben dem Ofen am Kleiderhaken hängt ein Ballettröckchen. Gaze und Flitter. Bauschig, duftig, glitzernd. Herr Tölle fängt den fragenden Blick des Alfelders auf. „Damit geh ich immer auf die Maskenbälle. Hehe, als Primaballerina. Ich verkohle die Kavaliere." Ein glockenhelles Lachen. Schon steht er nebenan in der Schlafkammer, gurgelt wie ein Springbrunnen, putzt sich die Zähne, feilt sich die Nägel, verschwendet Haarwasser und Pomade und kommt rosig wie ein Schweinchen, das im Schaufenster des Fleischerladens ausgestellt ist, wieder zum Vorschein. „Alfred, mein guter Alfred, du schläfst auf dem Sofa. Nimm dir die Schlummerrolle und das Straminkissen. Hier hast du eine Reisedecke. Zieh dich aus. Vor mir brauchst du dich nicht zu genieren. Gott, hat der Junge hohe Beine, hehe, wie ein Rennpferd! Aber erst waschen. Nee, mein Lieber, nich in die Baba ohne Waschen und Massage. Sanatoriumsreglemang!" Er schiebt ihn in die Küche vor den Ausguss. Die Wasserleitung tritt in Aktion. Das zischt und braust. Herr Tölle steht mit dem Handtuch parat und frottiert den langen Jungen, der keinen Widerstand kennt. Sie lachen fröhlich. Gott, kann Herr Tölle lachen! Aber Scherz beiseite. Erst noch Scheitel ziehen. Herr Tölle scheut auch vor dieser Mühe nicht zurück. „Na, wie siehst du nu aus? Wie der Prinz im Märchen! Warte nur, ich werde noch einen schnieken Jungen aus dir machen." Er verabfolgt ihm noch einen wohlgemeinten Klaps auf den Rückenfortsatz. Alfred Schütte springt wie ein Füllen und kriecht unter die Reisedecke. Herr Tölle kräht: „Soldaten soll'n zu Bette gehn, soll'n nicht so lang beim Liebchen stehn! Der Hauptmann hat's gesagt!" Er steigt auf den Rohrstuhl und dreht das Gaslicht aus. „Gute Nacht, Alfred!" Keine Antwort. Der ist schon hinüber. Der Schlaf stürzt über ihn her. Überwältigt ihn. Der brave Junge muss nachholen, was er auf dem Marsch von Alfeld bis Berlin versäumt hat. Herr Tölle hüpft durch die Dunkelheit. Hinein in die Schlafkammer. Wachsen ihm Fledermausflügel? Phosphoresziert sein Auge? Er tanzt. Bei Gott, er tanzt. Hurr hopp hopp hopp, Galopp Galopp, mein Besengaul, hurr hopp, nit faul! Bei dunkler Nacht, wenn niemand wacht, zum Hexenschmaus am Schornstein raus!

Am Morgen der Welt

Der Morgen kommt. Eine graue Kälte zwingt sich durch die Ritzen der Laube. Da frösteln die Schläfer und werfen sich im Schlaf. Der Fürsorgejunge blinzelt durch die Lider und hebt vorsichtig den Kopf. Die schlafen noch!, denkt er und kriecht zur Tür. Er ist blass und verhungert in der Morgenkühle. Seine Lippen sind schmal und lieblos, vielleicht weil niemand ihm bisher bewiesen hat, was Liebe ist. Wie ein Tier in der Wildnis ist der Junge: immer auf der Lauer, in Furcht vor anderen Tieren und vor dem Jäger auf dem Anstand. An der Tür angekommen, grinst er befriedigt und gleitet aus den Knien in die Höhe. Die werden Augen machen! Er klinkt behutsam die Tür auf und geht durch die Lappen.

Es wird Tag. Ein Lichtstreif liegt auf dem Papiermaché-Teller. Er berührt auf seinem Weg die Nasenspitze Lotte Streits, wird breiter und legt sich wie ein Band auf ihre Augenlider. Das beunruhigt das Mädchen im Schlaf. Tiefer Atemzug. Dann richtet sie sich auf und blinzelt um sich. Es kreist in ihr, drehendes Bewusstsein, aber aus den Kreisen wird eine Welt, die Gedanken formen sich, treten in Reih und Glied, Vergangenheit taucht auf, und auf dem Fußboden, vor Kälte zusammengekauert, liegt die Gegenwart: Kurt Heinersdorf. Das Mädchen hängt mit dem Oberkörper über der Sofalehne und studiert die Gesichtszüge des schlafenden Jungen. Sie spürt im Magen ein Hungergefühl. Aber sie ist doch befriedigt. Wie eine Sechsjährige, deren Blick im Erwachen auf die Puppe am Fußboden fällt – einerlei, ob diese Puppe ein scheußliches Unwesen aus Holz und schmutzigen

Lappen ist oder ein differenziertes Ding aus Seide und Menschenhaar.

Lotte Streit springt vom Sofa und rüttelt den Schläfer. Der schreckt auf und stiert entgeistert um sich. Es ist alles wie am Morgen der Welt, Chaos, feindliche Materie, Kampf zwischen Schatten und Licht. Mittendrin der Mensch, hilflos, und doch gewappnet mit dämmerndem Geist.

Was tun? Wie sich wehren? Wo hinaus führt der Weg?

Dem Gymnasiasten fällt es wie Schuppen von den Augen. Ausgeplündert. In den Straßengraben geworfen. Ohne Möglichkeit, zum Ziel zu gelangen. Dieser Hund, der Fürsorgejunge, der ihm seine Reisebarschaft gestohlen hat! Kurt Heinersdorf schnellt in die Höhe, sucht in allen Winkeln nach dem Räuber. Aber Lotte Streit findet sich mit *einem* Blick in die Sachlage. „Det Aas hat sich dünne gemacht, verstehste!" Der Glogauer schießt an die Tür und steckt die Nase jäh zur Laube hinaus. Da rührt sich nichts. Die Luft ist noch feucht vom Nebel der Nacht. Die Erde hat sich sattgetrunken an der himmlischen Nässe. Von den schwarzen, kahlen Zweigen der Stachelbeerbüsche tropft es wie aus verschnupften Nasen. Spatzen streiten sich auf dem Staket und ergreifen die Flucht beim Öffnen der Laubentür. Der Gymnasiast blickt zaghaft um sich. Ein rostiger Müllkasten. Zerplatztes Regenfass. Der Nachbargarten mit Antenne und Kinderwindmühle, die sich müde dreht. Stille. Robinson auf dem Eiland im weiten Ozean. Freitag kommt hinter ihm zur Hütte herausgesprungen. „Mensch, sei doch nich so ängstlich! Hier bricht dir keener 'ne Verzierung ab." Und zieht ihn ins Freie. Ganz Kind. Ganz verspielt. „Eene meene ming ming, ping pang, ose pose packe dich, eia weia weg!" Lotte Streit hält ihn bei den Händen und dreht ihn lustig im Kreis. „Eene kleene Kaffeebohne wollte jern nach Engelland, Engelland war zujeschlossen, und der Schlüssel war zerbrochen. Icks, acks, u, weg bist du! Icks, acks, enn, du kannst renn'. Eene deene, unke funke, rabe schabe, tippe tappe, kese nappe, ulle pulle, ross raus, du lichst draus!" Sie hat lachende Augen, und in ihre runden Backen schießt Morgenrot. Nur nich denken. Nur nich fragen, was hinterher kommt. Sie hat ein Talent zum Vegetieren, das entwaffnet. „Ick freu mir wie Bolle. Mensch, woll'n ma erst unsre Villa mit Park und Garage bekieken!" Sie zieht ihn mit sich. Rund um die Laube. Die eine Wand ist mit Blechplakaten benagelt: Echt Stralsunder Korn. Bester Hausschnaps der Welt. Die Papageien über der Tür schnäbeln sich immer noch. Kurt Heinersdorf tippelt neben dem Mädchen her, fühlt sich geschmeichelt als Ritter und Kavalier in der Einsamkeit. Gut, dass der Fürsorgejunge getürmt ist. Der hätte doch nicht hereingepasst in unser Milieu. Nun hat er seine Lotte allein. Die Welt erglüht romantisch. Aber im Augenblick darauf rutscht ihm das Herz schon wieder in die Kniekehlen. Am 20. März verlässt der Dampfer Saint Louis den Hamburger Hafen. Bestimmungsort Kapstadt. Wie will er zur rechten Zeit in Hamburg eintreffen? Ohne Geld in der Tasche? Ohne Hilfe? Ohne Rat? Betrogen. Bestohlen. Am Rand seiner Kräfte.

Seine Hand sucht die Hand des Mädchens. Aber Lotte Streit denkt: Der will, was alle wollen, wenn sie allein sind mit mir. Da streichelt sie ihm die Tolle und sagt sachlich: „Nu mach man, mir kullert schon der Magen. Geh und verdien dir 'n paar Schrippen und 'n Stücke

Wurst. Ich wer' derweil die Bude aufräumen." Kurt Heinersdorf blickt sie verständnislos an. Wie verdient man sich ein paar Schrippen, ein Stück Wurst? „Koffertragen bei'n Schlesischen Bahnhof. Oder versuch's mal in die Zentral-Marchthalle." Tiefer Atemzug. Schwerer Entschluss. Aber der Magen rebelliert. Und ein Schamgefühl, das er vor der Sicherheit des Mädchens empfindet, tut sein Übriges. „Ich werde mal sehn!", sagt er leichthin und haut ab.

Paul Mielenz, Page ohne Vergnügungsetablissemang, reibt sich die Augen. Er hat im Schoße der Heilsarmee eine wundervoll stärkende Nacht gehabt. Nun spült er sich vor der blechernen Waschschüssel das runde Gesicht ab und lässt sich den heißen Malzkaffee durch die Gurgel rinnen. Mensch, das schmeckt! Aber die Beterei früh am Morgen schmeckt weniger. Er soll Fragebogen ausfüllen und den Heilsarmeesoldatinnen Rede und Antwort stehen. Da entwickelt er eine resolute Eile. Muttern wartet in Allenstein. Und wenn er seinen Zug nicht wieder verpassen will –! Also raus ausm Haus. Pappkarton geschultert. Große Schritte gemacht. Richtung Schlesischer Bahnhof. Hinter der nächsten Ecke aber: Das Ganze haaalt! Er schiebt die Sportmütze in den Nacken und kraut sich das blonde Haar. Was nun? Was tun? Nach Hause? Nach Hause gehn wir nicht, bis dass der Tag anbricht. Raus aus Berlin? Sein Leben in einem öden Kaff verdösen? Wo es doch in dem „brausenden Strom der Weltstadt" tausend Möglichkeiten gibt? Überhaupt: Wie war das doch mit den Dollarmilliardären überm großen Teich? Die haben alle einmal wie er, Paul Mielenz, an einer Ecke gestanden, Pappkarton bei

Fuß, die Welt vor sich, das Leben, alle Möglichkeiten des Lebens. Haben aber nicht den Kopf hängen lassen, Duckmäuser, Tranfunzeln und den lieben Gott einen guten Mann sein lassen. Vielmehr: Die haben gewusst, dass es auf den Dreh ankommt, auf das Köppken, auf den guten Einfall. Dass man strampeln muss, wenn man vorwärtskommen will, und dass man sich vor keiner Arbeit scheuen darf, sofern sie nur Geld einbringt. Überlegen? Wählen? Ob Zwiebel oder Bolle, das spielt hier keine Rolle! Hauptsache: Lohnen muss sich das Ding!

Paul Mielenz setzt sich wieder in Bewegung. Sein Auge strahlt. Seine Backen strahlen. Er fühlt sich Herr der Lage. Jeder Schritt, den er tut, führt ihn seinem Ziel entgegen. Fragt sich nur – welchem?! Er geht die Straße hinunter. Die Schaufenster flitzen an ihm vorüber wie Filmstreifen. Wasservogel's Seifen-Filiale. Esst Albo, sagt Mutter, weg mit de Butter! Hier werden die aparten Pariser Bubi-Köpfe geschnitten. Zum gemütlichen Ostpreußen. Schnauze mit Kohl 90 Pfennig. Königsberger Fleck 40 Pfennig. Wett-Annahme. Rechts-Büro. Tankstelle. Auto-Waschanstalt. Bauzaun. Krieg dem Kriege! Rotfront lebt! Zettelankleben streng verboten!

Paul Mielenz bleibt stehen. Hier geht das nicht weiter. Oder vielmehr: Rechtsum kehrt, wenn er die Weltstadt erobern will. Durststillstation Zum ersten und letzten Berliner. Das ist der Hafen, den er anläuft. Kalkulation: Erst mal die Morgenpost durchblättern wegen profitablem Engaschemang. Er setzt sich an den frischgescheuerten Tisch neben der Tür und lässt seine Finanzen Revue passieren. „Na, Kleener, stimmt die Portokasse nich?" Der Wirt ist ein gemütlicher Quartalsäufer mit Ablegernase, fett wie ein Feigenkaktus. Paul Mielenz, von oben herab: „Eine Molle. Bismarck-Hering. Morgenpost." Der Wirt kriecht kichernd hinter die Theke. Überm Schnapsschrank Plakat, von Eichengrün umrahmt: Willst du Fusel kaufen, musst du weiterlaufen. Willst du trinken klar und rein, kehre immer bei mir ein. Paul Mielenz wartet, vier Finger steif in den Oberschenkel gedrückt, den kleinen Finger graziös gespreizt. Wozu werden Zeitungen gedruckt? Wozu radeln die Zeitungsfahrer mit gefüllten Segeltuchsäcken auf dem Rücken bis hinaus in die letzten Ausläufer der Stadt? Nur damit stellungslose Pagen Gelegenheit haben, sich zu Millionären zu entwickeln. Kleine Anzeigen heißt das Zauberwort. Es umschließt alle Möglichkeiten der Welt. Kommt nur drauf an, dass man den Riecher hat, die Klasse-Offerten von dem faulen Zauber zu unterscheiden. Der Wirt offeriert Mottenpost, Lokal-Anzeiger, Rote Fahne. „Bei mir verkehren Kaufleute bis zum nationalsten Genre und Arbeiter mit blutdurchtränkten Ansichten." Der Junge greift nach den Zeitungen und ertrinkt in einem Wust von Papier.

Gestern früh 8 Uhr raste aus einem Kuhstall in der Koppenstraße eine wild gewordene Kuh die Treppe bis zum ersten Stock des Quergebäudes hinauf und brachte einige Hausbewohner in eine gefährliche Lage. Die Polizei und die Feuerwehr transportierten das Tier unter erheblichen Schwierigkeiten in den Stall zurück. Ein Feuerwehrmann wäre dabei beinahe aufgespießt worden. – Die einbalsamierte Leiche Carusos ist nach seiner letztwilligen Verfügung von drei zu drei Jahren mit einem neuen Anzug zu bekleiden. Im vergangenen Jahre wurde einem Londoner Schneider der ehrenvolle Auftrag zuteil, den Anzug zu liefern. Dazu war es nötig, dass der Lieferant oder einer seiner Zuschneider sich nach Neapel begaben und die erforderlichen Maße nahmen. Wie oft die Wäsche gewechselt werden muss, entzieht sich unserer Kenntnis, es ist aber anzunehmen, dass auch über diese Frage Caruso genaue Bestimmungen getroffen hat. – In der Klinik Charlottenburg, Pulsstraße, hat die Ehefrau Pauline Proecher das dreizehnte Kind entbunden; alle Kinder sind am Leben. – Es wird angenommen, dass Charles Chaplin ein Jahreseinkommen von vier Millionen Mark hat. Wenn behauptet wird, dass Tom Mix der bestbezahlte Filmdarsteller sei, so möchten wir hinter diese Behauptung doch ein Fragezeichen setzen. Sichere Zahlen werden sich in Bezug auf das Einkommen der Könige im Reiche der flimmernden Leinwand nie angeben lassen, daher auch der ständige Kampf der amerikanischen Steuerbehörden mit diesen Millionären.

Paul Mielenz fühlt, wie sein Blut angesichts der authentischen Mitteilungen aus der großen und kleinen Welt zu wallen beginnt. Er blättert hastig weiter, gierig und vom Elan seiner gesunden Jugend getrieben. Da! Annoncen-Teil! Nun wird es sich ja zeigen, ob –. Zufallssache! Eilangebot! Flottgehendes Restaurant, Nähe Sportplatz, Schupokaserne, erforderliches Eigengeld 6 000,–. Wenig getragene von Millionären, Ärzten, Anwälten Kavaliergarderobe, fabelhafte billige Preise, Jackettanzüge, Frackanzüge, Smokings, Paletots, Bauchanzüge, weitester Weg lohnend. – Koserows Festsäle, täglich stimmungsvoller Witwenball. Bombenbetrieb. Tischtelefon. Das führende Ballhaus der reiferen Jugend. – Barkredite bis zwei Monatseinkommen, 9 Jahresprozent, vorschusslos, 15 Rückzahlraten. Gelder flüssig. Selbstgeberin. – Vertrauensvolle Auskunft vorkommenden

Fällen. Untersuchung 2 Mark. Langjährige Erfahrung. – Kriegsbeschädigter (50 Proz.) als Bote sofort gesucht. – O, wie wohl ist mir am Abend, und wie wirkt's auf mich erlabend, hör zu Haus ich mit Behagen Blaschke's Standuhr Bim-Bam schlagen! – Lohnende Abendtour: Salzstangen, Brezeln, Ananas-Schokolade. – Vertreter! Ich biete Ihnen einen der ersten Verkaufsschlager Berlins. Überzeugen Sie sich selbst von den außerordentlichen Umsätzen und Verdiensten meiner Herren. Vorstellung vormittags. Sünderhauf, Gipsstraße 13. – Schäferhunde, Airedaleterrier, Drahthaarfoxe, Zwergteckel, spottbillig, direkt vom Zwinger und Hundeverkauf.

Paul Mielenz lässt die Zeitung sinken. Der Geruch der Druckerschwärze umnebelt ihn. Da ist ein Topf mit Gewinnen und Nieten. Man braucht nur die Hand hineinzustecken und zu ziehen. Aber was zieht man? Ja, da liegt der Hase im Pfeffer. Der Junge hat einen roten Kopf, die Augen schmerzen ihn vom Wirrwarr der Angebote. Laufjunge und Packer bei Lewitzky und Stern? Nachdem er schon Page gewesen ist bei der Metropolis mit blanken Knöpfen und Schirmmütze? Nich in die Tüte! Schließlich ist er ein spekulativer Kopf, ein Köppken, und sein Ziel ist, Berlin in die Tasche zu stecken. Lohnende Abendtour? Salzstangen, Brezeln, Ananas-Schokolade? Is was für alte Krippensetzer, außerdem Nebenbeschäftigung. Aufs Ganze muss man gehen. Fantasie muss die Sache haben. Leben und leben lassen, wenn auch den andern übers Ohr hauen, sonst kommt man nie nach oben. Das kribbelt wie im Ameisenhaufen. Sieht ja ein Blinder. Aus dem Schacht der Untergrundbahn spritzt das heraus, Menschenstrahl, pflanzt sich nach allen Seiten fort, Herrgott, ein Gerenne, ein Geschiebe, wie wenn das

Schiff am Sinken wäre, und jeder klammert sich an etwas Festes, Rettungsring, Stuhlbein, Regenschirm. Komisch ist das, aber auch furchtbar. Sind zu viel Menschen auf einem Haufen. Alle wollen leben, Männer, Weiber, und die Weiber brauchen Kleider und Strümpfe, Ketten und Ringe, manche auch Lippenstift und Parfüm, Mensch, kiek die Kessen!

Paul Mielenz kratzt sich hinterm Ohr. Er ist ja nicht faul. Er *will* ja schuften. Sein Wahlspruch heißt ja nicht, wer die Arbeit kennt und sich nicht drückt, der ist verrückt! Sondern: Im Schweiße deines Angesichts sollst du Kaviar und Austern essen! Wobei zu sagen ist, dass er bisher immer nur hat zusehen müssen, wie sich die anderen delektiert haben, nämlich im Metropolis-Palast, Kavaliere und Kaviarmäuschen. Jetzt aber ist es an der Zeit, den Grundstein zu einem Millionenkapital zu legen. Frisch gewagt ist halb gewonnen. Ich biete Ihnen einen der ersten Verkaufsschlager Berlins. Überzeugen Sie sich selbst von den außerordentlichen Umsätzen meiner Herren. Vorstellung vormittags. Sünderhauf, Gipsstraße 13. Nu nich gefackelt. Herr Wirt zahlen. Halbe Stunde später klingelt Paul Mielenz Gipsstraße 13, Quergebäude, zwei Treppen.

Das bleichsüchtige Fräulein mit der Brille: „Wir suchen keinen Lehrling." „Lehrling? Erlauben Sie mal! Und wie wollen Sie Ihren Verkaufsschlager absetzen?" Das Fräulein lacht hysterisch. „Sie sind doch höchstens sechzehn." „Na, wenn schon. Ich mache Umsätze wie 'n Alter." „Sie sind komisch." „Sie etwa nich?" „Scheren Sie sich zum Teufel." „Ich bin ja schon bei seiner Großmutter!" „Frechheit! Was woll'n Sie damit sagen?" „Eben das." „Herr Sünderhauf! Herr Sünderhauf!" Sie kreischt in den höchsten Tönen wie bei Raubüberfall und so. Der Chef kommt. Er sieht man poplig aus. Lüsterjackett, schmierig, am Ellenbogen zerrissen. „Sie wünschen?“ „Von wejen Annonce.“ „Dass ich nicht wüsste.“ „Nanu! Sie suchen doch Vertreter.“ „Aber keine Kinder.“ „Ich bin längst eingesegnet.“ „Eben darum.“ „Sie wollen nich?“ „Haben Sie schon in der Branche gearbeitet? Zeigen Sie Ihre Zeugnisse.“ „Wenn ich Zeugnisse habe, geh ich bei die Deutsche Bank.“ „Ihr Mundwerk ist nicht übel. Aber Sie repräsentieren nicht.“ „Ich wachse per Monat fünf Zentimeter.“ „Kommen Sie wieder, wenn Sie 1,80 groß sind.“ Paul Mielenz misst ihn mit einem einzigen Blick der Verachtung. „Ihr Kramladen ist mir sowieso zu schofel.“ Schnell ab über die Treppe, Quergebäude, Gipsstraße 13.

Herren-, Burschen-, Knaben-Anzüge bei Sally Seligmann, Anzug nach Maß von 25 Mark an. Prima Stoffe. Bekleidung für Stadt und Land. Sportstiefel. Englische Militärware. Staunend billig. Getragene, gut reparierte Schuhwaren in allen Größen. Nur bei Sally Seligmann. Achten Sie auf den Vornamen Sally. Einmal gekauft habend, bleiben Sie immer mein Kunde!

Fritz Knelke, der Fürsorgejunge, steigt die Kellerstufen hinunter. Neue Kluft macht neuen Menschen. Das Alte schlottert lächerlich um Arme und Beine. „Flotter Frühlingssakko gefällig? Einreihig? Auf Taille. Der junge Herr is von Profession ä Bankdirektor?“ Sally Seligmann, mit ziegelgelbem Bart, die Melone im Genick, grinst väterlich, mit prüfendem Seitenblick nach der Tasche, in der seine Kunden ihr Portemonnaie zu verwahren pflegen. Der Junge macht eine Wendung, überrascht, fasst sich aber geschickt und fährt dem Handelsmann in die Parade. „Jockeylehrling in Hoppegarten." „Pieh – ä feiner Beruf! Nehmen Se ä schickes Modell, letzter Streifen, sonst nur von Grafen und Baronen getragen. Was sollen nebbich Ihre Rösser sich denken, wenn der Herr Jockey-Lehrling nicht first class equipiert nach Hoppegarten zurückkommt?" „Kostet?" „Nu, weil Sie's sind und damit wir unberufen hundert Jahr im Geschäft miteinander bleiben – fünfunddreißig Mark." „Mensch, Sie nehmen's von Lebendigen und von Toten." „Zu teuer? Sollen Se nicht sagen, dass Sally Seligmann Sie neppen will. Dreißig Mark – Freundschaftspreis. Das is ä Geschäft. Noch zehn solche Geschäfte, und man pfeift aufm letzten Loch." „Dreißig Mark und den alten Anzug als Abzahlung." „Nu – is er wert fünf Mark. Macht fünfundzwanzig." „Acht Mark macht zweiundzwanzig." „Soll mer einer sagen, nur die Jüden verstehen, dem Kunden das Fell über die Ohren zu ziehen." Fritz Knelke knallt das Geld auf den Ladentisch. „Haben Sie keinen Spiegel?" „Spiegel? Ist dies ä Lumpenkeller? Ä Konfektionsgeschäft für die feinere Herrenwelt. „Er humpelt in den Nebenraum und kommt asthmatisch mit einem Nussbaumspiegel. „Halbschuhe? Schlips? Hut?" „Alles, alles. Nur nicht so drängeln, der junge Herr. Hier ist wie bei Wertheim und Tietz. Man kommt herein als ä Nebbich und geht heraus als ä Gent." Fritz Knelke probiert Stiefel. Halbschuhe, getragen, aber mit Lackkappe. Weichen Haarfilzhut, Marke Derby, Schmetterlingsschlips, weinrot, mit Punkten. Er steht vor dem Spiegel, spreizt sich, kokettiert mit seinem Spiegelbild. „Wie ä junger Gott!" Sally Seligmann lächelt väterlich und notiert an der Kasse. Der Fürsorgejunge erschrickt, wirft dem alten einen ungläubigen Blick zu. Er schluckt und presst die Lippen schmal aufeinander. Rote Flecke auf den grauen Backen. Und eine heiße Gier in den scheuen Augen. Herrgott, einmal muss man doch raus aus dem Schlamassel. Wer fragt denn danach, wo das Geld herkommt zur Equipierung? Soll doch aufpassen, der Glogauer, wenn er vorwärtskommen will im Leben. Fritz Knelke *will* vorwärtskommen. Das sieht doch jeder. Drei Stufen die Kellertreppe hinauf. Kopf hoch. Hut schief. Kesse Lippe. Was kost' Berlin?

Angriff auf Berlin

Zwischen Dircksenstraße, Neuer Friedrichstraße und Rochstraße liegen die Zentralmarkthallen. Halle 1 bis 3. Die Anfahrtsstraßen sind mit Fuhrwerk verstopft, Lastkraftwagen, Pferdegespanne, Handkarren. Auf dem Fahrdamm stauen sich Emballagen, Kisten, Spankörbe. Wenn der Wind weht, trudelt alles durcheinander, Apfelsinenschalen, Gemüseabfälle, Einwickelpapier, Holzwolle. Die Städtische Straßenreinigung hat zu tun, meine Herren! Der Berittene unterm Stadtbahnbogen regelt den Verkehr mit stoischer Würde.

Die Engros-Geschäfte. Das baut sich rings um die Markthalle wie kleine, zähe Forts vor die große Festung. Fleisch-Werke. Fett-Großhandlung. Därme, Gewürze. Deutscher Fischhandel. Frucht-Import. Esst mehr Früchte und ihr bleibt gesund! Big Washington-Apples. Extra selected. Jamaica-Bananen. Valencia-Oranges. Casanova-Tomatoes. Eier, Eier, Eier. Werdersche Obstzüchter-Genossenschaft. Kaffeeküche zur Fruchtbörse. Pfandkammer. Die Fuhrknechte, die Markthelfer, die Kommissionäre, die Hallenweiber. Da tut sich was. Eine Handkarre bleibt am Hinterrad eines Speditionswagens hängen. „Ho! Uffpassen! Olle Schnapsbacke!“ „Selber Schnapsbacke, Doofkopp!“ „Mensch, hau ab mit deinen Kinderwagen! Hier is for Erwachsene.“ Töff, töff. Lastkraftwagen dazwischen. Körbe, mit Sackleinewand übernäht. Esst Sauerkohl! Nahrhaft, gesund und billig! Hier werden Zwiebeln abgeladen. Zwiebeln, klein, mittel, Sack 2,50. „Ho! Obacht! Mensch, nich stehen bleiben! Hier is Betrieb.“ „Herr Wolgast schon da?“ „Herr Wolgast is mal rüber, frühstücken.“ „Bei Menkeberg?“ „Jawoll, Herr Steil, bei Menkeberg ins Hinterzimmer.“ „Na, Frau Schmidt, wie geht's denn? „Wie soll's auch gehn? Madig!“ „Wo is denn Frieda'n?“ „Frieda'n? Det wissen Se nich? Frieda'n hat doch entbunden. Eenen Jungen.“ „Was Se nich sagen! Von wem denn?“ „Er is Grapfologe.“ „Was is er?“ „Er wahrsagt aus die Schrift.“ „Und davon hat se entbunden? Wie heeßt'n der Säuchling?“ „Wolfgang. Frieda'n war ja schon immer scharf aufs Romant'sche.“

Gehen wir hinein in die Markthalle. Vormittagsbetrieb. Kurt Heinersdorf staunt. In- und ausländischer Blumenkohl. Berliner Lachsräucherei. Wild und Geflügel, auch koscher. Legehühner, Gänse, Enten, Hühnerküken. „Was darf's denn sein, meine Dame?“ Schulterblatt. Liesen. Schweinebauch. Kalbsleber. Schweinelunge. Euter. Kaldaunen. „Heute büllig, büllig, büllig!“ Spitzlinge, Harzer Käse, Kiste 1,20, Alpenmark, der echte Emmentaler. Die Ware bitte nicht berühren. Salzheringe, Sardellen, Rollmöpse, Gurken. Und aufs Brot die frische Resi! Der Tafel Weihe – Karpfen und Schleie. Prima Zander, Barsche, Hechte, Plötzen, Aländer, blutfrisch. „Eine herrliche Ware, greifen Sie zu, mein Herr.“ „Na, die junge Frau, schönet Aaleken mitnehmen? Der Jemahl wird mit die Zunge bibbern vor Delikatesse.“ „Was kost'n 's Fund?“ „Weil Sie et sind, 1,50.“ „Kost' bei Tietzen nur 1,30.“ „Denn jehnse doch hin bei Tietzen, Madam. Theo, komm doch ma schnell. Kiek dir die an, will for Tietzen Reklame machen. Jehnse weiter, Madam, jehnse weiter, hier is der reelle Verkauf. Hier wird nich jeblufft.“ Die süße Ecke. Mein Schlager: Milch-Mokka-Bohnen. Hier mal noch die prima

Schaumbrezeln, täglich frisch. Ahlbecker und Saßnitzer Räucherflundern, das Beste vom Besten. Feinstes Lungenhaschee, tafelfertig. „Kommt denn Anna mit'n Kaffee noch nich balde? Ick weeß nich, det Meechen hat eene Ruhe!“ „Tag, Frau Bolz, wat macht's Jeschäft?“ „Wat soll's auch machen? Mies. Bei *die* Zeiten.“ „Na, nee, 's war doch sonst so renitabel. Wat mein Mann is, sagt allemal: Nur nich klagen, et könnte schlechter jehn. Und Heini, wo steckt'n Heini?“ „Heini hat doch 'n Unfall jehabt mit's Motorrad. Det konnte schief ausjehn, is aber noch jut jejangen. Der lahmt an's linke Hinterbeen.“ „Na, sehnse, Frau Bolzen, Jott mit uns, det andre wer'n wer schon selber schmeißen.“

Kurt Heinersdorf wird durch den Strom Menschen in die Dircksenstraße geschwemmt. Er versucht's mit Arbeit. „Jetzt? Um Uhre zehne? Mensch, steh früher uff.“ Der Junge wird rot und drückt sich beiseite. Nächster Versuch: „Und die Papiere? Invalidenkarte? Raus mit'n Ausweis!“ Da muss er wieder weiter. Beschämt. Der Wille zum Arbeiten ist da. Aber so 'n lumpiges, gestempeltes Papier gibt den Ausschlag. Kleiner Auflauf. Dem Gemüsehändler Ernst Großkopf ist ein Sack Zwiebeln auf den Fuß gefallen. Schluss mit der Arbeit. Der hört die Engel im Himmel pfeifen. Olga Großkopf, was seine Frau ist, Mordstrumm, weiße Schürze überm Bauch, Geldtasche druntergeschnallt, patzt ihn an: „Ausjerechnet in'n Hochbetrieb! Oller Schlemihl! Wat mach'n wa nu?“ Großkopf stöhnt: „Halt auch 'n Rand, Olle! Wenn *du* den Sack uff's Been jekricht hättest, würdste uff drei Wochen im Sanatorjum jehn. Au, verflucht auch! Halt mir doch, ick falle.“ Die Großkopfen hält ihn. Kurt Heinersdorf stützt ihn von der anderen Seite. „Rüber in die Kaffeeküche, Frau." „Damit du schnapsen kannst. Und's Jeschäft?" „Immer meckert se. Los!" Sie hinken zu dritt über den Fahrdamm. Großkopf schneidet Grimassen und hüpft wie so ein Regenpfeifer im Zoologischen Garten. Sie setzen ihn auf einen Stuhl neben der Theke. „Mensch, Ernst, wat is mit dich?" „Matthäi am Letzten!" Die Großkopfen: „Quatsch nich, Ernst, du willst dir nur von de Arbeit dricken." „So is se nu, Olja, du bist een Aas. Det kost' Dokterkosten." Der Wirt: „Wat wahr is, is wahr, Frau Großkopf. Fündundzwanzig Jahr is er nu verheirat' und fünfundzwanzig Jahr in Dienst. Det zählt doppelt. Ernst is doch bibelfest." „Einen Steinhäger. Oder in Jottes Namen zwee." „For deine Olle mit?" „Nee, for mir. Det is Chloroform-Ersatz." „Mensch und's Jeschäft? Vielleicht soll ick die Säcke alleene abladen, ick schwachet Weib!" „Nu lach ick. *Die* Beene. *Die* Muskeln." „Ick hab Asthma." „Und ick 'n Sack uff'n Fuß." Nun streiten sich die zwei. „Herr Großkopf – Herr Großkopf!" Sehr schüchtern, verlegen. „Wat denn?" Kurt Heinersdorf: „Wenn ich vielleicht aushelfen dürfte?" „Mensch, du? Wo kommst'n her?" „Ach, bloß aus Schlesien." „Und nu suchste Arbeet?" „So ähnlich, ja." „Haste auch Mumm in die Knochen?" Der Junge lächelt. „Und Begeisterung im Herzen." Die Großkopfen: „Wenigstens sparen wa die Invalidenmarken. Also, ran!" Kurt Heinersdorf läuft mit. Rüber übern Damm. Los, Säcke schleppen. Wenn man in die Hände spuckt, geht's noch mal so gut. Harte Arbeit, harte Arbeit. Der Junge sitzt am Wagenrand und schnauft. „So Arbeet haste ooch noch nich jekannt, wa?" Kurt Heinersdorf nickt. Der Arm ist ihm wie abgehauen. Der Buckel schmerzt. Sein Blick lächelt, hoffnungslos.

Am Morgen des Lebens, Berlin, Zentralmarkthalle. Aber Besinnen is nich. Arbeit will geschafft sein. Die Säcke werden unterm Stadtbahnbogen verstaut. Zwiebeln en gros und en détail. Großkopf sitzt derweil in der Kaffeeküche und pflegt den kaputten Fuß mit Steinhäger. Olga, was seine Frau ist, lächelt Kurt Heinersdorf von der Seite an. „Nu is jeschafft. Nu woll'n wa ooch Kaffee trinken jehn." Sie schließt die Tür ab. Drunterdurch ist's Mittag geworden. „Zeit for Brot und Speck und heeßen Kaffe." Rüber in die Kaffeeklappe. Da sitzt Ernst Großkopf und lässt sich interviewen. Die Bude ist voll. Betrieb. Es wird Skat gedroschen. Großkopf hält mit. Was soll er machen? „Ick jebe." „Ick passe." „Allet rin, wat Beene hat." „Mensch, willst dir woll de halbe Miete verdien'?" „Na, und det hier?" Er haut den Trumpf auf den Tisch. „Det war 'n Schluck aus de Pulle." „Kannst dir 'n Leichenwagen bestell'n, Hujo!" „Dies Jahr klagen alle Schkatspieler." „Kiebitzen kann 'n jeder. Mensch, hau ab, an dir klebt Teer." Das Spiel schlägt Wellen. Die Zigarren starren steil aus den Mundwinkeln. „Nu aber raus mit de Däuser!" „'n Schellenbube? Man muss for allens dankbar sind." „Samuel, hilf!" „Wat tut'n kluger Hausvater? Sticht'n Keenig mit's Ass." „Da sprach der Scheich zum Emir: Nu trink'n wir noch een', denn jehn wir. Da sprach der Emir zum Scheich: Nu trink'n wir noch een', denn jehn wir jleich."

Olga Großkopf sagt: „Det is 'n juter Junge, der wo mir jeholfen hat. Jib 'n ma 'ne Mark. Der hat's vadient." „'ne Mark? Is det nich zu ville?" „Lad du mal die Fuhre Zwiebeln ab. Weejen eene Mark. Oller Jnietschmichel!" Sie streift den Glogauer mit einem mütterlich-zärtlichen Blick. „Wie heeßt du denn?" „Kurt Heinersdorf."

„Wenn du willst, kannste morjen früh wieder helfen. Det Faultier ruht sich nu acht Dage aus.“ Der Gymnasiast dankt mit einem freudigen Blick. Der Kaffee ist heiß. Frau Großkopf steckt ihm ein Stück Speck zu und vom Brot die Hälfte. Das langt für den stärksten Esser.

Zur Prairie-Auster. Bier, Weine, scharfe Sachen. Glas- und Geschirrbruch werden vom Gast zum Gestehungspreis sofort einkassiert. An der Wand Old Shatterhand und Winnetou in Lebensgröße, nebst vollem Kriegsschmuck. Aber der Kellner trägt statt der Falkenfeder einen Bleistiftstumpen hinterm Ohr. Fritz Knelke, der Fürsorgejunge, drückt sich die Nase platt an der Fensterscheibe. Beim Türenaufgehen weht Radiomusik auf die Straße. An der Theke stehen Ganoven, auch Handwerker, die Mittagspause machen, Elektrotechniker in ihren blauen Kitteln und Reklame-Träger vom Abzahlungsgeschäft Witkowsky. Es geht laut her im Lokal. Die Gäste müssen schreien, wenn sie das Radio übertönen wollen. Rostbratl mit Kartoffelschmarren 1 Mark, verkündet wienerisch angehaucht die Speisekarte hinter der Fensterscheibe. Es ist Zeit zum Essen, Fritz Knelke spürt's in den Eingeweiden. „Gehste mit, Kleiner?“ Die schwarze Alma steht neben ihm, die hier ihr Karree hat, und glubscht ihn an mit ihrem Sex-Appeal. Fritz Knelke verschlingt sie mit einem Blick. Das ist ein Happen. Angemalt, rote Lippen, auf den Backen dick Puder und Schminke, um den Hals so 'n Ding, so 'ne Kette, Glaskugeln wie Hühnereier, also direkt afrikanisch. Die Alma denkt: Nich ohne, die halbe Portion. Aber so junget Jemiese hat doch keen' Zaster. Sie will weiter, das Geschäft verlangt's. Da tippt er sie auf den

Ärmel und sagt atemlos: „Woll'n wir nich zusammen essen gehn? Rostbraten mit Kartoffeldings!" „Nanu!" Die macht Augen. „Zeig mal erst die Moneten vor." Er, sehr stolz, zieht das Portemonnaie aus der Rocktasche – also, da ist es ja in Lebensgröße, dem alten Heinersdorf aus Glogau sein abgedanktes Portemonnaie! –, macht es auf und spielt mit den Geldscheinen. „Mensch, hast wohl 'n ollen Juden dotgeschlagen?" Er grinst und sonnt sich im Gefühl seiner kapitalistischen Überlegenheit. „Denn fix." Die schwarze Alma zieht ihn ins Lokal hinein.

Die Lola vom Rosenthaler Tor ist auch schon da und hat dreimal Schwedenpunsch hinter die Binde gegossen. Sie singt zur Lautsprechermusik: „Auf Wiedersehn, Herr Doktor! Auf Wiedersehn, Frau Doktor! Es hat mich sehr gefreut. Besuchen Sie mich wieder und grüßen Sie die Ida und auch die andern Leut!" Kommt einer rein, Trenchcoat, fieses Gesicht, angefressenes Ohr. Dem hängt sie sich an den Ärmel: „Warte man, Alex, wegen dir ha' ick Protest jehabt bei Glenzendorf. Jeh ick rin bei Glenzendorf, sagt Glenzendorf: ‚Wo bleibt denn Alex? Alex hat seine Zeche nich bezahlt von vor'sten Donnerstag.' ‚Was?', sa' ick. ‚Wenn Alex seine Zeche nich gleich bezahlt, denn könn' Sie getrost acht Tage warten. Alex berappt immer, wenn auch prolonschiert. Überhaupt', sa' ick ‚wenn Sie Ihre Gäste nich wollen angemessen poussier'n, könn' Sie mir per Gelegenheit bei Mondschein besuchen.' Sagt Glenzendorf: ‚Frollein, es wird mir ein Vergnügen sein!' Mensch, den ha' ick aber stehn lassen, kannste dir denken." Sie zieht ihn zu sich auf die Bank. Der Fiese: „Mir ooch een' Schwedenpunsch." Fritz Knelke sitzt am gleichen Tisch und bestellt zweimal Rostbraten, zwei große Helle. „Bezahlt der Herr oder die Dame?“ Die Dame: „Hau ab, Affe, det is ’n ollen Rockefeller sein Lieblingsenkel.“

Der Rostbraten ist zäh wie Schuhleder, aber der Fürsorgejunge nimmt den Kampf mit ihm verzweifelt auf. Er braucht ja nicht Kempinski und französische Küche. Sein Magen brüllt vor Hunger und verdaut, was ihm in die Quere kommt. Die schwarze Alma ist wählerischer. „Sauwirtschaft! Polizei, anzeijen. Für unsereins sind Stiebelsohlen jut jenug. Soll doch der Wirt selber fressen. Überhaupt: Wat heeßt hier Kartoffelschmarren? Sind ja Bratkartoffeln. Janz eenfach Bratkartoffeln, noch dazu mit Bollen, die ich nich for’s Verrecken esse. Det is Vorspiejelung falscher Tatsachen, verstehste! Ick wer’ mir bei’s Revier beschweren.“ Fritz Knelke frisst schweigend in sich hinein, auch noch die Hälfte von Almas Rostbraten und die gebratene Bolle. Er trinkt, und seine Backen fangen an, Farbe zu bekommen. Das Radio spielt: Oh, Donna Clara, ich hab dich tanzen gesehn, und deine Schönheit hat mich toll gemacht! Ich hab im Traume dich dann im Ganzen gesehn, das hat das Maß der Liebe vollgemacht! Bei jedem Schritte und Tritte biegt sich dein Körper genau in der Mitte, und herrlich, gefährlich sind deine Füße, du Süße, zu sehn!

Die Lola debattiert an der Theke mit einem von der Zeitung, goldne Brille, Baustelle bis zum Nacken, Dallesmantel. „Mensch, Kommunismus! Sind schon miese Zeiten jenuch. Wenn nu aber der Geschäftsmann ganz Pleite is, wer lässt dann uns Meechen noch was zukommen? Wenn aber wir Meechen Pleite sind, wer kooft denn noch Bembergstrümpfe und Veilchenseife? Umsatz, Mensch! Eine Hand wäscht die andre. Das nennt sich hernach Nationalökonomie, hat mir mal ’n richtijer

Dokter erklärt." Der von der Zeitung nickt und lacht. Es wäre nicht ganz ohne, was sie da in ihrer jugendlichen Unschuld von sich gäbe. Er zieht dabei seinen Notizblock und zückt die Füllfeder. Der Fiese kommt ran an die Theke, und seine Stirn wirft Wellen. „Sie wollen uns wohl abschildern ins Blatt? Lebensjröße, was? Nu aber Schluss mit Musieke. Hast wohl lange keenen Schlach uff de Hauptkasse jekricht?" Der Zeitungsmensch versucht's im Jargon: „Immer mit die Ruhe, junger Mann. Treten Sie Ihnen man nur nich aufn Schlips." „Wat denn? Wat denn? Kommt hier rin, stänkern. For Sie Kurfürstendamm, for uns Berlin N. O. Nu türmen Se man, Mann, aber mit avec. Sonst mach ich Sie Beene." Der Kellner mischt sich in den Streit. „Erst mal Kasse machen. Einen Korn, eine Molle, der Herr. Macht fünfundfünfzig." Der von der Zeitung zahlt. Geschwindschritt. „Und da soll man Ihr Lokal noch empfehlen!" Raus aus der Tür. Lässt 'n Bündel Korrekturen liegen. Die Meechen lachen. Schrill und frech. „Dem haste's jejeben, Alex." Nur die lange Bertha in der Ecke lacht nicht mit. Veteranin der Liebe. Die schläft vor ihrem Ohio-Cocktail. Einer von den Ganoven grölt: „'t liecht eene Leiche in Landwehrkanal, lang se mir mal her, lang se mir mal her, aber knautsch se nich so sehr." Die Lola protestiert. „Lasst das lange Laster schlafen. Wat hat die noch von't Leben? Schlafen und Koksen. Schlaf man, ollet Reff." Sie streicht ihr mit der Hand über den grauhaarigen Bubikopf. „Die is schon uff'n Strich jejangen, wo ihr noch in die Windeln jekackt habt, jrüne Jungs." Die Jungs grölen weiter, aber eher etwas eingeschüchtert.

Fritz Knelke zahlt. „Willste gehn, Kleener?" Die schwarze Alma erhebt sich eifrig. Vor der Tür kommt sie ihm mit der Hüfte ganz nah. „Bisken amüsier'n? Ick wohn jleich um de Ecke." Dem Fürsorgejungen schießt das Blut in den Kopf. Wer war er gestern, zerlumpt, gehetzt, über die Achsel angesehen? Wer ist er heute, in der neuen Kluft, Schlips mit Punkten, weicher Hut, Schuhe mit Lackkappen? Er nickt, von oben herab, wie ein Routinier, und schwänzelt neben ihr her. Die schwarze Alma drückt verführerisch ihr Doppelkinn raus. „Hier durch 'n Torweg, Hof, zwei Treppen." Sie geht voran. Fritz Knelke hinterdrein. Ist es das Bier, ist es der volle Magen? Er muss sich am Geländer halten. Schwindelanfall. Was denn? Doch nicht etwa blamieren? Mensch, das wär gelacht. Er trällert frech: „In Charlottenburg am Knie sah ich sie, die Marie. Als ich sie am Knie jesehn, war es gleich um mir jeschehn." Und dabei kneift er die schwarze Alma in ihren fleischigsten Körperteil.

Hof, zwei Treppen. Früher Trikotagen en gros. Die gewisse Atmosphäre bürgerlicher Wohlanständigkeit ist nicht zu vertreiben. Unterbeinkleider. Unterjacken. Ägyptisch Mako. Lungenschützer. The perfect fabric for sensitive skins. British make. Das weitschichtige Geschäftslokal ist jetzt in vier kleine Geschäftslokale geteilt, nämlich indem man einfach Bretterwände zieht und Kojen baut. Jede Koje ein lauschiges Liebesnest. Anstelle des Engros-Handels von einst jetzt Detail-Verkauf. Der Wirt sitzt auf dem Korridor. Sofa. Tisch. In Hemdsärmeln. Liest den Lokal-Anzeiger, Beilage, Kreuzworträtsel. Kaiser-Wilhelm-Schnurrbart. „Es ist erreicht." Sardellen überm Glatzkopf. Blatternarben. Vergangenheit, da red't man nich gern drüber. Feldwebel. Militäranwärter. Städtischer Beamter. Bescheidene

Schiebung, gleich wird 'ne Sache draus gedreht. Na ja, ich sag's ja: Kleine Diebe hängt man, große lässt man laufen. Aber darum den Mut nich sinken lassen. Wir wer'n das Kind schon schaukeln. Eis- und Puffer-Salon. Die Konkurrenz macht einen da kaputt. Verwalterstelle. Da kommt man gleich hinter den Knacks in der Vergangenheit und bedauert mit kühler Höflichkeit. Also, großzügig sein. Modern. Unerschrocken. Immer feste druff! Man baut das Etablissemang hier aus. Vier Kojen. Vier Meechen. Die Gegend ist gut. Gute Laufgegend. Das rentiert sich, ohne dass man auch nur den kleinen Finger zu rühren braucht.

Die schwarze Alma schiebt den Fürsorgejungen durch die Tür. „Mach dir's man bequem, mein Süßer." Und zieht ihm die Jacke aus. Fritz Knelke sieht sich um. Waschschüssel. Bett. Chaiselongue. Aschenbecher. „Die Taxe is vier Emm. Ausgezogen doppelter Tarif." Dem Jungen schießt das Blut in den Kopf. Er bückt sich nach der Jacke, öffnet das Portemonnaie, legt acht Mark auf den Tisch des Hauses. Das Portemonnaie daneben. Die Alma zieht sich aus. Geschäftsmäßig. „Sieh dir nur satt, Mensch. Alles Natur. Kein Simili." Sie hat runde, volle Brüste, eher etwas hängend. Aber Fritz Knelke ist ja nicht verwöhnt, der steht am Anfang der Erfahrung. Ein Schleier senkt sich ihm vor die Augen. Rosaroter Schleier. Die Alma wird in dem magischen Schein zum Götterbild, das uns Sterbliche beglückt.

Nebenan in der Koje Männerstimme. „Wüstenkönig ist der Löwe; will er sein Gebiet durchfliegen, wandelt er nach der Lagune, in dem hohen Schilf zu liegen. Wo Gazellen und Giraffen trinken, kauert er im Rohre; zitternd über dem Gewalt'gen rauscht das Laub der Sykomore."

„Nanu! Was is'n das?" Fritz Knelke hebt den Kopf überrascht. Die schwarze Alma kichert behaglich in sich hinein. „Det is Kitty'n ihre Stammkundschaft. Nämlich 'n Schauspieler oder so. Der kann es nich lassen, in jeder Lage zu deklamieren. Aber es klingt nich ohne." Plötzlich hämmert der Feldwebel a. D. an die Tür. „Polente kommt kontrollieren." „Au, Mensch! Nu türme." Sie wirft Fritz Knelke hinaus. Der ist blass. Schießt hin und her. „Wohin nu?" Der Wirt grinst. „Über Hintertreppe." Der Fürsorgejunge, wie besessen: „Los! Los! Ich wer' mich doch nich fassen lassen." Der städtische Beamte mit der bescheidenen Schiebung bugsiert ihn auf die Treppe für Lieferanten und Dienstboten. Die schwarze Alma wirft ihm seine Jacke nach. Der hat Butter aufm Kopp. Der kommt nich wieder." Und dabei wiegt sie befriedigt das volle Portemonnaie vom alten Heinersdorf aus Glogau in der hohlen Hand.

Paul Mielenz, lauf nur, lauf nur, Stellung suchen, Straße auf, Straße ab, Berlin ist groß, du hast Zeit, die Jugend steht dir auf der Stirn geschrieben, die Jugend steckt dir in den Beinen, im Herzen, wird schon werden, wird schon werden, nur die Courage nicht verlieren, Straße auf Straße ab, Laufbursche gesucht, Autowäscher, Kegeljunge, Brötchenausträger, Sohn achtbarer Eltern, Vertreter, redegewandt, gutaussehend, Schlüpfer eigner Fabrikation, Charmeuse 1 Mark, Spitze 2,50, Seidenschlüpfer, geraut 1,65, Seidensocken, Taschentücher, Cachenez, weit unter Preis, Gehilfe in Kaffeegroßrösterei, Wächter für Holzplatz, Nachtportier Amüsierlokal, Berlin ist groß, wird schon werden, nur die Lotterie hat viele Nieten, die Gewinne schnappt immer ein anderer weg. Es hat keinen Zweck, geradeaus zu gehen, um zum Ziel zu gelangen. Mehr Fantasie. Zeit, nur Zeit, und den Mut nicht sinken lassen. Aber Erfindungsgeist. Was hat die Dollarmilliardäre großgemacht? Eine einzige Idee. Ein guter Einfall. Es sind zu viel Menschen auf einem Haufen. Die laufen herum mit leerem Magen, wollen alle leben. Verdammt schwer, das Leben. Paul Mielenz, du hast runde Backen, die freundlich strahlen. Aber der Morgen des Lebens ist mit Wolken verhangen, deine Vivatsnase sticht verdutzt in die kühle Luft, deine lustigen Augen fragen bekümmert: Was soll werden? Courage, Courage! Anlauf genommen und mutig weiter! Jeder Weg führt schließlich zu einem Ziel.

Geldverleih, schnellstens, diskret, Ratenrückzahlung, Gottesmann, Grenadierstraße. Paul Mielenz stutzt. Warum nicht? Versuch kostet nichts. „Können Sie mir dreißig Mark –?" Gottesmann glotzt über den Brillenrand weg, melancholische Schleiereule, verknittert, gelbsüchtig: „Sind Sie Beamter? Grundbesitzer? Haben Sie Sicherheiten? Möbel? Bürgschaft? Wie ist's mit einer Gehalts-Cession?" Der kleine Paul Mielenz rutscht in den Fußboden hinein. „Wenn ich Ihnen monatlich fünf Mark zurückzahle?" „Halten Sie mich nicht auf mit Luftgeschäften." Gottesmann verschwindet hinter dem graufleckigen Haupt- und Kassenbuch. Paul Mielenz raus aus der Tür, Treppe runter. Wenn man Kapitalien hat, ist es einfach. Aber so –!

Heiratsanzeigen sind verlockend, geben der Fantasie Nahrung, berechtigen zu den schönsten Hoffnungen. Idealehe wünscht Dame, angenehme Erscheinung, Zweieinhalb-Zimmer-Wohnung, mit gebildetem, aufrichtigem, liebem Menschen in gesicherter Position.

Gesicherte Position? Kommt gar nicht infrage. Neigungsehe ersehnt Fabrikbesitzerstochter, blond, tief veranlagt, leichter Sprachfehler, mit akademisch gebildetem Herrn. Akademisch gebildet? Nicht infrage. Blondes Mädel, Licht- und Sonnen-Freundin, sucht männlichen Gefährten für Wanderungen, spätere Heirat nicht ausgeschlossen. Pazifist Bedingung, auch Kriegsbeschädigte konvenieren. Hm! Kein übler Wechsel auf die Zukunft. Wer aber macht ihn im Augenblick flott, reicht ihm die rettende Hand, die zarte, verständnisvolle, aufmunternde, tröstende Hand? Dame, evangelisch, stattliche Erscheinung, des Alleinseins müde, wünscht sich zum Osterfest passendes Männchen. Wo ist der eine, der mir vom Schicksal bestimmt ist? Koche vorzüglich, bin sanfter Charakter. Romantiker bevorzugt. Offerten unter O.E. Expedition des Blattes. Paul Mielenz steht vor der Auslage der Zeitungsfiliale und spiegelt sich in der Scheibe. Sieht so ein Heiratskandidat aus? Kindergesicht, treuherzige Augen, Milchbart? Auch Kriegsbeschädigte konvenieren? Mehr Fantasie! Die Dollarmilliardäre haben's geschafft. Aber auf andere Weise. Wie? Er trottet beschämt weiter, grübelnd, ohne Zuversicht. Lauf nur, Berlin ist groß, Tausende laufen neben dir her, wer den stärksten Brustkasten hat, schafft's. Auch ein Trost. Aber du bist ja jung. Dein einziges Kapital: die Hoffnung.

Schäferhunde, Airedaleterrier, Drahthaarfoxe, Zwergteckel, spottbillig, direkt vom Zwinger und Hundeverkauf. Für Hunde hat Paul Mielenz immer was übriggehabt. Es gibt Promenadenmischungen und Rassehunde, Letztere teurer und anfällig. Der Jagdhund weckt Vorstellungen von Wald und Heide, auch von Prärie, Trapperleben und Indianerangriff. Der Hundeverkauf ist ein fantasievoller Beruf, teils weil er der Einbildungskraft Nahrung leiht, teils weil es darauf ankommt, dem Käufer begreiflich zu machen, dass der nach Promenadenmischung aussehende Hund in Wahrheit einen einwandfreien Stammbaum besitzt. Sie können ganz beruhigt sein, mein Herr. Unser Zwinger liefert nur schöne und gebrauchstüchtige Hunde. Rassefehler ausgeschlossen. Fassbeinig, sagen Sie? Erlauben Sie mal, der Hund is Klasse. Österreichisch-belgisch-französischer Champion Pigolla von Hunnenstein sein Ururgroßvater. Und die Ia-Dressur! Prinz, setzen! Auf! Fuß! Gib Laut! Apport! Was, das is 'ne Nummer? Und die Proportionen. Einfach knorke! Beachten Sie die gut gewickelte Hinterhand. Na, ich sage ja. Kuhbeinige Stellung der Hinterläufe? Sind Sie Fachmann? Sie sind Laie. Sie müssen die Beurteilung schon dem Fachmann überlassen. Bei mir werden Sie gut bedient. Bei mir kauft der Prinz Joachim Nestor. Na, nu halten Sie die Luft an, was?

Paul Mielenz pest los, in Form, raus nach Britz, letzter Häuserblock, Hofwohnungen, dahinter Möbelwagenplatz und Kohlenhandlung. Letzter Postkasten. Letzte Bedürfnisanstalt. Ein abgerissener Knopf liegt im Rinnstein. Um einen Pferdeappel zanken sich drei ruppige Spatzen. Der Ostwind weht den Duft einer Kläranlage über Land. Dann Planke, grüner Fleck mit Hundehütten und Auslaufgitter. Die Hunde schlagen an, zur Freude der Nachbarschaft, das kläfft Tag und Nacht, in allen Tonarten, edelrassig und promenadengemischt, auch kranke Hunde darunter, Staupe, man weiß ja, melancholisches Gejaul. Eine leere Konservendose fliegt aus dem nächsten Küchenfenster, ein ausgedienter Pantoffel, die Viecher geben nich Frieden. Was soll man da machen?

Hauswirt, Polizei, nützt nichts, auch Hundeverkauf muss sein, Schimmelpfennig lässt sich nicht einschüchtern. Paul Mielenz, hoffnunggeschwellt, rein zu Schimmelpfennig, steht vor dem Drahtverhau und staunt sprachlos das Hundevölkergemisch an, das seinerseits ihn mit jungem Gekläff begrüßt. Schimmelpfennig – das ist so 'n Langer, Ausgekochter, hat in Südwestafrika gedient, na ja, man weiß ja: Malaria und Tropenkoller – schreit mit seinem Gehilfen herum, der ist klein und mickrig, hohle Backen. Ihm fehlen ein paar Backenzähne, da sackt das Fleisch trichterförmig nach innen. „Was woll'n Sie? Das macht 3,50 mehr die Woche. Gehn Sie baden. Ich kann Sie nich brauchen." „Is keen Verjniejen, die Mannarbeit. Das beißt an einem rum, nich menschenwürdig. Herr Schimmelpfennig, seinse großzügig. Was sind fuffzig Fennich?" Der Tropenkoller sitzt bei Schimmelpfennig locker. Schon rollt er mit den Augen, das ist, als spielte er Murmeln mit seinen Augäpfeln, die kollern nun raus, grauslich anzusehen. „Mensch, nu türmen Sie, Mensch! Ich will Sie nich mehr sehn. Wer unzufrieden is, raus. Raus, sage ich, raus!" Er knallt mit der Hundepeitsche. Der andere, schmollend: „Sie jehör'n in die Jummizelle, dass Sie's nur wissen." „Rrrraus!!" Die Peitsche knallt, die Hunde schlagen an, wilde Hatz, wilde Hatz, Küchenfenster knallen, „Schweinerei! Pollezei! Anzeijen!" Der Kleine, Mickrige türmt, wirft Paul Mielenz beinahe um, mit einem Satz raus aus der Plankentür, die fliegt zu, Hundegebell verebbt, melancholisch jault der Staupekranke in der Isolierbaracke.

„Sie wünschen? Schäferhunde, Airedaleterrier, Drahthaarfoxe, Zwergteckel, spottbillig!" Schimmelpfennig steht vor Paul Mielenz und taxiert ihn kritisch. Der

Junge feixt, denkt: Rin ins Wasser, Kopfsprung!, und sagt lakonisch: „Ich bin der Nachfolger von dem Kleenen eben.“ Der Hundezüchter reißt das Maul auf und will brüllen. Muss aber grinsen und antwortet: „Dich verschluck ich mit *einem* Happen zum Frühstück.“ Paul Mielenz, schlagfertig: „Denn ham Sie keinen Gehilfen für die Mannarbeit. Na, wer räumt den Dreck weg? Hunde machen doch Dreck. Glauben Sie, *ein* Käufer beißt an, wenn hier Saustall is? Ich bin billig. So ’n Billigen kriegen Sie nich alle Tage. Wie wär denn das, Herr Schimmelpfennig, mit uns zwei beiden?“

Die Sache wird perfekt. Schimmelpfennig spart noch fünfundziebzig Pfennig pro Tag. Das lässt sich hören. Er weiht Paul Mielenz in die Geheimnisse der Hundehaltung, Dressur und Stammbaumveredelung ein. Letzterer Sport ist besonders beliebt. Man verjüngt den Hund, trägt in die Ahnentafel ein paar Auszeichnungen nach – Magdeburg, Jugend-Klasse, Sehr gut, Stettin, Sieger-Klasse, Sehr gut, Körschein Nr. 45, Körklasse 1, Bewertung des Körperbaues 38 Punkte, der Wesensart 50 Punkte, der Abstammung 13 Punkte. Papier und Tinte sind ja geduldig. Und der Käufer zieht mit seinen veredelten Dokumenten stolzgeschwellten Busens ab. Der Hund hinterher. Aber fassbeinig ist er doch.

Paul Mielenz macht die Sache großartigen Spaß. Zumal mit den Schäferhunden. Da sind Gehorsamsübungen, Folgen frei bei Fuß, auf Befehl anhaltend Laut Geben, Verweigern von Futter aus fremder Hand, Bringen geworfener Sachen, ein Kilo schwer, Bringen ebenso über Wand, 1,80 hoch, Ablegen fünf Minuten lang. Dann Nasenarbeit. Spurensuchen. Der Gegenstand ist in 1 500 Meter Entfernung zu verstecken.

Spur eine halbe Stunde lang. Und schließlich Mannarbeit. Paul Mielenz zieht den Schutzanzug über. Er sieht aus wie ein Eskimo oder Botokude im Nacktpelz. Nun läuft er an der Planke entlang, quer über den Rasenplatz, hinter die Sprungwand. Der Hund, heiß vor Wut, verbellt ihn, beißt sich an seinem Ärmel fest, hängt zähnefletschend in der Luft, stemmt sich mit den Hinterläufen gegen seine Knie und bringt ihn zu Fall. Großartiger Hund. Da liegt der Verbrecher. Der Hund bewacht ihn. Leiseste Armbewegung, schon springt ihn der Hund von Neuem an. Das macht Schweiß. Und Aufregung. Wir wiederholen die Übung. Mit Schusswaffe. Paul Mielenz muss schießen. Das knallt und schallt zwischen den Küchenfenstern. Verdammte Hundewirtschaft. Aber der Hund ist schusssicher. Der kneift nicht die Rute ein. Geht wie ein Tollwütiger zum Angriff über. Paul Mielenz macht Beine, kreuz und quer über den Platz. Der Hund springt ihn im Rücken an. Plauz, liegt der Junge auf der Nase. Der Hund legt gehorsam neben ihm ab, bis Schimmelpfennig kommt und ihm die Ohren kraut.

Das Abendbrot hat sich Paul Mielenz ehrlich verdient. Schmale Kost bei dem Afrikaner. Die Frau macht melancholische Augen, hat immer Kopfschmerzen und schneidet eine Scheibe Brot ab. Dünn, verdammt dünn. Was bei feinen Leuten die Speisekammer, ist Paulen sein Nachtquartier. Aber schad' ja nichts. Paul ist kein feiner Mann. Und wenn das Feldbett auch kurz ist, Paul ist noch kürzer. Er passt eben ins Leben. Und darum braucht uns nicht bange um ihn zu sein. Der kommt schon durch die Masern. Ohne Doktor und Medizin. Da kann man drauf wetten.

Schlesisches Tor. Die Männer tragen Windjacken oder Strickweste unterm Rock. Blaue Schiffermütze, Sportdeckel. Die Frauen und Mädchen sehen blass aus, ein wenig unterernährt. Blusennähen tagein, tagaus. Oberhemden auf neu bügeln. Glühbirnen verpacken. Da wird der Teint grau und käsig. Belebt sich höchstens am Sonntag, wenn Schwof ist. Oder bei Landpartie, Friedrichshagen, Müggelsee. Freibad, das macht Fez. Aber so weit sind wir noch nicht. Es ist erst März, und es regnet Strippen.

Du nimmst die Hochbahn und saust gen Westen. Gleisdreieck unten, oben fahren Züge. Der Potsdamer Bahnkörper. Da sind die Vorortzüge. Und die D-Züge, Donnerwetter! Ein paar Schlafwagen dösen in der grauen Frühe auf totem Gleis. Ein Mitropa-Restaurationswagen. Großreinemachen. Kurfürstenstraße wird unterirdisch. Du steigst Wittenbergplatz aus, und alles hat sich gewandelt. Die Frauen und Mädchen haben Lippenrot aufgelegt, ihre Hautfarbe ist zart. Man verwendet Gesichtswasser und Radiumcreme. Das Haar ist dauergewellt, in allen Fantasiefarben, Henna ist Trumpf. Die Augenbrauen wegrasiert bis auf einen chinesisch dünnen Strich, der dämonisch wirkt. Dämonie ist die große Mode.

Tauentzienstraße. Am Kadewe die Tauentzien-Huren. Nicht bloß die, die an der Ecke stehen, Stöckelschuhe von Leiser, Mantel ausm Inventurverkauf. Sondern wer Augen hat zu sehen, der sieht hier viele Kadaver lustwandeln, übertünchte Gräber, geputzt, geschminkt, schmeißen kesse Blicke nach links und rechts, angeln nach Seelen, sitzen in den Konditoreien und Cafés, Drohnen und Nichtstuer, Ehefrauen, die für Tand ihre Männer betrügen, Töchter, die sich für Taschengeld oder raschen Genuss feilbieten, Söhne, die älteren Herren aufmunternd zunicken, mit tänzelndem Schritt und geschminkten Bäckchen.

Den Platz um die Gedächtniskirche passieren täglich siebzigtausend Autos. Alfred Schütte aus Alfeld steht da, und seine Blicke schwimmen steuerlos mit dem schäumenden Strom, der sich Leben nennt. Er trägt Herrn Tölles Musterkoffer. Herr Tölle weiht ihn stolz ins Tempo der Großstadt ein. Dies ist Berlin. Der Provinzler steht fassungslos, erschüttert, ohne Balance. Der Lärm um sein Ohr spielt eine tolle Symphonie, die Orgie der Technik vor seinen Augen beschämt und verwirrt ihn. Man glaubt, jede Minute unter die Räder zu kommen oder zumindest Augenzeuge eines katastrophalen Unglücksfalles zu werden. Nichts dergleichen. Die doppelgeschossigen Autobusse brausen heran. Bitte, schnell einsteigen, die Herrschaften! Herr Tölle schwingt sich hinauf. Alfred Schütte stolpert mit den Musterkoffern hinterdrein. Die Häuserreihen rutschen zu beiden Seiten fort. Ein anderer Stadtteil. Ein neues Bild.

„Jetzt zeig ich dir das neueste Warenhaus von Berlin." Karstadt, am Hermannplatz. Neukölln. Alfred Schütte wird ganz klein und stumm. Da liegt eine Burg im Häusermeer. Oder ist es ein Palast? Die Pfeiler streben nach oben. Alles drängt gen Himmel. Eins, zwei, drei, vier, fünf, sechs, sieben Stockwerke, die Flankentürme ungerechnet. Die Fahrstühle sausen aufwärts. Teesalon, bitte. Restaurant, bitte. Zum Dachgarten, bitte. Der Regen hat nachgelassen. Aber die Steinplatten sind noch feucht. Die großen Glasterrassen. Links spielt eine Kapelle, rechts spielt eine Kapelle. Die Leute sitzen und schwatzen, essen Windbeutel, Halbgefrorenes. Kellner, mir einmal Kirschtorte mit Schlagsahne. Kaffee, der Herr? Tee? Schokolade? Ein Münchner. Eine Orangeade. Draußen auf dem flachen Dach schaust du bis zum Horizont. Häuser, Häuser, Häuser. Der Rathausturm, die Reichstagskuppel, der Dom, die Gasanstalten. Das Trumpf-Luftschiff manövriert über den Straßenzügen. Silbergrau im Regendunst. Ganz unten in den Straßenschluchten die Elektrischen, die Autobusse, Fuhrwerke, Fußgänger. Das summt herauf, dröhnt, bewegt sich, schiebt sich durcheinander, ein Ameisenhaufen, der regellos scheint, in dem aber alles bis ins Kleinste sich regelt. Der blonde Alfred Schütte ist wie vor den Kopf geschlagen. Bisschen viel für einen Tag, wenn man aus dem Hannoverschen kommt und nur an Landstraßen gewöhnt ist, an Dörfer, Bauern und Gendarmen.

Gegen Abend nimmt Herr Tölle seine Durchschreibblöcke zur Hand und addiert die Aufträge des Tages. Die Sache hat sich gelohnt. Er ist guter Laune. Nach des Tages Müh und Lasten soll ein deutscher Mann nicht fasten. „Jetzt führ' ich dich aus, Alfred. Sollst Augen machen. Das hat die Welt noch nicht erlebt." Unterm Schlesischen Bahnbogen durch. Küstriner Platz. Plaza, das Varieté im Ostbahnhof. „Nämlich, das war mal 'n Bahnhof, verstehste, und wie das Ding außer Betrieb gesetzt wurde, verstehste, kam einer auf die Idee: Machst 'n Varieté draus, Spezialitätentheater, verstehste!" Sie haben sich ein wenig verspätet, die Musik spielt schon, zwei Mal Parkett, kostet eine Mark pro Mann. Der Logenschließer öffnet, Alfred Schütte reißt die Augen auf. Da liegt der Saal mit Balkon im Halbdunkel, ein Riesenoval, dreitausend Köpfe im Halbdunkel, alle nach der Bühne gerichtet, die Bühne zwanzig Meter breit, wenn's reicht, von Scheinwerferlicht übergossen, gerade ist Piece 2 an der Reihe: John Alex Brothers, die singenden Akrobaten, also die hängen am schwebenden Reck, Kopf nach unten und singen sich ihr Lied, seelenruhig, so 'n englisches Ding, man versteht kein Wort, aber sie singen, das Orchester begleitet sie, sie arbeiten, als ob Fingernägelputzen dagegen eine Anstrengung wäre. Darauf Carlos Ames, einzigartiger Harfenvirtuose. Nun, Alfred Schütte findet den nicht besonders. Aber Herr Tölle tuschelt: „Großartig!“ Nämlich, der haut in die Saiten und ist mit einem affigen Samtanzug bekleidet, so unmännlich, meint Alfred Schütte, aber Herr Tölle zieht das Gesicht in Falten, bis es strahlt. Weiter 2 Brownings, ein Flirt auf dem Fahrrad. Herr und Dame. Flirt ist, wenn zwei hintereinander fahren und mit verliebten Blicken um sich schmeißen. Aber die Fahrräder sind ulkig. Verbogen, winzig, riesengroß. Einmal fährt der Herr nur auf dem Reifen mit Pedalen, ein andermal ist es ein Riesenrad, so dass er mit dem Kopf in die gemalten Wolken stößt. Ulkig. Nun kommen aber schon die Sisters Schmettan, plastische Equilibristik, eine Kraftdame und eine zartere, in Trikots, man sieht alles, aber die Kraftdame hat wirklich Kraft, und dabei tut sie, als ob alles Kinderspiel wäre. Herr Tölle findet sie zu üppig in den Formen. Schlank is besser. Gertenschlank. Aber der ihr Hintern, na, prostdiemahlzeit! James Basch, der beliebte Berliner Komiker. Man merkt, dass er beliebt ist. Die Leute lachen, Alfred Schütte weiß nicht immer, warum. Aber dann Thea Alba, das weltberühmte wissenschaftliche Phänomen, Realisation mehrfacher Willensäußerungen zu gleicher Zeit, Maxim Gorki, Moskau, September 1928, über

Thea Alba: „Phänomen oder Genie? Beides!“ Dies ist in der Tat, man weiß nicht recht, Hexerei? Schreibt mit zwei Händen in vier Sprachen, alles zu gleicher Zeit, vorwärts, rückwärts, macht ihr gar nichts, bitte auf Wunsch, wie die verehrten Herrschaften befehlen. Pause. Gott sei Dank! Dem Alfelder raucht der Schädel. Er neigt ihn sanft und taumelt an Herrn Tölles Arm hinaus in den Wandelgang. Kaffee und Kuchen 30 Pfennig, Glas Bier 20 Pfennig, diverse belegte Brote 20 Pfennig, und vieles andere zu billigen Preisen. „Begreifst du, Alfred, das ist Berlin!“ Programm 10 Pfennig, Garderobe 10 Pfennig, 3 000 Köpfe, zur Bühne gedreht, fiebernd und lachend, 3 000 Münder nun vorm Büffet, trinkend und schmatzend. Es klingelt. Weiter im Text. Der Menschenstrom flutet. Was euch gefällt, ein Schlager-Potpourri von Walter Borchert. Dann die 4 Lyons, die stärksten Perche-Equilibristen der Welt. Das elektrisiert. Da ist ein Untermann, der hat Kräfte wie ein Pferd. Die ganze Familie turnt auf ihm herum. Macht ihm gar nichts. Die anderen hängen an Metallstäben, senkrecht, waagerecht, als ob sie kein Gewicht hätten. Der Untermann liegt und atmet friedlich. Kein Wackeln, kein Augenplinken. Großartig, der Untermann. Nachher streift er sein Trikot herunter. Mensch, hat der einen Brustkasten. Lässt auch seinen Bizeps spielen. Das ist, als ob Mäuse unter seiner Haut hin- und herliefen. Herr Tölle applaudiert wie ein Besessener. Die Handteller brennen ihm vom vielen Klatschen. Bravo, die Jungens in ihren roten Trikots! Hierauf Perezoff-Compagnie, die berühmten spanischen Jongleure. Spielen Gäste und Kellner in einem Restaurant. Werfen sich Teller, Tassen, Löffel, Messer, Gabeln, Zigarren zu. Wuppdich, hastdunichtgesehn! Die Zigarren fliegen von Maul zu Maul, die Tassen verschwinden im Zylinderhut. Man kann gar nicht folgen mit den Augen, so schnell wirbelt alles durcheinander. Auch gut. Aber der Rote mit seinem Bizeps, der war Klasse. Mal weitersehen. Verschnaufen gibt's nicht. Zirbal, musikalische Scherze. Über den lacht Alfred Schütte. Weil er wirklich zum Lachen ist, das baumlange Laster. Er geigt auf einem Besenstiel, seufzt komisch wie eine alte Jungfer. Er sitzt im kreisrunden Scheinwerferlicht. Aber das Scheinwerferlicht wandert unaufgefordert auf die andere Seite der Bühne. Zirbal macht ein dummes Gesicht. Nanu? Stelzt mit seinen langen Beinen hinter dem Scheinwerferlicht her, nimmt seine Geige, oder den Besenwisch an der Geige, und fegt das kreisrunde Licht sehr, sehr vorsichtig wieder hinüber, wo sein Stuhl steht. Das Licht ist auch folgsam und lässt sich fegen. Da lacht man. Alle lachen. Der Saal dröhnt, Riesenoval, 3000 Menschen. 6 Brüder Maschinos, jugendliche Parterre-Akrobaten. Wieder Trikots. Das wirbelt, das springt. Salto mortale über die Bühne weg. Kleine, sehnige Körper. Herr Tölle beobachtet scharf. Er kann geschmeidige Körper gut leiden. Das sind junge Burschen da oben auf der Bühne. Gelenkig, trainiert, kein Fett, untersetzt, muskulös. Wie die Muskeln sich spannen, die Glieder sich biegen. Man sitzt im Parkett und sieht das gern. Und sieht das gern.

Letzte Piece: Interessantes aus aller Welt. Sonderbericht der Deulig-Woche für die Plaza. Das Publikum wird unruhig. Zur Garderoben-Ablage. „In sieben Minuten hat bei völlig ausverkauftem Hause auch der letzte Besucher seine Garderobe empfangen. Je ruhiger sich der Betrieb an der Garderobe abwickelt, umso schneller kann die Garderobe ausgegeben werden." Schlussmarsch. Einer sagt's dem andern. Marsch von Walter Kollo. Der hat Schmiss. Herr Tölle hakt sich bei Alfred Schütte unter. „Na, was sagst du nu? Das ist Berlin!" Sie bummeln Arm in Arm über die Straße. Die Schupos gehen zu zweien oder zu vieren, Gummiknüppel an der Seite. Die Luft ist milder geworden nach dem Regen. Die Gaslaternen blinzeln. Alfred Schütte geht sanft und gottergeben. Er hat Ehrfurcht vor Berlin und dem allen. Aber Herr Tölle ist unbändig aufgekratzt. „Die Muskeln, Mensch! Die Geschmeidigkeit! Wie die Kletteraffen. Pyramidal!" Er kann es sich nicht verkneifen, den heutigen Abend noch mit einem großen Hellen zu begießen. „Nu mach man, Alfred, sei kein Spielverderber. Herr Ober, zwei große Helle, zwei Kahlbaum Edel!"

Der Teufel mischt die Karten

Es ist mäuschenstill in der Laube, von Berlin gar nicht mehr die Rede. Höchstens dann und wann, verweht, das Pfeifen einer Fabriksirene oder das Poltern der Lastkraftwagen auf der Ausfallstraße. Lotte Streit aalt sich auf dem Kanapee. Sie liegt gerne so, mit blinzelnden Augen, und döst. Jetzt flucht der Stiefvater, dass keiner da ist für Stiefelputzen. Bei Bäcker Karsuntke, Linienstraße, ist ein andres Mädel eingestellt für Brötchenaustragen. Das Geld fehlt nu Muttern. Schad' nischt. Wenn die kleinen Vögel flügge werden, haben die Alten das Nachsehen. Der Glogauer ist ein netter Junge, der gefällt ihr. Ob der was zu essen bringen wird? Geld? Nach Südafrika wäre fein. Da liegen die Menschen nackt in der prallen Sonne und lassen sich rösten. Sie hat auch mal in der prallen Sonne gelegen, vorigen Sommer, Freibad Oberspree. Da kam so 'n Langer mit Kneifer und dreieckiger Badehose, der hat gesagt: „Frollein, wenn ich Ihnen so ansehe, sind Sie wie eine Blütenknospe, und ich bin die Biene, die nach Honig schnüffelt. Eine Frage im Vertrauen, is Schnüffeln erlaubt?" Aber da hat sie sich aufgesetzt und so recht kess geantwortet: „Jeh baden, oller Schnüffler. Bei mir abjeklingelt." Weil er nämlich gar nicht ihr Typ war. Aber bei Kurt Heinersdorf liegt der Fall anders. Mit dem allein auf einer einsamen Insel! Natürlich: Ohne Pinkepinke hat die Sache auch ihren Haken. 'n feiner Mann mit Geld wäre ihr Schwarm. Er kann meinswegen schon vierzig sein. Und denn 'ne Wohnung mit Himmelbett, wie im Kino. Aber das sind so Träume. Im Leben is anders. Wird schon kommen, wie's kommen soll. Nur nich uffregen! Wir werden ja sehen.

Sie gähnt und klettert langsam vom Sofa runter. Aufräumen! Es ist noch schummrig in der Laube, aber wenn man die Tür öffnet, fällt ein breiter Streifen Licht mitten ins Zimmer. Da sieht sie die Bescherung. Staub vom Jahr zuvor. Und die Decke hat auch nicht dicht gehalten. Da steht das Regenwasser auf dem Fußboden, wie 'n kleiner Teich. Sie sieht sich um. Sehr komfortabel ist das nicht. Aber ein Schrubber ist da, auch ein Handbesen. Ran an'n Speck! Wenn Kurt nach Hause kommt, soll er's gemütlich haben. Auf dem kleinen verrosteten Herd liegt noch 'ne alte „Berliner Hausfrau". Die ist angekohlt an der einen Ecke, Brennschere wahrscheinlich. Lotte Streit besieht das mit Kennerblick, vertieft sich dann aber in den redaktionellen Teil, weil Lesen schon immer ihr Schwarm gewesen ist. „Das Nachthemd ist noch gar nicht so lange Selbstverständlichkeit. Man rühmt einer mittelalterlichen Königin seine Erfindung nach. Viele aber, denen es um den Dernier Cri zu tun ist, haben das Nachthemd zu Gunsten des Pyjamas wieder abgetan, wenn auch Letzteres noch so unbequem ist. Na, ich lege jedenfalls keinen Wert darauf, in meinem eignen Bett zu Besuch zu sein, wenigstens mich so zu fühlen. Da lob ich mir die glatten, zärtlichen Nachthemdchen aus geblümtem Stoff (es kann echte Seide sein, es kann auch Opal sein). Oder die ‚feschen' Nachthemden. Die sind aus Waschseide oder Tricoline, haben lange Ärmel mit Manschetten, einen Bubikragen und ein Schnupftuchtäschchen überm Herzen. In dieser Sorte Bettgewändern schläft sich's am besten." Lotte Streit blinzelt vor sich hin, angenehm durchschauert, und ahnt die Finessen der

Zivilisation. Am liebsten wäre sie ja in einem Friseurgeschäft. Dauerwellen. Bubikopf-Schneiden. Henna-Haarfärben. Augenbrauen- und Wimpernfärben. Nimmt die Dame noch ein Haarnetz? Oder Lavendelseife? Sehr zu empfehlen. Macht 3,50 und 75. Zusammen 4,25. Besten Dank, die Dame! Aber wie kommt sie in ein Friseurgeschäft? Wer lernt sie an? Friseusen tragen weiße Kittel und haben glänzende Fingernägel. Die können sich pflegen. Die duften nach russischem Eau de Cologne und so. Aber Lotte Streit hat sich seit zwei Tagen nicht gewaschen. Ihr Rock riecht nach Armenleuten. Das Haar klatscht ihr unfrisiert um die Ohren. Ist das ein Leben? Darf das so weitergehen? Sie ist traurig gestimmt. Sie schmollt mit dem Schicksal.

Nachmittags kommt Kurt Heinersdorf zurück, und die Welt sieht mit einem Schlage anders aus. Er bringt Speck und Brot und die erste ehrlich verdiente Mark. Sie lachen, obwohl der Gymnasiast eigentlich beschämt ist über die Kärglichkeit seines Präsents. „Wird schon werden. Pass mal auf, Kurt, wir bauen uns noch 'ne Villa und fahren mit's Auto." „Und Südafrika?" „Na ja, das auch. Oder was andres. So oder so. Kommt alles von ganz alleine." Der Glogauer schüttelt den Kopf. Das war schön, der Augenblick, wie er das Geld brachte, wenn auch nur 'ne Mark, und den Speck. Aber jetzt weiß er wieder, dass alles umsonst ist, dass er auf diese Weise unter die Hunde kommt. Vielleicht zu Fuß nach Hamburg, sich durchbetteln. Und dann aufs Schiff, als Kohlentrimmer. Aber die Verhältnisse haben sich kompliziert. Gestern war er noch allein. Heute ist ein Mädel hinzugekommen. Er grübelt. Was geht ihn das Mädel an? Wird die nicht allein auch weiterkommen im Leben? Er ist stolz, dass er brutal ist, dass er sich nicht unterkriegen lässt. So ist nun mal das Leben. Struggle for life! Aber auch Gefühle sind schön, und das Mädel gefällt ihm. Einerlei! Wenn er morgen wieder auf Arbeit ausgeht, wird er sie sitzen lassen. Die findet schon einen andern, keine Bange. Er aber zu Fuß, tippeln, Kleinigkeit, die paar Tage, Hamburg is ’n Katzensprung, dann rüber, Südafrika, das ist Leben.

„Was denkst’n?“ Sie sitzen auf dem Kanapee, und Lotte Streit legt ihm den Arm um den Nacken, einen kleinen, weichen Arm mit blonden Flaumhärchen. Kurt Heinersdorf zuckt und fühlt sich ertappt. „Ach, nur so!“ Und Hamburg liegt vor ihm, englischer Kanal, rum um Afrika, Kapstadt. Sie nimmt seine Hand. Sagt kein Wort. So sitzen sie nebeneinander. Es ist schummrig. Er fühlt, wie ihr Herz durch die Bluse gegen seinen Körper tickt. Komisch. Da lässt er den Kopf sinken und denkt weiter: Morgen bin ich weg. Die wird weinen. Oder vielleicht nicht? Eigentlich, was weiß ich von Mädels? Die haben kein Herz. Wenn sie nur schöne Kleider anziehen und sich schmücken können, Ringe, Kettchen, Schleifen. Die weinen nicht. Die schwimmen immer oben, wie so ’n Lindenblatt, das dreht sich nur, sinkt aber nicht. Kurze Röcke haben die, denkt er, denn Lottes Kittelchen ist auf den Schenkel gerutscht. Auf dem Knie ist eine gestopfte Stelle im Strumpf. Komisch. Er starrt immer auf die gestopfte Stelle. Von Afrika ist er ganz abgekommen. Er kann jetzt seine Gedanken nicht zusammenhalten. Er legt die Hand auf Lottes Knie. Wie ein zerstreuter Professor.

Knie, Kniegelenk (Genu), Gelenk zwischen Ober- und Unterschenkel, vorn mit der Kniescheibe, an die sich unten das Kniescheibenband ansetzt. (Siehe Tafel: Skelett des Menschen.) Das weibliche Knie – das ist natürlich ganz was andres. Elektrizitätsbehälter. Magnet. Zarte Kugel. Aber mit Ekrasit geladen. Man lege die Hand auf die Kugel, schon strömt Wärme über, elektrischer Strom, er pflanzt sich nach allen Seiten fort, erobert Kopf und Herz, den ganzen Leib. Man fürchtet sich. Es ist etwas Geheimnisvolles, Elementares, das Gewalt über uns bekommt. Was ist das für eine Kraft, gegen die man nicht anzurennen vermag? Die Bücher sagen, es sei des Teufels Anteil an uns. Aber haben die Bücher recht? Es ist etwas Zartes, Kosendes, Überrumpelndes. Es ist wie der Frühling, der in den Knospen rumort; schon klaffen sie auseinander, und das Licht ergießt sich wollüstig in die Geheimnisse ihrer zartesten Fältchen.

Angst! Kurt Heinersdorf steht einem Geheimnis gegenüber, Auge in Auge, Instinkte regen sich, kämpfen miteinander, Sehnsucht und Zurückhaltung, Begierde und Zweifel an der eignen Zugänglichkeit. Aber Eva überbrückt die Schwierigkeiten der Situation, indem sie Adams Kopf zu sich herabzieht und seine fragend geöffneten Lippen mit den ihren schließt. Dies sind weiche, warme Lippen, nicht zu dünn, eher schon weiblich, die ihre Wärme ohne Sturm und Wildheit verschenken. Das beruhigt den zitternden Schreck des Halbwüchsigen. Es ist alles weich und warm an ihr, denkt er. Er hält sie wie eine gestohlene Frucht in den Armen, und ihre Atemzüge gehen ineinander über. Ihr weiches, kleines Näschen liegt vergraben in seiner Wange. Er streichelt ihre Schulter, ihren Arm. Und als er, tief erschrocken, die kleinen, festen Brüstchen streift, die resolut gegen die dünne Bluse drängen, da werden die sanften Hügel wach und singen. Der Raum singt. Die Dämmerung singt. Ein Geheimnis offenbart sich. Noch einmal der schüchterne Versuch des Knaben, der Gefahr, die ihm dunkel und purpurn droht, zu entrinnen. Aber das Mädchen weiß nun kein Zurück mehr; es ist ganz Hingabe und Geschenk.

Nachher ist Kurt Heinersdorf tieftraurig, und seine Gedanken kreisen um Leben und Tod. Er schämt sich und wagt nicht, dem Mädchen unter die Augen zu kommen. Lotte nimmt den Fall nicht annähernd so tragisch. Sie kuschelt sich wie ein Hündchen in die eine Ecke des Sofas und blinzelt träumerisch ins Leere. Die Tür geht auf. Wer kommt? Fritz Knelke, der verlorene Sohn. „Nanu, du? Was willst'n hier?" „Ich störe wohl?" „Wieso denn stören? Kommt gar nicht infrage. Aber wir dachten, du wärst über alle Berge." Der Fürsorgejunge setzt sich mit aufs Sofa und tut, als ob er gar nicht fortgewesen wäre. „Was hast'n für 'ne neue Kluft, du?" Fritz Knelke weicht dem prüfenden Blick des Mädchens aus. Sein Gesicht ist alt und wissend. „Schöne Leute haben schöne Sachen. Wenn se keene ham, lassen se sich welche machen! Ich werde doch nicht in die ollen Klamotten rumlaufen." „Geklaut?" „Verdient." „Denn bist du wohl Schwerverdiener?" „Mach du man Witze. *Ich* seh mich um. *Ihr* sitzt hier und kommt zu nischt." Er zieht Lottes Kopf dreist zu sich heran. Aber das Mädchen klatscht ihm eins auf die Hand. Das knallt. „Das Berühren der Figüren mit den Pfoten is verboten." „Mensch, warum denn so stolz?" Nun mischt sich der Glogauer ins Gespräch. Er steht am Fenster, scheinbar kühl. „Weil sie nicht will, dass du sie anfasst, nun weißt du's." Fritz Knelke pfeift. „Du hast sie wohl allein gepachtet?" Keine Antwort.

Da lacht der Fürsorgejunge. „Die spielen Hänsel und Gretel. Habt ihr 'ne Ahnung vom Leben? Wovon wollt ihr denn leben?" Kurt Heinersdorf braust auf. „Ich habe für Brot gesorgt und Speck." Er zieht die Mark aus der Tasche. „Und die hier, ist die nichts? Ehrlich verdient. Ich spür's in den Knochen." Fritz Knelke macht Stielaugen. „Willst wohl Millionär werden, Mensch? Lotte, da machste mit? Wir gehn die Mark verkübeln. Zum heiteren Fridolin heißt das Lokal." Lotte Streit horcht auf. Sie hat den ganzen Tag in der muffigen Laube versessen. Eigentlich nich ohne, zum Abend so 'n kleiner Bummel. Es war einmal ein treuer Husar, der liebt' sein Mädchen ein ganzes Jahr, ein ganzes Jahr und noch viel mehr, die Liebe nahm kein Ende mehr. Aber deswegen braucht man sich doch nicht abzuschneiden von aller Welt. Sie ist ja keine Nonne, oder verlangt Kurt Heinersdorf, dass sie versauert für ihn? Sie schmollt. „Wo is'n das, heiterer Fridolin?" „Gleich bei der Laubenkolonie. Bierquelle zum heiteren Fridolin. Da lecken wir mal an Himbeerbrause, was, Lotteken?" In dem Mädchen erwacht der Wunsch nach Abwechslung. Sie lehnt sich an den Gymnasiasten und bohrt ihm den Ellenbogen in die Seite. „Mach doch, Kurt. Ich will auch was haben von's Leben." Kurt Heinersdorf presst die Lippen aufeinander. Schwerer Kampf. „Und Hamburg? Und Afrika? Ist wohl gar nichts?" „Und vorhin, du weißt doch, is auch gar nichts?" Sie gurrt wie eine Taube. Aber ihr Auge flackert bedrohlich. Da wird der Glogauer flammend rot vor Scham. „Du bist 'n Kavalier!", höhnt der Fürsorgejunge und schlingt den Arm um Lottes Hals. Diesmal wehrt sie ihn nicht von sich ab. „Los! Wo ist der heitere Fridolin?" Kurt Heinersdorf schubst Fritz Knelke vor sich her. Seine Stimme ist laut, aber das Herz tut ihm weh. Der Fürsorgejunge triumphiert: „Aha! Nu auf einmal! Komm, Lotte, wir nehmen dir in die Mitte." Sie ziehen ab. Aprikosenweg. Aequatorstraße. Vorn an der Chaussee, neben dem Möbelwagenplatz, Durststillstation zum heiteren Fridolin.

Das Lokal ist eine Baracke, Backsteinbude, mehr für Sommerbetrieb. Auf dem Hof steht ein Kastanienbaum. Kegelbahn. Tanzfläche. „Na, Frollein, kesse Sohle hinlejen?" „Frollein, an Ihre Seite zu schweben, jeht über 'ne Weiße mit Schuss." „Frollein, was wahr is, muss wahr bleiben: Ich bin ja ürrsinnig verliebt in Ihnen!" Drei Mann Musik. Am Sonntag will mein Süßer mit mir Segeln gehn, sofern die Winde wehn, das wär doch wunderschön. „Mal schaukeln, Frollein? Hier die amerikanische Riesenschaukel. Zu zwei'n allein im Mondenschein. Im Himmel kann's nich schöner sein." „Dreimal Kirsch, ein Mampe Halb und Halb. Ein Sülzkotelett mit Bratkartoffeln."

Die drei treten ein, erst Fritz Knelke, dann Lotte Streit, zuletzt Kurt Heinersdorf. Im kleinen eisernen Ofen ist Feuer, na ja, die Bude steht frei, der Wind und die Feuchtigkeit. Es riecht nach Sauerkraut. Der Wirt spült Gläser hinter der Theke. Ein Bierfahrer ist da, Engelhardt-Brauerei, dick, schweißig, Manchesterhosen, Strickweste, Leinenjacke, der macht hier Schluss für heute, trinkt sein Helles, schneidet mit dem Taschenmesser von seiner Stulle ein Schäfchen ab. „Nanu, is wohl Kinderbewahranstalt?!" Sieht die drei gar nicht an, hat aber doch raus, dass die nicht von Vatern geschickt sind, Bier holen. „'n Abend, die Herrschaften!" Der Wirt ist toleranter, nimmt mit, was mitzunehmen ist.

Monat März ist faul. April wird schon besser. Er wischt den Tisch ab. „Was darf's denn sein?" „Eine Himbeerbrause. Zwei Helle." Fritz Knelke bestellt. Der Wirt legt drei Bierfilze parat und kommt mit den Gläsern. Lotte Streit zuckelt an ihrer Brause wie so 'n Wiedehopf an 'ner Regenlache. Die Jungens markieren die Männlichen und trinken ihr Glas mit einem Zug halb leer. Der Bierfahrer schmatzt und bohrt mit dem Taschenmesser an seinem hohlen Zahn. Dann dreht er sich halb rechts und lässt die drei Revue passieren. „Könnt ihr auch Witze?" Die Frage klingt sonderbar. „Also, da weeß ick eenen Witz, is alt, aber man lacht immer noch. Steht 'n Junge und heult. Kommt 'n Mann und fragt: Wat weenst'n, Kleener? Sagt der Kleene: Mir hat eener meine Stulle in die Spree jeworfen. Fragt der Mann: Mit Absicht? Sagt der Kleene: Nee, mit Käse!" Die drei lachen, Lotte Streit zumal, hoch und reichlich laut. Der Bierfahrer kommt in sein Fahrwasser. „Sitzt eener uff's Polezeirevier. Sagt: Wat soll ick denn machen? Mein Jeschäft jeht nu ma in Sommer nich. Fragt der Wachtmeester: Wat sind Se denn von Profession? Jibt der zur Antwort: Schneeschipper!" Nun prustet der Bierfahrer selber. „Der Witz is alt. Wie der Deubel noch 'n kleener Junge war, is der Witz nich mehr neu jewesen." Aber die junge Generation kennt ihn vielleicht noch nicht. So erbt sich das fort, von Geschlecht zu Geschlecht.

Fritz Knelke ist mit seinen Augen überall. An der Wand hängt ein Plakat: Ich prieme nur Don's Kautabak! Und über der Theke: Vom Pumpen bin ich ein scharfer Hasser. Wer kein Geld hat, trinke lieber Wasser! Nachher geht er mal raus und ums Haus rum. Sieht sich alles genau an. Hühnerstall. Holzschuppen. Neben der Theke ist das Schlafzimmer für den Wirt und seine Frau. Hauslatschen unter den Betten. Auf dem Nachttisch kleingebrannte Kerze. Dann noch die Küche. Und die Vorratskammer. Die Vorratskammer hat ein schmales Fenster. Leichtsinnig von die Leute! Wenn da mal einer kommt und will einbrechen, braucht er nur die Scheibe einzudrücken. Knacks! Da liegt der Salat wie aufm Präsentierteller. 'n Hund fehlt, der bellen könnte. Nachbarn sind auch nicht da. Knacks! Griff! Noch 'n Griff! Da hast du die Hände voll mit Wurst und Speck und Ölsardinen. Fritz Knelke kommt wieder rein und fragt: „Haste schon bezahlt, Mensch?" Kurt Heinersdorf zieht seine Mark, letzte Mark, ehrlich verdiente Mark. „Herr Wirt, zahlen!" „Eine Brause, zwei Helle, macht fünfundsechzig." „Für den Rest Zigaretten." Dies sagt Lotte Streit und freut sich über ihre Geistesgegenwart. Der Wirt legt den Kopf auf die Seite und plinkt den Zahlenden erwartungsvoll an. Der Glogauer wird rot und nickt.

Sie stehen auf. Fritz Knelke steckt die Zigaretten in seine Westentasche. Der Bierfahrer schüttet den Rest seiner Molle hinter die Binde. „Keenen Tropfen trinkt die Gans, ohne dass sie wackelt mit'n Schwanz." Der braucht sein Bier nicht zu bezahlen. Der Wirt unterschreibt den Lieferschein für ein Fass Engelhardt Helles, fünfundzwanzig Liter. Der Bierfahrer steigt auf seinen Bock. „Hü, hott!" Die Pferde ziehen an, schwere Holsteiner, die haben Kraft in den Schenkeln. Die drei müssen ausweichen auf der Straße. Der Bierkutscher knallt mit der Peitsche zu m Gruß und rülpst wohlwollend. Sein blaurotes Kutschergesicht verzieht sich zu nachsichtigem Grinsen.

Nachher in der Laube wollen sie rauchen. Keine Streichhölzer da. Fritz Knelke lacht. „Die holen wir uns vom heiteren Fridolin." „Noch mal hinjehn? Wo wir ganz blank sind?" „Bist ja doof, Meechen. Wir statten der Bude einen nächtlichen Besuch ab." Kurt Heinersdorf horcht auf. Lotte Streit hält den Atem an. Der Glogauer will explodieren, aber das Mädchen legt ihm die Hand auf den Arm. „Nu lass man, lass man. Knelke will reden. Nu red doch, Knelke." Der Fürsorgejunge sitzt da, den Oberkörper nach vorn gebeugt, blasses, gespanntes Gesicht, schon mit Falten, und die Augen laufen hin und her, hin und her, wie 'n Fuchs im Käfig. Seine Worte kommen langsam, wer weiß denn, was die anderen dazu sagen werden, aber von Ängstlichkeit keine Spur, mit den beiden nimmt er's schon noch auf. „Nämlich, der heitere Fridolin is als Versuchsobjekt nich übel. Ich hab mir schon umgesehn in die Lokalitäten da. Die Vorratskammer is voll. Da braucht keener auf die Leiter zu klettern. Wir kaufen unsre Fressalien durchs Fenster ein. Langt mindestens 'ne Woche. Konserven und Schnaps, Wurst und Soleier, wenn wir Glück haben, 'ne Flasche Knallkümmel." „Nein, nein, nein!" Kurt Heinersdorf stellt sich dem Knelke quer in den Weg. „Du Dieb willst uns verführen. Aber wir machen nicht mit. Was, Lotte, wir machen nicht mit?" Lotte Streit ist kleinlaut. „Nu sei doch nich so aufgeregt, Kurt, und lass ihn doch erzählen. Erzählen kost' ja nischt." Aber der Glogauer will sich nicht besänftigen lassen. Er ist von anständigen Eltern, die Mutter fromm, Vater Beamter, das steckt im Blut. Alles in ihm sträubt sich gegen den Vagabunden, der frech an Diebstahl denkt. „Das ist kein Mensch, der zu uns passt, Lotte. Der hat genug aufm Kerbholz, glaub mir nur. Und wenn du auch lachst und deine Zähne bleckst, dich kenn ich, dich kenn ich genau. Du Strolch hast mir mein Geld gestohlen. Und willst uns überreden, mit dir gemeinsame Sache zu machen. Wir sind unbestraft. Lass dir das gesagt sein!" Der Fürsorgejunge ist aufgestanden. Tritt dicht an ihn heran. Der hat Mut. Sein Gesicht ist gelb und blass, aber die Augen glänzen wie Metall. Der lässt sich nicht kleinkriegen. „Red nur nich so geschwollen, Mensch, weil du auf hohe Schule bist gegangen, Muttersöhnchen, immer brav, hat nie nich mit'm Schutzmann was zu tun gehabt. Was, Lotte, der will mitreden, der Klugscheißer, und weiß nichts von's Leben! Denkste vielleicht, Lotte hat nich auch schon geklaut, deine Braut Lotte, mit der du schöntust? Die hat schon geklaut, wie sie noch nich is eingesegnet gewesen, auf Schule, nur vielleicht, dass sie war schlau genug, sich nich klappen zu lassen." Dem Glogauer brennt der Schädel. Was sagt der Hund? „Lotte, nu red doch!" Aber Lotte zieht es vor, zu den kessen Behauptungen des Fürsorgejungen gar nicht erst Stellung zu nehmen. Sie glubscht auf einen Punkt, und die Gedanken sitzen ihr im Gehirn wie Hühner auf der Stange, dick und reglos. Da schießt dem Glogauer das Blut in die Ohren. Siedeheiß. Das ist wie Schneeballschlacht. Von allen Seiten prasseln die Kugeln. Er packt den Knelke bei der Jacke und schüttelt ihn. Schmerzgefühl in der Brust, aber der Jähzorn ist stärker. „Alles in den Dreck ziehen, das kannst du! Ich werf dich aus der Laube raus, du Aas! Dann sind wir dich los!" „Meinst du?" Fritz Knelke ist unheimlich gelassen. Er kostet die Worte auf der Zunge, genießerisch. „Ich kann ja aufs Revier gehen, melden: ein Ausreißer, Herr Wachtmeister, Laubengelände, Aprikosenweg, Kurt Heinersdorf heißt er, aus Glogau, will nach Afrika, hat seinem Vater 's Sparkassenbuch geklaut, aber gegen andre ist er hochnäsig, gehen Sie man hin, Herr Wachtmeister, und nehmen Sie den hoch, mitsamt seiner Braut, die Turteltauben."

Sie stehen stumm, Nase an Nase, Kurt Heinersdorf hört sein Herz klopfen in der Stille. Sein Blut braust. Was denn? Was denn? Der wirft mir 'n Lasso übern Kopf und zieht zu. Was soll ich denn machen? Stehlen gehen mit dem, nur dass er 's Maul hält? Verludern, nur weil *der* nichts andres kann als einbrechen und andrer Leute Hab und Gut verschärfen? Ich bin doch ehrlich, will ehrlich bleiben. Nun kommt der und befiehlt ganz einfach –!

Der Fürsorgejunge liest ihm die Gedanken von der Stirn ab. „Wer red't denn von Stehlen? Dazu bist du nich eingelernt. Stehlen besorg ich alleene. Du stehst draußen, passt auf und nimmst die Sorge ab, du und Lotte. Is das Stehlen? Sollst mal sehn, das geht hastenichgesehn! Wir hau'n ab mit dem ganzen Zimt und haben zu fressen. Is das nich auch was?" Der Glogauer gibt keine Antwort und duckt sich ins Dunkel. Nur jetzt nicht Lotte ins Auge sehn. Was soll die wohl denken? Herrgott, Herrgott! Üb immer Treu und Redlichkeit bis an dein kühles Grab! Aber da ist der Fürsorgejunge, der verpfeift ihn beim Revier, wenn er nicht einfach gehorcht. Er stöhnt in sich hinein. Warum ist er nicht in Glogau geblieben? Die Mutter weint. Vater schämt sich. Die Klasse. Der Klassenlehrer tritt hinters Katheder. Wer fehlt? Heinersdorf fehlt. Krank? Achselzucken. Heinersdorf ist unter die Diebe gegangen. Der Junge ist verloren. Froschlaich geht verloren im Straßentümpel. Samen weht übers Feld und verdorrt auf Steinen. Die Welt ist so reich. Da kann viel verloren gehen. Was tut das? Herrgott! Zu wissen, dass man verloren geht! Mit aufgerissenen Augen dem eignen Untergang zuschauen! Er schluchzt, aber mehr innen. Er steht wie ein Baum im Wind, junger, schwankender Baum. Eine Hand grabscht nach ihm, wortlos, Lottes Hand. Das Mädchen steht neben ihm, weich, mit schwimmendem Blick. Ein Gedanke tändelt mit ihr, so ’n sanfter, einsilbiger, zäher Gedanke: Soleier ess ick jern und Wurst. Und Konserven? Was denn für Konserven?

Es mag gegen elf Uhr sein, die Nacht ist dunkel, da gehen die drei auf Arbeit. Fritz Knelke vorneweg, die anderen müssen an der Chaussee warten. Es nieselt, so ’n dünner, kalter Regen, der bis auf die Haut geht. Der Kundschafter stellt fest: Alles ist dunkel im heiteren Fridolin. Die Wirtsleute sind zu Bett gegangen, sind an die sechzig, quatschen nicht erst, die Haustür ist verschlossen, die Hühner schlafen, die Schaukel steht nass im Regen, der Kastanienbaum hält Wache, schweigsamer Posten. Der Fürsorgejunge hat feine Ohren, schleicht sich rund ums Haus, horcht in alle Ritzen, durch alle Schlüssellöcher. Grinst. Die haben das Vorratskammer-Fenster nur angelehnt, von wegen frische Luft, die Doofköppe. Is ja geradezu strafbar, der Leichtsinn, indem er schwache Gemüter zum Stehlen ermuntert. Immerhin: Einbruch is das nich, ganz harmloser Mundraub, man langt rein und holt die Delikatessen. Gemacht. Fritz Knelke zieht die Reserven zusammen. Kurt Heinersdorf wird an die Hoftür postiert, Horchposten, ob drin sich was rührt. Lotte Streit ist Handlangerin, setzt alles auf einen vierrädrigen Handkarren, der am Holzschuppen steht. Fritz Knelke besorgt den Mundraub. Geräucherte Landwurst, ein Eck vom Schinken, saftig, Brot, ’ne Schüssel Rollmöpse, die isst Lotte so gern, große

Flasche Mampe Halb und Halb, ein Weißbierglas voll Soleier, Streichhölzer nicht zu vergessen. Im Handumdrehen. Kolonne links schwenkt, marsch! Sie hauen ab. In der Nacht, in der Nacht, wenn die Liebe erwacht. Der heitere Fridolin schnarcht in seinem Bett und träumt von Tanzvergnügen und Pflanzer-Erntefest. Die Karre quietscht ein bisschen, schwer beladen, aber da hebt man das rechte Hinterrad, vorsichtig weiter auf drei Rädern wie 'n Hund bei Regenwetter. Rin in die Aequatorstraße, Aprikosenweg. Laubentür auf. Melde gehorsamst, von Requirierung zurück!

Die essen sich satt an Landwurst und Soleiern, alles im Dunkeln. Dann und wann flammt ein Streichholz auf, damit man sehen kann, wie die Verteilung vor sich geht. „Hat keiner 'n Taschenmesser?" Kurt Heinersdorf zieht es aus der Hosentasche. Das wäre gelacht. Jeder in seiner Klasse hat 'n Messer, einklingig, mehrklingig, Solinger Stahl, vernickelt, manche mit Korkenzieher oder Champagneröffner. Er hält es in der Hand, gutes, altes Messer, das hat ihm schon manchen Dienst erwiesen, da steht sein Name, eingekerbt in die Schulbank, noch frisch, jetzt ist der Platz verwaist, und sein Nachbar schmiert Tinte in die gekerbten Buchstaben. Er zögert. „Wozu brauchst du 'n Messer?" Der Fürsorgejunge: „Rollmops macht Durst: Woll'n ma sehen, ob der heitere Fridolin auf Klassegetränke hält." Er öffnet den Mampe Halb und Halb. Sie trinken aus der Flasche. Das brennt süßlich. Lotte nimmt ein Schlückchen, noch ein Schlückchen. „Hört mal, wie das gluckert!" Sie könnte sich totlachen. Der Fürsorgejunge bekommt Glühwürmchenaugen im Dunkeln und lacht lautlos in sich hinein. Der frisst wie ein Tier, nur um den Hunger zu stillen. Auf

Vorrat, man kann nie wissen, was die Zukunft bringt. Kurt Heinersdorf sagt kein Wort. Gestohlene Ware, denkt er. Und isst nur zögernd. Er hat keine Freude am Essen, obwohl der Schinken mild gesalzen ist, die Soleier könnten noch ziehen. Was tu ich nur? Was tu ich nur?, denkt er. Der Fürsorgejunge ist ihm im Wege. Der hat einen vergifteten Atem, und was er sagt, ist vergiftet. Aber der Mampe Halb und Halb hat eine Art zu trösten, der er nicht gewachsen ist. Ich werde die Sache morgen überlegen. Heute hab ich die Gedanken doch nicht zusammen. Er lächelt, aber verstohlen. Nämlich: Da hat einer ihn auf die Hand geküsst, auch verstohlen, das kann nur Lotte Streit sein, die hat's faustdick hinter den Ohren. Aber das Mädchen hab ich gern. So ein Mund wie 'ne Blüte. Warm wie Regentropfen. Die kann küssen. Er sitzt in der einen Sofaecke, Fritz Knelke in der andern, das Mädchen in der Mitte, die Augen halb geschlossen, aber der Mund ist feucht, und sie lacht. „Blonde Mädels von Berlin, ihr versteht euch so entzückend anzuziehn. Was ihr tut, hat so viel Schmiss, ihr seid kesse Mädels, aber ihr seid süß." Und dabei legt sie den Jungens ihre Hand auf die Schulter. Einfach so. „Lippen, die sich finden in der Nacht, wissen nur von Küssen in der Nacht. Aber dann beim Kosen schnell die Tugend flieht, denn man bricht die Rosen nur, wenn's keiner sieht." Das hört Kurt Heinersdorf ganz von fern. Der Kopf fällt ihm auf die Brust und aus der Laube wird das Wohnhaus des Schuldirektors in Glogau. Er steht im Garten, und Fritz Knelke ist auch dabei. Sie heben sich auf die Fußspitzen und grinsen. Hat doch der Doofkopp von Direx das Vorratskammerfenster nur angelehnt, von wegen frischer Luft. Is ja geradezu strafbar, der Leichtsinn, indem er schwache Gemüter zum Stehlen ermuntert. Wie sie aber hineinlangen durch das Fenster, ist die Vorratskammer gar keine Vorratskammer, sondern das Klassenzimmer, es muffelt ungelüftet, die Bänke sind leer, aber auf dem Platz des Schülers Kurt Heinersdorf ist mit dem Taschenmesser frisch eingekerbt: K. H. und L. S. Darunter: Verlobte. Unten aber, vor dem Fenster, durch das ihre Hand langt, steht der Pedell und läutet Sturm. Da schreckt Kurt Heinersdorf auf und stiert ins Dunkel. Hat er geschlafen? Verdammter Schnaps! Er tastet mit den Händen im Kreis. Verbeultes Sofa. Da ist Lotte Streit, da ist Fritz Knelke. Sie hängen aneinander, Mund an Mund, wie erstarrt. Schlafen die? Plötzlich weiß er haarscharf, wie alles kam. Jähe Wut schießt ihm in die Augen. Im Hinterkopf tickt etwas, sehr prall, sehr laut, ist das sein Blut? Er schreit. Aber es ist nur eine Stimme, tief in seinem Blut, die das Ticken überdröhnen will. Der Dieb! Der Dieb! Stiehlt mir alles! Der stiehlt wie ein Rabe, der Hund! Er reißt sich in die Höhe, reißt das erstarrte Pärchen auseinander. Schon hat er den Dieb zwischen den Fäusten. Das trommelt, aber lautlos. Der Knelke ist ein mageres Tier, da merkt man, wo der herkommt. Fürsorgeanstalt. Ist eine magere Ratte, die ihren Käfig zernagt. Da läuft sie, läuft sie, grau, mit glänzenden Diebsaugen. Schlagt doch mit Knüppeln nach der Ratte. Die stiehlt aus reiner Freude am Stehlen. Lautloser Kampf. Sie packen einander, umschlingen einander. Man sieht Finsternis. Aber Kurt Heinersdorf weiß: Da ist sein Gegner, der will ihn kaputt machen, der gönnt ihm nicht das bisschen Ehrlichkeit, der ist geboren fürs Zuchthaus. Hat der ein Recht, sich an Lotte Streit zu vergreifen? Was will der hier? Der feige Hund!

Sie glühen einander an mit ihrem Atem, ihre Zähne kommen einander bedrohlich nahe, die könnten zubeißen in der Finsternis, wie Hunde sich verbeißen, mit gesträubtem Fell und blutunterlaufenen Augen. Lotte Streit zieht die Beine aufs Sofa hinauf. Die hat den Mampe Halb und Halb im Hinterkopf wie ein Zentnergewicht. Was ist denn überhaupt los? Wer kann denn da denken? Da sind ihre beiden Arme, der Hals und die Brüstchen. Da ist der kleine, runde Bauch. Alles befühlt sie. Aber im Magen rumort's. Das droht wie Gewicht. „Mach doch eener Licht! Man fürcht' sich ja." Keine Antwort. Das ist ein Kampf ohne Geschrei. Man sieht nichts. Man hört nichts. Die Laube ist wie mit Watte gepolstert. Die können auch im Wasser miteinander ringen, unter Wasser, nur die Arme bewegen sich, die Beine, das Wasser gurgelt, Blasen steigen auf. Bis zum letzten Rest von Kraft. Abrechnung!

Mit einem Mal schießt Fritz Knelke in die Höhe, schlägt gegen die Wand, ein Stuhl fällt, der Tisch wackelt. Er tastet sich die Wand entlang, aber in Eile, findet die Tür, Tür auf, raus, Tür zu, das knallt. Kurt Heinersdorf steht da, taumelig, das ging ums Leben, der Kragen kaputt, die Knöpfe abgerissen, das Gesicht zerkratzt, das Auge verquollen.

Und doch Triumph. Der kommt nicht wieder!

Der Teufel gewinnt das Spiel

Herr Tölle ist ungeheuer aufgekratzt. Die Kunst dem Volke. Der Abend in der Plaza hat ihn animiert. Das ist die Krönung des Alltags. Man vergisst den ganzen Plunder, Stadtvertretung in Schokoladen und Zuckerwaren, und wird ein gelöster, beschwingter Mensch. Der Kahlbaum Edel und die zwei großen Hellen tun ein Übriges, um die Hemmungen in ihm aus dem Wege zu räumen, die das Merkmal des gesitteten Staatsbürgers sind. „Ich könnte *auch* auftreten. Ehrenwort, Alfred! Wenn nicht gleich in der Plaza, dann aber, es gibt auch andere Spezialitäten-Theater." Er reißt das Ballettröckchen vom Nagel und verschwindet in seiner Kammer. „Pass mal auf, Alfred. Ich rede keine Schmonzen." Alfred Schütte fängt an, sich auszuziehen. Er ist müde, aber er wäre imstande, sofort loszulaufen, bis Schlesien, obwohl niemand ihn dort erwartet. Die Stadt bedrückt ihn, seine Augen schmerzen, tausend Bilder zu gleicher Zeit, tausend Geräusche zu gleicher Zeit. Er sehnt sich nach einem grauen Chausseegraben, einem toten Feld. Da gehen die Telegrafendrähte über Land, man hängt das Auge dran und rutscht bis an den Horizont. Er ist ja ein weicher Mensch, er liebt die Flucht der Gedanken, er kann lächeln, nur weil das Auge an den Telegrafendrähten entlangrutscht, und weil da hinten ein Horizont ist, über den man nicht wegspringen kann. So blond ist unser Alfred Schütte, aufgeschossen, ein wenig flachbrüstig, aber mit Mädchenwangen und einem verlegenen, eingeschüchterten Blick. Er legt den Kragen ab, und der Kragenknopf rollt ihm unter den Tisch. Er muss sich bücken und suchen. Er denkt: Das viele Bier, den ganzen Tag auf den Beinen, Plaza, Herr Tölle ist ein freundlicher Mann. Da schießt Herr Tölle aus der Kammer. Wirbelwind. Keine Musik? Kein Auftrittsapplaus? Er ist im Ballettröckchen, Gaze und Flitter, ohne Unterhosen, das Haar hell und schütter, die Augenbrauen farblos, der Mund klein wie eine Kirsche. Herr Tölle tanzt. „Was habe ich dir gesagt, Alfred?" Er tanzt wie eine Ballet-teuse. Der kleine, dicke Mann dreht sich im Kreis, mal auf den Sohlen, mal auf den Spitzen, tanzt, wütend wie ein Derwisch.

Der Alfelder will lachen, kann aber nicht. Der hat zu viel getrunken, denkt er und schämt sich für den Tanzenden. Aber gleichzeitig hängt sein Blick gebannt an dem Wirbel von Gliedern, an dem Flattern von Gaze dicht vor seinen Augen. Wo hat Herr Tölle das gelernt? Er ist doch Kaufmann, Vertreter von Nonplusultra-Schokolade Ignaz Silberstern. Ob Herr Silberstern ahnt, was sein Vertreter alles kann außer Ware an den Mann bringen? Manche Menschen haben zwei Hälften. Man kennt vielleicht nur die eine Hälfte, und an der ist nichts Auffallendes. Aber da ist noch eine zweite Hälfte, die hängt schlafend an der andern. Mal wird sie *doch* wach, und dann reibt man sich die Augen und glaubt zu träumen. Ist es denn die Möglichkeit? Oder Zauberei?

Herr Tölle ist außer Atem. Er rollt wie ein Igel über den Diwan, schnellt in die Höhe und fängt den Alfelder in seinen Armen auf. „So verkohl ich die Kavaliere!" Er spricht mit Fistelstimme und klappert mit den Augen wie ein Mädchen. „Alfred, ach, Alfred! Ich bin ja so glücklich. Nur Schokolade verkaufen, immer wieder Schokolade verkaufen, is ja zum Kotzen! Aber dann mal ein Abend wie heute, Mensch, der macht Fez." Er trällert. „So voll Harmonie und voll Poesie, so voll Glück und Sonnenschein kann nur die wahre Liebe sein." Er führt den Jungen vor den Spiegel. „Wie seh ich aus? Zum Anbeißen! Das mach mir mal einer erst nach!" Trällert wieder. „Stundenlang möcht ich in deine lieben Augen schaun, stundenlang kann mich ihr wunderbares Blau erbaun, und die Augen, süß versonnen, sie verheißen Liebeswonnen. Stundenlang kann ich dann träumen, schönste Frau!" Er nimmt den Alfelder um die Hüfte und tanzt Tango. Der Junge weiß nicht, wohin mit den Beinen. Aber Herr Tölle hält ihn fest. Der muss mit, der Junge. Da kennt Herr Tölle kein Erbarmen. Ein Polyp schwimmt in der Tiefsee, mit ringelnden Armen, qualligem Körper, der ist farblos blond, der ist zäh. Lautlos gleitet er durch die glasige Flut, ist Herr da unten in der malachitgrünen Tiefe, Tyrann, dem alle zitternd verfallen.

Alfred Schütte bemüht sich, aus Herrn Tölles Armen loszukommen. Bemüht sich, die Schlangenarme des Polypen von sich abzustreifen. Geht nicht. Herr Tölle hält den Jungen fest, tanzt mit ihm, Alfred ist seine Tanzdame, die dreht er im Kreise, die zieht er an sich, die berührt er mit schamlosem Bauch, die betastet er mit schamlosen Fingern. Polypenarme ringeln sich tänzelnd, flatternd, spielerisch graziös um die zitternden Beine des Krebses. Der stemmt sich, starr, kleine Bläschen steigen durch dunkles Wasser, lautloser Kampf, fast ein Spiel; der Polyp wiegt sich, schwebt auf und nieder, aber die Saugnäpfe der Arme küssen das Opfer in tödlicher Zärtlichkeit. Alfred Schütte wird blass, er schließt die Augen. „Lassen Sie mich doch los, Herr Tölle!" Das klingt weinerlich. „Mein Junge, mein Alfred!" Herr Tölle tremoliert wie ein Troubadour. Sein kleiner, koketter Mund glüht wie eine Wunde. Hat der Fieber? Ist der verrückt? Der Alfelder vergisst, die Beine fortzubewegen. Herr Tölle schleift ihn. Tanzend schleift er ihn. „Du wirst mir doch nicht schlapp machen, mein Junge?" Der Polyp ist besorgt, dass ihm der Krebs krepiert, ehe er ihm das Lebensmark ausgesaugt hat. Herr Tölle bettet den Alfelder auf den Diwan. Ach, wie ist er zärtlich, kosend, von rührender Umsicht! „Du bist ja viel zu lang für die Chaiselongue, Alfred. Warte, mein Bübchen, Mutti steckt dich ins Bettchen." Er nimmt den langen Jungen unter den Achseln und schleift ihn hinüber in die Kammer. Grotesker Anblick: der blasse, blutarme Sechzehnjährige mit Schatten unter den Augen, grauen Lippen, wächsernem Hals und das Ungetüm von Mann, farblos blond und dick und aufgedunsen, im zerdrückten Ballettröckchen, aus dem ein paar nackte Beine ragen. „Ich bette dich, Alfred!", flötet der Polyp. Er trägt und schleift den Knaben, zieht ihn in sein eigenes Bett, stopft ihm Kissen unter den Kopf, schlingt seine Arme um die schmalen Schultern, küsst ihn beschwichtigend auf die Stirn. „Nun wird alles gut!", säuselt er. „Sollst mal sehen. War 'n bisschen viel für dich, heute, was? Aber ich pfleg dich, ich pfleg dich. Speckig sollst du werden, mein kleines Spanferkel. Rote Backen sollst du kriegen. Hier bleibst du, bei mir bleibst du. Wer wird denn weiterreisen wollen? Wohin denn? Schlesien? Wer wartet denn auf dich? Unsinn, dummer Unsinn!" Der Junge schlägt die Augen auf und lächelt blass. War ja alles nur Spaß, die Tanzerei, und was er von Schlangen gesehen hat, ringelnden Schlangenleibern mit starren Augen und stechenden Zungen – alles nur ein Traum. Wird schon werden. Herr Tölle ist ein freundlicher Mann. Der pflegt ihn gut. Der gibt ihm zu essen. Vielleicht ist er nur schwach auf der Brust. Zarte Lunge, na ja. Das Atmen tut weh. Er ist ja so aufgeschossen und schmal. Wenn er aber erst in die Breite geht –.

Herr Tölle blickt ihm ins Auge. Das treue Auge des Herrn Tölle ist bemüht, das fragende Auge des Alfelders zu beruhigen. Herrn Tölles kleiner Kirschenmund kräuselt sich melancholisch. „Wen hab ich denn auf der Welt? Keine Menschenseele. Kannst du das verstehen, Alfred? Man ist nicht mehr der Jüngste. Man läuft sich die Hacken krumm. Tag für Tag. Aber abends, zu Haus, ist man allein. Ich rede, keiner antwortet. Ich hab Bilder an den Wänden, aber die sind stumm. Manchmal könnt ich schreien. Ich bin doch im Grunde 'n Kind. Ich möcht spielen. Is keiner da zum Spielen. Was ist denn der Mensch? Auch nur 'n Tier, das sich freut, wenn's gekraut wird. Wer kraut *mich* denn? Alfred, mein Alfred, ich tu dir alles zu Liebe, keine Sorgen sollst du mehr haben, beerben wirst du mich, meine paar Klamotten, sollst du alles haben, aber die Angst nimm mir, das verdammte Alleinsein. Braucht ja keiner zu wissen, wie wir zueinander stehn, was geht das die Leute an, die klatschen doch nur und denken das Schlechteste. Glaube mir, Alfred, Liebe ist das, wenn du willst, Traurigkeit oder auch Herzweh."

Der Alfelder starrt ihn fassungslos und ohne Widerstand an. Da ist ein Gesicht vor ihm, dicht vor seinen Augen, rundes, schwammiges Gesicht, ein Atem berührt ihn, der ist heiß und dumpf, Hände greifen nach ihm, weiche, mehlige Hände, wie Bäckerhände, Augen saugen sich an ihm fest, kleine, erschrockene, gierige Tieraugen mit farblosen Wimpern. „Lassen Sie mich doch los, Herr Tölle!“, stöhnt der Widerstandslose. Das ist wie ein Schlag vor die Stirn des Bettelnden, Begehrenden. „Was denn? Verstehst du mich immer noch nicht, Alfred?“ S.O.S.-Ruf einer verlorenen Seele. Zwei Herzen schlagen. Das dröhnt, das hämmert. Flugzeugpropeller dröhnen nicht lauter als diese zwei Herzen. Aber die Kammer liegt lautlos still, klaftertief unter dem Meeresspiegel. Da ist ein malachitgrüner Schein. Bläschen perlen nach oben, lautlos. Es ist eine ungeheure Stille unter dem Druck gewaltiger Wassermassen. Ein Polyp schwimmt in der Tiefsee, mit ringelnden Armen, qualligem Körper, lautlos gleitet er durch die glasige Flut, ist Herr der Tiefe, Tyrann, dem alle zitternd gehorchen. Nun schmiegt sich Herrn Tölles Arm fester um die Schulter des Knaben, nun lösen sich die roten Lippen, blühen auf wie eine atmende, fressende Seelilie, nun gerinnt sein Blick zu flüssigem Blei, stumpf und farblos und blind. Alles, was Seele in ihm war, stirbt, nur noch die Gier triumphiert, inbrünstige Gier, hemmungsloses Verlangen, hundertarmig treibt der Polyp durch die Flut, der gefräßige Räuber.

Da liegt Alfred Schütte, Kissen unter den Kopf gestopft, sechzehnjährig, aufgeschossen, schlanke Glieder, flache Brust, ein verlegenes Lächeln um den Mund, das allgemach in Entsetzen sich wandelt. Und der Polyp saugt sich an ihm fest, an dem mädchenhaft zarten, jungen, faltenlosen Hals, saugt an seinem Lebensmark, trinkt sein Blut, bis es nur noch fadendünn und müde pulst. Herr Tölle, Stadtvertreter für Nonplusultra-Schokolade Ignaz Silberstern, bei der Kundschaft gern gesehen, flotter, liebenswürdiger, gesitteter Vertreter seines

Standes, farblos blond, rund, beweglich, schelmisch – aber die andere Hälfte seines Wesens erwacht, die schlafend hing an der gesitteteren, die Tiefe seines Wesens tut sich auf, klafft, dumpfe Höhle jenseits des Bewusstseins, und das Urtier kommt zum Vorschein, schwanzloser Raubaffe, der sich auf den Hinterfüßen bewegt, verschlagen, nimmersatt, mit fletschendem Gebiss und breiten Kinnladen, unbelastet von Hemmungen der Moral, des bürgerlichen Gewissens. Gläsern und durchsichtig treibt der Polyp durch stumme Gewässer. Gier, Gier, Gier!, schreien seine hundert Arme. Lust, Lust, Lust!, schreien seine hundert Saugnäpfe. Im Anfang war die Geilheit, der Schauer des Geschlechtlichen, der mit dem Schauer des Todes sich vermählt. Vielleicht hat Herr Tölle Furcht vor einer Maus, die unter der Diele nagt. Vielleicht verkriecht er sich, wenn Gewitter ums Haus spukt. Vielleicht weint er Tränen der Rührung beim Anblick eines brennenden Weihnachtsbaums. Aber wenn das Untier in ihm erwacht, die andere Hälfte, wenn der Urtrieb seine Rechte von ihm fordert, reckt er sich auf und wird zum Riesen, der Sonne, Mond und Sterne frisst.

Herr Tölle kauert am Fußende des Diwans, hängt am Rand der Unendlichkeit, der Knabe Alfred Schütte aber, noch warm, ist bereits untergetaucht im Meer des Unendlichen, schwimmt auf einer Flut, die kein Ziel hat, denn sie selbst ist Ziel, Anfang und Ziel, das Erhabenste und das Einfachste von der Welt. Der Mensch am Ende des Diwans hingegen – Mensch oder Tier? – hängt über dem Abgrund wie ein Stein, der zu schweben scheint, Stein ohne Härte, Masse ohne Gewicht, knochenloser, formloser Brei, der kalkig schimmert, jenseits aller Kraft, jenseits allen Willens, Kugelschädel mit steiler Linie des

Hinterkopfes, kleinen, weichlichen Ohren, starkem Hals, weibischen Brüsten, Fettbauch, kurzen, runden Beinen. Wie ein Gott nach vollbrachter Schöpfung, ausgepumpt, leer, zwecklos, arbeitslos, sinnlos, ein lächerliches Zuviel im Organismus der Schöpfung, kauert er, stiert er, grinst er inmitten eines leeren Raumes, der sich zur Unendlichkeit dehnt.

Was ist denn? Was ist denn? Alfred, mein Alfred! Guter Junge, zahmer Junge, hübscher Junge! Du bist kurz von Atem, deine Brust ist flach, warum atmest du denn nicht, sing doch mal, sing mit mir: Für einen Fliederstrauß darfst du mich küssen, für einen Fliederstrauß bin ich dir gut. Sag's durch die Blume mir, dann sollst du's wissen, was man um Mitternacht aus Liebe tut! Aber Alfred antwortet nicht. Das ist ein Heimlicher, lächelt vielleicht innerlich, wie ich mich über ihn ängstige. Der Mensch hat ein Gesicht außen und innen. Außen: ist einexerziert, unecht wie eine Maske, lügt, spiegelt falsche Tatsachen vor. Aber wenn man zum inneren Gesicht vordringt, das ist wie ein Spiegel. Da gibt's keine Menkenke. Da heißt's: Farbe bekennen. So 'n inneres Gesicht liegt offen da, ohne Verzerrung, ohne Theaterfaxerei. Da weiß man, woran man ist. Alfred, mein Alfred! Warum schweigst du? Hast du einen Groll auf mich? Du musst mich doch verstehen. Mein Gefühl. Das schießt auf wie eine Quelle, wenn man einen Berg anbohrt. Ich bin die Quelle. Ich schieße ans Licht, armdicker Wasserstrahl, ich überflute alles, es gibt keine Dämme, es gibt keinen Halt, halte ich mich selbst, ich flute, ich verflute. Was starrt ihr mich denn alle an? Was wollt ihr denn von mir? Bin ich ein Affe oder ein Nilpferd? Oder ein Krokodil? Ich bin die Wahrheit. Ich fühle. Das ist alles. Was ist denn der Unterschied zwischen mir und euch? Ich bin, wie ich bin. Ihr aber schämt euch eurer selbst. Die Tiere schämen sich nicht. Sind sie schlechter als wir? Sie sind glücklich, weil sie nicht wissen, was Glück ist. Ich bin auch glücklich. Mein Glück ist das Fluten ohne Ufer. Ich brause über euch hinweg, ich fresse eure Scham, eure Halbheit, eure Dünnblütigkeit. Ich bin Mensch, weil ich Tier bin. Macht doch mit mir, was ihr wollt, ihr werdet ja nie begreifen, dass ihr mich nicht begreift. Alfred, du weißt, dass ich dir nichts Böses tun wollte. Ich war nur glücklich. Nun lächelst du, Alfred. Du lächelst wie der Mond. Ganz bleich und hinter Schleiern. Es ist kalt in deinem Licht, die Motten flattern farblos, die Menschen schlafen, die wissen ja nichts von solchen Stunden. Herrgott, so kommt doch schon herein zur Tür. Schlagt mich mit Keulen tot. Das Tier, das geile, gefräßige, tollwütige Tier!

Aber niemand kommt. Die Gaslampe brennt schal. Die Diwandecke hat eine Borte und kleine Quasten. Da liegt der Junge und hätte schon längst auf dem Weg nach Schlesien sein können. Liegt und hat das Zeitliche gesegnet. Herr Tölle sitzt neben ihm, formlose Masse, knochenloser Brei, seine Stirn ist kalt, sein Herz schlägt lautlos. Stadtreisender für Nonplusultra-Schokolade Ignaz Silberstern. Darf ich die neuesten Dessengs vorführen? Gefüllte Osterhasen, gezuckerte Veilchen, unsre Saisonschlager sowie das Rückgrat unsres Hauses: Nussschokolade, Fondant und Edelbitter? Die ältlichen Fräuleins in den Konfitürenläden lachen hysterisch. Herr Tölle ist ein liebenswerter Mann. Seine grauen Augen mit den rehbraunen Flecken darin lächeln sympathisch. Man kann nicht widerstehen. Schließlich ist Herr Tölle das Muster bürgerlicher und geschäftlicher Seriosität. Ich hab zu Haus 'nen riesengroßen Rintintin, 'nen Rintintin, 'nen Rintintin! Der ist ja noch viel treuer als ich selber bin, mein Rintintin, jawohl! Wenn ich nachts ins Bettchen gehe, bleibt er stets in meiner Nähe, und wer mich anfasst, wehe ihm! Gleich sitzen ihm die Vorderzähne hinten drin vom Rintintin, jawohl!

Herr Tölle springt auf, schnellt auf, steht auf seinen Beinen, ohne Zittern, vollkommen sicher, kalt, mit grauen, harten Augen, Schlangenaugen, unbarmherzig, Kampf ums Dasein! Alfred, mein Alfred, du musst fort von hier. Müdigkeit is nich. Schlafen: 'n andermal. Wir müssen los, das Geschäft wartet nich, die Kundschaft wird ungeduldig, heißer Tag, aber Verdienst is Verdienst. Er macht ein paar Schritte, unnötig schwer und stampfend, die Stirn vorgebeugt, die Lippen aufeinandergepresst. Dann wird alles ebenmäßig, ruhig, kaltblütig. Auf dem Hängeboden ist ein Korb mit Vorlegeschloss. Der muss runter. Er klappt den Deckel auf. Das quietscht. Alte Zeitungen sind drin, zerknittert, Holzwolle, rote Papierkappe vom Bockbierfest, dringeblieben, mein Musterkoffer, madig schwer, aber helfersich!

Herr Tölle steht aufrecht, Augen kalt, Schlangenaugen, Gesicht kalt, wie die Mondscheibe, bleich, verschleiert, aber die Arme sind sicher, stark, fassen zu, heben den widerstandslosen Jungen auf, zwängen ihn in den geflochtenen Sarg. Das hat seine Schwierigkeiten. Der lange Alfelder! Man muss ihm die Knie an den Leib ziehen, und den Kopf presst man herab auf die Knie. Der liegt wie ein Sack in der Klappe, wie ein Kautschukmann aufm Rummel. Alfred, mein Alfred! Der seufzt nicht mehr, hat einen milden, ergebenen Schimmer um die

Höhlen, in denen sonst zwei Augen lebten. Alfred, Pardong! Es tut ja nich mehr weh. Sterben müssen wir alle, einer früh, einer spät, wer weiß, was dir erspart bleibt, mein Mensch, mein Junge, mein Einziges!

Der Sargdeckel klappt zu, quietschend. Das Vorlegeschloss schnappt zu, wie ein Krokodilgebiss. Herr Tölle reißt das Ballettröckchen vom Leib, weg damit, Hosen an, Rock an, Stiefel an. Dann schleift er den Korb zur Tür, öffnet, Treppe hinunter, das ist keine Kleinigkeit, muss aber sein. Kräfte wachsen ihm, Riesenkräfte. Er schultert den Korb, schwankt durch die grauen Straßen, Schritt für Schritt, breitbeinig, zäh wie Atlas. Korkfabrik, Zahnräder, Schrauben. Angestaubte Reisemuster. Halt! Noch billiger ist strafbar. Hier zum Aussuchen das Ia-Haushaltsgeschirr. Fasshandlung. Käsewerbewoche. Fotograf um die Ecke. Am Nachtlogis für Männer, Betten frei, steht ein Schupo, kneift die Augen zusammen. „Schwere Fuhre, was? Wohin?" „Schlesischer Bahnhof, Herr Wachtmeister. Mein Zug fährt ab." Keuchend weiter. Schritt für Schritt, breitbeinig, zäh wie Atlas. Nun kommt die Brommy-Brücke. Graue Feuchtigkeit. Unten fließt die Spree. Der Mann setzt die Last ab. Erst mal 'n Punkt gemacht. Verschnaufen. Das Geländer ist steinern, ist hoch. Zwei Hände liegen auf der Brüstung, breite, zitternde Hände, die halten sich am kalten Stein, Kühlung, Kühlung, wer mit dem Stein verwachsen könnte! Keine Zeit. Nun bückt sich der Mann, der Sarg schwankt hinauf auf die Brüstung, hängt überm Abgrund wie ein Stein, der zu schweben scheint. Kleiner Druck, ruckzuck, und der Sarg stürzt in die Tiefe, lautlos, Doppeldecker, Motordefekt, prallt auf das Wasser, das zischt beleidigt, der Sarg treibt, saugt sich voll mit Wasser, sinkt, trinkt, verschwindet. Herr Tölle wischt sich den Schweiß von der Stirn, rutscht in die Knie, seine Hände, seine Arme sind wie tot. Wieder so 'n Schupo, Seitengewehr, Gummiknüppel, Revolver. „Fehlt Ihnen was, Mann?" „Kleiner Herzfehler, Herr Wachtmeister. Geht vorüber." „Na, scheren Sie sich doch nach Haus." „Wird gemacht, Herr Wachtmeister. Vielen Dank, Herr Wachtmeister. Wiederschauen, Herr Wachtmeister." Der Schupo schiebt weiter. Herrn Tölles inneres Gesicht strahlt eisig.

Die Schnecke streckt die Fühler aus

Aus Abend und Morgen wird ein neuer Tag. Sie wachen auf. Greifen mit der Hand nach dem Hinterkopf. Lotte Streit liegt auf dem Sofa, zusammengekugelt wie ein Igel. Und Kurt Heinersdorf spürt die Härte des nackten Fußbodens in allen Gliedern. Sie blinzeln. Der Tag blinzelt auch zum Fenster herein. Das sind meine Arme. Das sind meine Beine. Das ist meine Brust. Soweit stimmt alles, denkt Lotte Streit. Aber im Übrigen? Langsam dämmert's. Auf dem Fußboden liegt eine Flasche Mampe Halb und Halb, die ist leer. Daneben ein abgerissener Knopf. Eigentümer: Fritz Knelke. Jetzt weiß sie alles: Einbruch beim heiteren Fridolin, Gelage, Kampf der Jungens. Der Fürsorgezögling ist getürmt, der hat sein Fett. Aber Kurt Heinersdorf liegt ihr zu Füßen und kämpft noch zwischen Traum und Tag. Ihr Oberkörper hängt über der Sofalehne und der rechte Arm baumelt unschlüssig herab. Nu sind wir zwei allein, denkt Lotte Streit, auch nich schlecht. Sie lächelt verschmitzt, und ihre Finger kitzeln den Glogauer. Der reißt die Augen auf. „Schon Tag? Was ist denn?“ „Mensch, du hast 'n Schlaf wie 'n Ziehhund. Sag doch erst 'n Morjen, Süßer!“ Kurt Heinersdorf richtet sich auf und reibt sich die Augen. „Schlecht geschlafen!“ Er gähnt. „Kunststück! Nach *der* Hauerei!“ „Hauerei?“ „Na, weeßte denn nischt mehr? Fritz Knelke und du?“ Verdammt! Der Gymnasiast springt auf. Wie sieht er nun aus? Zerschrammt, abgerissen, verdreckt. An allem ist der Hund schuld, der Fürsorgejunge. Sein Blick begegnet dem des Mädchens. Er will schon sprechen. Das war doch Unrecht, Lotte, vergangne Nacht. Hältst es mit mir und hängst dich dem Kerl an den Hals, dem Dieb, dem Zuchthäusler. Aber ehe er noch den Mund auftun kann, legt sie ihm die Arme um die Schultern, so weich, so zärtlich, wie 'n Miezekätzchen, das die Krallen eingezogen hat, und ihre Lippen schließen seinen Mund, so warm, so feucht, so sehnsüchtig, dass es ihn durchrieselt von oben bis unten. Schluss! Schluss! Nur nicht denken! Das ist sein Mädchen. Seine Lotte. Die hat er gehabt. Seine Lotte. Alle dreißig Pennäler in seiner Klasse würden sich die Finger ablecken nach der.

Aber dann tritt der Schatten Fritz Knelkes aufs Neue zwischen sie und ernüchtert den Gymnasiasten. „Wenn der Kerl nun wiederkommt und hat uns beim Revier verpfiffen?" Das Mädchen hängt an seiner Brust, leichte Last, hört sein Herz klopfen und hat die Augen geschlossen. Sie schnurrt: „Unsinn, Mensch! Der hat keine Traute. Wird uns verpfeifen, damit er selber hopps geht. Nee, Kurt, nur keine Bange nich. Der kommt nich wieder." Aber der Glogauer bleibt trotzdem besorgt. „Hier ist's nicht mehr sicher, Lotte. Ich muss auf Arbeit. Mit einem Mal steht draußen einer von der Polizei und nimmt dich mit. Was fang ich an, wenn ich zurückkomme, und die Bude ist leer?" Lotte lacht. „Bist du aber einer. Angstmeier! Da wär ich anders. Da schmust man doch, wenn einer kommt. Bitte schön, nehmen Sie Platz in der guten Stube, und wenn der dann sitzt, mit so 'ne Kulleraugen, dann raus aus der Laube, getürmt, Mensch, macht doch Spaß, so was." Kurt Heinersdorf betrachtet sie unsicheren Blicks. So 'n Mädel! Kess, muss man schon sagen. Die schlägt sogar der Polente 'n Schnippchen. Aber –. Nun hält er wieder inne und kann sich des Unbehagens nicht erwehren. Klüger ist's, man geht den Blauen aus dem Wege. Sind ja genug Lauben auf dem Gelände. „Komm, Lotte, wir suchen uns 'n andres Hotel mit allem Komfort der Neuzeit." „Wennste denkst, warum nich. Ich schlaf so und so. Hauptsache, dass einem der Regen nich auf die Neese dröppelt."

Sie lachen und hauen ab. Großer Abschied is nich. Interessanter ist's, sich nach was Neuem umzutun. Aprikosenweg. Rosmarinweg. Butterblumenweg. Da ist Auswahl die schwere Menge. Sie entscheiden sich für eine Laube im Levkojenweg. Die Laube ist gut. Wasserdicht. Auch mit Sofa. Sogar mit richtiggehenden Sprungfedern. Ein kleiner Kochherd ist da, Spiegel, ausrangierte Kommode, aber verschlossen, Gießkanne, in der Ecke Schaufel, Harke und Kartoffelhacke. Am Fensterbrett liegt 'ne Puppe, die ist hin, da hilft nichts, Bauch aufgerissen und die Sägespäne herausgestreut. Mord! In einer Laube des Pflanzervereins Sonnen-Heil, Levkojenweg, fanden Neumieter den Leichnam einer ausrangierten Puppe unbestimmten Alters. Alle Anzeichen lassen auf gewaltsamen Tod schließen. Zweckdienliche Angaben, die zur Ergreifung des Täters führen können, sind beim Morddezernat des Polizeipräsidiums anzubringen. Kurt Heinersdorf lacht. Lotte Streit lacht. Raus mit dem Ding! Das stört den Frieden der Laube. Lotte Streit nimmt den Puppenbalg mit zwei Fingern und wirft ihn zum Fenster hinaus, wie 'n ollen, ekligen Heringsschwanz.

Sie setzen sich. Lottes Kopf liegt wieder an Kurts Brust. Der Junge hält das Mädchen in seinen Armen, und die Wärme ihrer Glieder strömt zu ihm über. Aber, natürlich, männliche Eifersucht erwacht. Das prickelt wie Nadeln, weil man der Einzige sein möchte, nicht nur so 'n Nutznießer, einer von vielen. Kurt Heinersdorf dreht das Köpfchen an seiner Brust herum, so – Auge in Auge. Nu mal erst die Frage an das Schicksal richten. „Bin ich der Erste? Aber auf Ehre und nicht gelogen!" Die Lotte senkt die Augenlider, kleine Madonna, und spielt die Keusche. „Mensch, so 'ne Frage." „Nein, hör mal, das ist keine Antwort. Schließlich sind wir doch nun eins, ein Körper und eine Seele, Mann und Frau, für immer vereint. Dazu gehört, dass ich alles von dir weiß, verstehst du, alles, alles. Also – sag, bin ich der Erste?" Sie lächelt, zart, verlegen und doch auch ein wenig erstaunt. Sie kämpft mit einem Schamgefühl, und das ist rührend zu sehen, wie ein Windhauch über einem glatten Teich. „Also – der Erste grade nich. Aber vorher, das war doch nur Spielerei. Wie ich noch auf Schule ging. Im Hausflur. Der Junge ging ja auch noch auf Schule. Der wollte mal sehen. Na ja, und dann –. Muss man das so genau erzählen? Das ist doch erledigt. Kindereien." Aber Kurt Heinersdorf schüttelt sie in seinen Armen. Das ist nicht erledigt. Da bäumt sich sein Mannesstolz. Er ahnt: Immer gibt es einen, der vorher da war, der Hund, der gemeine Verführer! Aber Lotte Streit hängt sich an seine Jacke mit ganz zarten Krallen und schnurrt und miaut, das Kätzchen. Was soll man nur machen? Moralpredigt halten? Oder –? Unsinn! Was war, war. Das Mädchen streichelt seinen Mund mit leisem Atem, ihre Lippen finden zusammen. Jetzt gehen die Glogauer zur Schule, es ist Sonnabendmorgen, er aber hält sein Mädel umschlungen und ist Mann, ein richtiger Mann, der den Schwindel schon kennt, den süßen Schwindel.

Aber dann muss Kurt Heinersdorf wieder auf Arbeit. Abschied ist schwer. Geschieden muss sein. „Sei vorsichtig, Lotte. Du weißt: der Knelke!“ „Nu, ja doch. Ich wer’ schon aufpassen.“ Letzter Kuss. So kleine Brüstchen an seiner Brust! Hilft nichts. „Hau ab, Mensch. Und bring ’n Sack voll Geld mit.“ Er winkt. Raus aus der Laube. Levkojenweg. Aequatorstraße. Die Großkopfen freut sich, wie er wieder da ist. „Dachte schon, du kneifst. Na, denn hilf ma abladen.“ Heute ist Sonnabend. Großkampftag. Die Markthalle dampft von Arbeit. Großkopf is auch da, aber nur garnisondienstfähig. Der sitzt im Hintergrund der Stadtbahnremise, wie ’n Regimentsschreiber, und hat im Schweiße seines Angesichts das Hauptbuch vor der Nase. Olga Großkopf steckt Kurt einen Schmalzkuchen zu. „Iss, mein Junge, *die* Arbeit biste nich jewöhnt.“ Kurt lächelt und haut mit blanken Zähnen in den Kuchen. Aber nachmittags ist Schluss. „Jib ihm ’ne Mark, Ernst.“ Großkopf sucht in der Hosentasche. „Schönen Dank auch, Frau Großkopf. Und wie ist’s denn mit Montag?“ Großkopf mischt sich dazwischen. „Die Zwiebeln ham wa nu abjeladen. Nu erst ma verkoofen.“ Der Junge stutzt und macht ein unglückliches Gesicht. Olga Großkopf streichelt ihn mit ihrer fleischigen Hand und lächelt mütterlich. „’n andermal, Kleener, es wird schon werden.“ Und steckt ihm heimlich noch ’n Fuffziger zu. Da nickt der Glogauer verstohlen, mit freudigem Augenaufschlag, macht seinen Kratzfuß und geht.

Was nun? Nach Hause tippeln und den lieben Gott einen guten Mann sein lassen? Kurt Heinersdorfs Ehrgeiz erwacht. Vielleicht findet sich Arbeit, irgendwo, erst mal sehen, nur die Ruhe kann es machen. Aber in der Markthalle ist für heute Schluss, da wird schon gesprengt und der Abfall zusammengekehrt. Der Gymnasiast schlendert weiter. Bahnhof Alexanderplatz. Steht und staunt. Oben fahren die Züge, unten ist alles zerwühlt, da bauen sie Untergrund. Beinahe wird er umgerannt. Muss 'n Zug angekommen sein. Menschen, Autos, Gepäckträger, Schupos. „Wollen Sie die Koffer tragen? Rüber, Prenzlauer Straße, Hotel Altmark." Kurt Heinersdorf macht die Augen auf. Steht so 'n Kleiner vor ihm, im grellkarierten, weiten Mantel, gelbe und braune Karos, die Frau daneben, auch klein, sehnig beide, mager und komisch. Was sind'n das für Leute? Aber der Glogauer hat keine Zeit zum Überlegen. Der Fremde streckt ihm zwei Koffer hin, Leder, ganz überklebt mit Hotel-Reklamezetteln. „Fix, fix, keine Zeit!" Der hat Schnellzugtempo. Die Frau trägt zwei Hunde unter den Armen, Seidenpinscher, ganz weiß mit rosa Schnauzen. Der Mann behält das Handköfferchen und die Hutschachtel. Los. Sie gehen, wissen offenbar Bescheid. Kurt Heinersdorf immer mit, blinzelt die Koffer an und die Hoteladressen. Frankfurt am Main, München, Danzig, Wien, Mailand, London, Lyon, Barcelona. Wo die nicht alles gewesen sind! Fixe Kerlchen, die beiden, reden von Wintergarten und so. Sind Artisten, hat er gleich raus. Die sehen was von der Welt. Er aber ist festgebannt in Berlin, muss Koffer tragen, die um die halbe Welt gereist sind. Warum ist Gott so ungerecht? Warum lässt er ihn nicht einen Zwanzigmarkschein finden? Mit zwanzig Mark kommt er um die halbe Erde, wetten? Aber nun stolpert er über den aufgewühlten Alexanderplatz, rein in die Prenzlauer Straße, und ist ohnmächtig gegenüber der Unerbittlichkeit höherer Gewalten.

Hotel Altmark. Der Kleine im weiten Mantel bleibt stehen. „Sie bekommen?" Kurt zuckt die Achseln. „Nach

Belieben." Der Kleine hat einen Haufen Silbergeld auf der flachen Hand, mehr als zwanzig Mark, man könnte damit um die halbe Erde reisen, und gibt ihm eine Mark. Der Glogauer wird rot, schämt sich und stottert: „Waren Sie auch in Kapstadt? Und in Johannesburg?" Der Kleine stutzt, dann quecksilbrig: „Nein, aber in Kairo, Konstantinopel. Ganz gute Plätze. London ist besser. Auch Berlin, nicht üble Gagen. Warum fragen Sie?" Kurt Heinersdorf macht eine vage Handbewegung, die Tränen schießen ihm in die Augen. „Ach, nur so!" Und türmt. Schnellzugtempo. Der Kleine schüttelt den Kopf, zuckt die Achseln. Die Frau streichelt die Hunde, Bibi und Joujou, dann rein ins Hotel, bescheidenes Zimmer, kein fließendes Wasser, die sparen wie die Hamster, sind bürgerlicher als Bürger.

Lotte Streit streckt die Glieder. So alle Tage Sonntag is nich das Rechte. Mal Abwechslung muss sein, Arbeit oder Bummeln, aber aufm Sofa liegen, Wände anstarren, draußen rührt sich nichts, der Himmel is grau, grau is die Laube – brrr! Will nicht recht schmecken. Sie richtet sich auf. Der linke Strumpf ist runtergerutscht. Sie schielt nach dem Spiegel und wundert sich. Schwein! Seit vorgestern nicht gewaschen. Is so was denn möglich? Sie sieht sich um. 'n oller Topp is da, draußen die Pumpe, in Stroh gewickelt. Sie geht hinaus, holt Wasser. Nu erst mal waschen. Bluse aus. Lotte steht in Schlüpfern, graue Baumwolle von Tietzen, und wäscht sich. Das Wasser ist kalt, hilft nichts. Wäsche muss sein. Sie reibt die Backen, Hals kann auch nicht schaden, die Hände sind dreckig, aber vom Rumpeln wird das schon besser. Handtuch? Ja, prostdiemahlzeit! Sie nimmt den Mantel, das Futter nach außen, und trocknet sich. Geht auch. Muss gehen. Das Wasser bringt das Blut durcheinander, neugieriger Blick in den Spiegel, jetzt kann man sich schon eher sehen lassen. Sie ordnet die Haare und steckt sie unter die Baskenmütze. Bluse an, Rock an, Mantel an. Zum Ausgehn fertig. Ja, was denn? Sie wird doch nicht? Gerade! Kleiner Bummel durch Berlin. Bis Kurt zurückkommt, ist sie längst wieder da. Man braucht das. Schaufenster besehen, Straße rauf, Straße runter, mal links, mal rechts, das ist doch Leben. Aber hier, allein, da wird man ja verrückt vom Alleinsein. Raus aus der Laube. Levkojenweg. Aequatorstraße. Da drüben is Berlin, Schornsteine und wieder Schornsteine, die Straßenbahn bimmelt, sogar 'n Autobus, à la bonheur! Sie tippelt los, aufgekratzt, angenehm durchrieselt, am Morgen des Lebens, ohne Ahnungen, Sorgen, Beklemmungen.

Nu stehen die Arbeiterfrauen, kloppen Bettvorleger, gehen nach Milch, kaufen Petersilie und Zwiebeln. „Prima Kartoffeln! Prima Industriekartoffeln!", schreit die Grünkramfrau am Wagen. Bimmel-Bolle bimmelt. Und die Arbeiter fahren auf Rädern in die Fabrik. Weiter drin ist mehr Betrieb. Nun kommen schon Läden. Zum fett-triefenden Bückling. Arbeiter- und Berufskleidung S. Moschkowitz. Rossschlächterei, täglich frische Bouletten, Stück 5 Pfennige. Teppiche, Gardinen auf Monatsraten. Sie sehen hier nur Sachen, die für sich selbst Reklame machen.

Einer im Gummimantel geht hinter Lotte her, dann mal vor ihr, dann dicht neben ihr. „Na, Frollein, so alleine? Der Herr Bräutijam is wohl untern Kinderwagen jekommen, wa?" Lotte misst ihn vom Kopf bis zum Fuß, mit so 'nem durchdringenden Blick. Pah!, der ist nicht ihr Typ, oller Kesselflicker. „So stolz, mein Frollein, am frühen Morjen? Darf ich mir nich die Ehre jeben, Sie anjenehm zu unterhalten?“ „Halten Sie lieber die Luft an, Sie! Mit mir is nich gut Kirschen essen.“ „Was Sie nich sagen! Und dabei haben Sie eine so süße Visage, also direkt mein Fall.“ „Denn fallen Sie man, so viel Sie wollen. Aber bitte ohne mir.“ Sie geht auf die andere Seite. Der Gummimantel in gemäßigterem Tempo hinter ihr her. Nach zwei Minuten: „Wir könnten ja eine Bulljong zusammen trinken jehen. Oder Glas Süßwein jefällig?“ Der is zäh wie ’ne Wanze, denkt Lotte. Bouillon is gut, Glas Süßwein auch nich ohne. Aber dem kollern ja jetzt schon die Augen ausm Kopp. Was soll das werden nach Süßwein oder so? Sie bleibt stehen, ruckzuck, der Gummimantel muss direkt runter in den Rinnstein. Sie blitzt ihn an, aber mit Hochspannung, das schweißt ihm den Mund zu. „Wissen Sie, was Sie for mir sind, Sie? Eine Schaute sind Sie, das können Sie sich aufs Revier beglaubigen lassen.“ Und lässt ihn ganz begossen stehen. Weiter. Die Elektrischen bimmeln. Die Schupos patrouillieren. In den Zigarettenläden werden die Aussichten fürs morgige Frühjahrsrennen beklönt. Lotte steht vor einem Wäschegeschäft. Rosa Damen-Combinations. Der Schlüpfer, zart reseda, is mein Fall. Die Dame aus Wachs im Schaufenster lächelt ihr entgegen und ist nur mit einem Hauch von Seide bekleidet. Wer da so kaufen könnte! Frollein, zeigen Sie mir Hemdhosen. Nich doch mit so grobe Spitzen. Vom Feinsten das Feinste, wir ham’s ja. Vielleicht auch Pyjamas gefällig? Ist gerade eine neue Kollektion hereingekommen. Also, da wird Ihr Herr Bräutigam Augen machen. Welcher Bräutigam? Ich hab doch keinen, und ich hab auch kein Geld für Hemdhosen und Pyjamas. Sehn Sie mich doch an, das müssen Sie doch merken. Der Schlüpfer! Is das 'n Schlüpfer? Von Tietz im Ausverkauf. Baumwolle. Wo es doch so süße Schlüpfer gibt, ganz aus Kunstseide und in allen Farben! Die Tränen schießen ihr ins Auge. Sie lehnt sich dicht ans Schaufenster und drückt die Nase platt. Da liegen nun alle Herrlichkeiten der Welt hinter der Fensterscheibe, aber hier draußen steht sie, 'n armer Popel, hat nischt, is nischt, und das Leben läuft ruhig weiter, als gäbe es nichts Belangloseres auf der Welt als das Schicksal von Lotte Streit.

„Na, Kleene! Warum denn so traurig?" Also da steht eine neben ihr, sehr korpulent, dreifaches Doppelkinn, Trotteurkostüm von Brenninkmeyer, aber der Bauch wagt sich dreist vor, nich mehr die Jüngste, nee, so an die vierzig gut, mit Kolossalbusen, die Backen gepudert, die Lippen kess-roter Anstrich. Nanu?, denkt Lotte. Aber da hat die Dicke schon ihre Hand beim Wickel und streichelt sie mütterlich-tröstend und hat runde, weiße Babyfinger, ganz beringt, mit Simili-Brillanten. „Kann man sich alles kaufen, Kleene, Seidenschlüpfer, Pyjamas, wenn man nur will, is gar nich so schwer." Und lächelt geheimnisvoll wie die Pythia. Lotte Streit, sehr erstaunt: „Aber wie?" Da lächelt die Dicke wieder und sagt: „Woll'n wir weitergehn, die Schupos haben einen immer gleich aufm Kieker." Sie schlendern die Straße entlang, Lotte Streit trippelt eher, befangen, fragend, mit einem ganz leisen Herzklopfen, die Dicke würdevoll, mit einem gewerbsmäßigen Schaukeln in der Hüfte, majestätisch wie ein Elefant, aber die Babyfinger halten die Hand der Kleinen immer noch mütterlich umklammert. „Könntst ja mit mir kommen, is noch Platz. Wir erweitern das Geschäft. So Lammfleisch wie du is was für die Kerle. Brauchst ja nich gleich erschrecken. Is denn da was Schlimmes? In Fabrik is schlimmer. Warum denn für fremde Leute arbeiten, wenn's Betriebskapital da is?" Sie bleiben an einer Laterne stehen. Lotte Streit sagt kein Wort. Ihr Blick hängt an den Simili-Brillanten der Dicken, die funkeln. Da kommt die Gerda die Straße rauf, würdevoll, mit einem gewerbsmäßigen Schaukeln in der Hüfte, bleibt bei den beiden stehen, prüfend, mit Blick auf Lotte. „Na, Tilly, brauchst wohl 'n neues Aushängeschild für deinen Laden?" Das dreifache Doppelkinn, beleidigt: „Mensch, nu quatsch keene Oper, siehst ja, dass wir was Ernstes zu besprechen haben." Die Gerda nimmt gar keine Notiz von dem, was Tilly redet. Sie misst Lotte Streit vom Kopf bis zum Fuß. „So eine wie du is gut für Brunnenstraße, Weinbergsweg. Da fliegen die Kerls druff wie Fliegen." Tilly, majestätisch: „Mach doch das Kind nich kopfscheu, siehst doch, die hat Nerven. Nu lass man, Meechen, die verkohlt dir nur." Und streichelt sie am Hals. Lotte Streit lächelt, aber wie im Nebel. Die Gerda bespiegelt sich in 'ner Fensterscheibe. „Ja, die Jugend von heute, ick sage ja!" Und will fortmachen. Die Tilly: „Wohin willst'n?" „Wäsche kaufen. 'n neuen Büstenhalter und so. Das gehört zu's Geschäft. Tiptop is Hauptsache." Tilly bestätigt's durch Kopfnicken. Kleine Wendung zu Lotte Streit, erklärend: „Die hat *auch* schon gesessen, die Gerda. Wejen fortjesetztem Lebenswandel." Dann aber zum Kern der Sache übergehend: „Na, und wir, Kleene?" Lotte steht noch immer, geduckt, in sich gekehrt, wie 'ne Schnecke. Is ja ganz schön, denkt sie, das alles und so. Aber –. Und dabei fällt ihr Kurt Heinersdorf ein. Mensch, wird der

Augen machen, wenn sie nicht da ist. Der denkt womöglich, die Kriminalpolizei hat sie hochgenommen. Und da schüttelt sie den Kopf, sehr energisch. „Mein Freund wartet uff mir. Der schimpft, wenn ich nich komme.“ Die Dicke macht ein saures Gesicht, „Ach, ’n Freund haste? Na schön, da kann man nischt machen. Aber wie lange hält’n das, so ’n Freund? Hier haste meine Geschäftskarte. Wenn du mal in Verlegenheit bist, man kann ja nich wissen, bei mir biste immer gut aufgehoben.“ Und drückt ihr das Kärtchen in die Hand. Lotte Streit läuft. Is ja verdammt höchste Zeit, wieder nach Hause zu kommen. Hinter der zweiten Ecke aber verlangsamt sie ihr Tempo. Muss doch mal lesen, was auf der Karte steht. *Tilly Endruleit. Warschauer Straße 87, 3 Treppen.* Lotte steckt das Kärtchen nachdenklich in die Tasche.

Kanonier Koppe, 45. Artillerieregiment

Ist kein Leben bei Schimmelpfennig. Mit den Hunden, das geht an. Paul Mielenz hat ein Herz für Hunde. Er jachtert mit ihnen über den Platz, dass er abends wie tot in die Falle fällt. Aber auch Essen muss sein. Er ist ja in den Wachsjahren. Er verdrückt einen halben Laib Brot wie nichts, von Zutaten gar nicht zu reden. Aber da ist Frau Schimmelpfennig. Nicht, dass sie gnietschig wäre. Sie macht das mit einer wehleidigen Art, die entwaffnet. Die Frau is ja krank, Mensch, gemütskrank. Die sitzt zu Haus in der Zweizimmerwohnung, derweil Schimmelpfennig seinen Tropenkoller auf dem Hundeplatz grasen lässt. Die hat's mit der Gemeinschaft wahrhaft gläubiger Christen, empfindet körperlichen Ekel vor Fleisch, Wurst und dergleichen, die ist ganz auf ätherisch und spintisiert, ob Jesus nicht im graukarierten Schwalbenschwanz unter uns wandelt. Das ist eine aussichtslose Sache, stellt Paul Mielenz fest, drückt sich in seine Speisekammer und bekommt nichts wie so ätherische Dinge zu essen, Haferschleim und Bibberpudding, Bibberpudding und Haferschleim. Das geht ja 'n paar Tage, länger geht das nicht. Also kommt Paul Mielenz auf revolutionäre Gedanken. Er besieht sich im Spiegel, wo sind denn seine roten Backen? Er ertappt sich bei Gedanken, ob Jesus nicht im graukarierten Schwalbenschwanz unter uns wandelt. Da schüttelt er sich und kriegt Angst vor sich selber. Junge, Junge, raus, nur schnell raus! Koller steckt an. Und spitzt die Ohren, ob nicht irgendwo, na, Sie wissen ja.

Nebenan Häckselwerke, Futtermittel en gros, Fruchtsaftpresserei. Dann Kohlenkontor. Denkt an den Winter!

Jetzt sind die Kohlen billig! Schließlich Holzplatz und Sägewerk. Das ist ein weitschichtiges Grundstück mit Eisenbahnanschluss und Rampe für die Spreekähne. Fußböden. Schalbretter. Kantholz. Eisenbahnschwellen aus Kiefer, aber auch aus Eiche und Buche für die Weichen. Im Sägewerk werden die schlanken Kiefernstämme in Bretter zerschnitten, die müssen dann lüften, bis das Holz ganz tot ist. Da ist ein Berg aus Sägespänen, gelb und flaumig. Wenn der Wind weht, wandert der Berg. Wie eine Wanderdüne. Das gelagerte Holz kommt unters Schutzdach. Aber 'ne Trockenkammer ist auch da, da geht es schneller. Auch ein Imprägnierschuppen. Da werden die Eisenbahnschwellen in Imprägnieröl getaucht. Ganz schwarz kommen sie wieder zum Vorschein und duften teerig. Also, ein Unternehmen, das sich sehen lassen kann. Steckt schon ein kapitales Sümmchen in dem lagernden Holz. Wenn da mal Feuer ausbricht! Und immer neu rollen die Stämme heran, aus Skandinavien, aus Russland, aus den Karpaten. Die Eisenbahnräder quietschen, und die Kähne legen sich breitlings vor die Rampe. Die Arbeiter greifen zu, und die Unternehmer sitzen im Kontor und rechnen. Paul Mielenz kennt da den Platzwächter. Der hat ihn mal angesprochen wegen Hunden. Hat nämlich selber Hunde, zwei Hofhunde, so Doggenart, aber nicht rasserein, und einen Dackel, der Dackel ist frech, aber lustig. Eines Tages fragte ihn der Wächter, ob er ihn nicht vertreten wolle wegen Rheumatismus, und weil er nicht seine Stelle verlieren will, wenn er sich krankmeldet. Der Platzwächter heißt Koppe und ist Kriegsbeschädigter. Der wird das Reißen nie wieder los, aufs Wort. Paul Mielenz möchte schon, schon der Hunde wegen, und weil es mit Frau Schimmelpfennig unerträglich wird. Also haut er ab, heimlich, und kriecht bei Koppe unter. Der freut sich, hat eine Bretterbude und liegt krumm. Der Ofen in der Bude wird mit Holzkloben geheizt. Es riecht immer brenzlig und harzig, aber Koppe liebt den Geruch, das ist wie in einer Räucherkammer.

Abends, nach Torschluss, wenn die Arbeiter sich verzogen haben und die Hofhunde von der Kette gelassen werden, ist Koppe unbeschränkter Herrscher seines Reiches. Aber auch Herrscher liegen krumm, wenn sie vom Rheumatismus an Ketten gelegt werden. Koppe liegt auf seiner Pritsche wie ’n Kloben Holz, und Paul Mielenz muss ihn mit Öl einreiben, das wie Zwiebel riecht. Nachher macht Paule seinen Rundgang. Die Hunde beschnuppern ihn und riechen ihre Kollegen von Schimmelpfennig. Da sind sie gleich gute Kameraden, die Hofhunde und Paul Mielenz, nur der Dackel geht seine eignen Wege, der ist hinter den wilden Kaninchen her, die unter den Holzbergen ihren Unterschlupf haben.

Nachher muss der Junge Kaffee kochen, es ist ein dünner Malzkaffee, aber heiß. Koppe schlürft ihn mit Behagen, das ist nun das einzige Vergnügen, das ihm bleibt. Ausgenommen die Erinnerung. Denn Koppe lebt vorwiegend in der Erinnerung. Wozu hat man den glorreichen Krieg mitgemacht, wenn man nicht hinterher im sicheren Unterstand der Platzwächter-Bude sich seiner erinnern darf? Kanonier Konrad Koppe, 45. Reserve-Division (Kommandeur Exzellenz General der Infanterie Schöpflin), Artillerie-Regiment 45, 1. Abteilung, 3. Batterie. Gefechte bei Cortemarck, Jonkershove-Kippe, Merkem, Bixschoote, Steenstrate, seit April 1916 Stellungskampf bei St. Eloi. Junge, Junge, das waren Zeiten! Der alte Kanonier steht in Gedanken stramm, obwohl er krumm auf der Pritsche liegt. War ja schließlich keine Kleinigkeit: Richtkanonier, 3. Batterie, 2. Geschütz. Richtkreisverfahren: Der Richtkreis dient zum 1.) Nehmen der ersten Seitenrichtung und deren Übertragung auf die Batterie. Vorstehendes Verfahren können wir auf drei verschiedene Arten ausführen: a.) mit einem Richtkreis, b.) mit zwei Richtkreisen, c.) durch das Nordnadelverfahren, 2.) Messen des Geländewinkels, 3.) Messen des seitlichen Abstands, 4.) Messen der kleinsten Entfernung, um über eine Höhe zu schießen, 5.) Entfernungsmessen.

Paul Mielenz ist ganz Ohr. Soldatenspielen is nich ohne. Is ja 'ne beschissene Zeit jetzt ohne Krieg oder so. Aber damals. Donnerwetter, noch mal! Leichte Munitionskolonne: 27 Fahrzeuge, 3 Sektionen, 2 Granaten-, 1 Schrapnellsektion. Granatensektionen zu 9 Fahrzeugen, Schrapnellsektion zu 6 Fahrzeugen. Außerdem ein Vorratswagen, ein Lebensmittel-, ein Futterwagen. In der Geschützprotze 36 Geschosse, in der Munitionsprotze 36 Geschosse, im Munitionshinterwagen 54 Geschosse. „Das Ganze – haaaaalt! Nach rückwärts – prrrrrotzt ab!" Kanonier Konrad Koppe hat 'n Kopfstreifschuss weg. Den schleppt der Pflasterkasten zum Verbandplatz. Aber in seinem Gehirn geht das egal weg, Vorschriften für den Richtkanonier: Messen von Entfernungen. Auf Null einstellen. Seitlichen Abstand messen. Hundert Meter vor oder rückwärts gehen. Wieder den seitlichen Abstand messen. Die gewonnenen Winkel voneinander abziehen. Die Entfernung ist: der kleinere Winkel, hundertmal genommen, dividiert durch die Differenz von größerem und kleinerem Winkel. Mathematisch ausgedrückt:

$$X = \frac{100\,\beta}{a-\beta}$$

Dunnerkiel, nich nochmal!

Paul Mielenz macht das Spaß, wie der so redet. Der hat den Krieg in- und auswendig kennengelernt. Wie war das denn mit ihm selbst damals? Hat er nur noch ganz dunkel in Erinnerung. Dreikäsehoch wie alle seines Jahrgangs. Aber das Schicksal dieser Generation ist immer das gleiche: Im Anfang war der Krieg. Vater lag im Schützengraben, war Schipper oder hatte einen Druckposten in der Etappe. Mutter stand allein und jammerte, wenn der Junge beim Einholen die Brotkarte verloren hatte. Der Junge hingegen fand die Zeit heroisch, bummelte systematisch und sammelte nebenbei Extrablätter und Notgeldscheine. Große Zeit! Längst vorüber. Jetzt liegt der Platzwächter Koppe in seiner Bretterbude krumm und stöhnt vor Schmerzen wie so 'n Tier, das sich nicht zu helfen weiß. Wer dankt ihm denn nun, dass er bei Bixschoote und St. Eloi das Vaterland verteidigt hat? Kein Hahn kräht mehr nach den ollen Kamellen. Er fiebert ein wenig und dabei friert er. „Paule, heiz ein. Is kalt in der Bude." Paul Mielenz wirft ein paar Kloben nach. Der eiserne Ofen glüht zum Zerspringen. Der Platzwächter träumt von Rohrkrepierern. Dann geht ihm das eingetrichterte Zeug wieder durch den Kopf: Der Teilring dient zum Nehmen von Seitenkorrekturen, zur Feuerverteilung, zum Nehmen des Hilfsziels, zum Nehmen des Festlegepunktes, zum Einstellen auf den Richtkreis. 1 Teilstrich der Libelle = 1 Teilstrich des Reglers, 1 Teilstrich des Reglers = 3 Teilstriche der Kopfteilung.

Paul Mielenz macht seinen Rundgang. Das dauert gut dreiviertel Stunde. Die Lattentore sind verschlossen, davon überzeugt er sich. Auf dem Holzplatz ist es nun ganz still, nur die wilden Kaninchen spitzen ihre Ohren hinter den Kiefernstämmen, an der Spreerampe macht der Junge sich's bequem, da fließt das Wasser, ohne Eile, am anderen Ufer die Färbereien und die Dampfmühle, überall Feierabend, ein Schlepper zieht vorüber, ein, zwei, drei, vier, fünf Kähne am Schlepptau, der will noch nach Erkner, auf den Kähnen trocknet Wäsche an der Leine, lustig, wie die flattert, aus Hosen und Hemden werden Fahnen und Wimpel. Paul Mielenz sitzt gelassen auf einem Holzstoß. Die Doggen liegen neben ihm und lassen die Zungen hängen. Der Dackel hat sich schon wieder selbstständig gemacht. Jetzt geht Frau Schimmelpfennig beten, und Schimmelpfennig spielt Skat bei Dumcke, im Hinterzimmer. Es ist feucht, feuchte Luft, das macht die Spree und das mieselige Märzwetter. Lange sitzen kann man nicht. Paul Mielenz erhebt sich wieder, die Hofhunde springen auf, springen an ihm in die Höhe. Weiter. Da ist der Gleisanschluss, steht noch 'n Waggon, halb ausgeladen. Der Junge balanciert auf den Schienen, das geht ganz gut.

Fünfviertel Stunden sind vergangen, da kommt die Biegung. Paul Mielenz tritt den Rückweg an. Imprägnier-Schuppen. Da riecht es immer nach dem Imprägnieröl. Das Sägewerk ist ebenfalls ein stattliches Anwesen, aber jetzt ganz still, keine Kreissäge kreischt. Hinterm Sägewerk hat der Junge den Blick frei bis vor zum Eingangstor mit der Platzwächterbude. Die Bude liegt wie immer da, aber – was ist denn das? – wie in einem Nebel. Aber der Nebel ist kein Nebel, das ist Rauch, der verdammte Eiserne raucht, dass die ganze Luft erfüllt ist von dem Qualm. Paul Mielenz denkt: Na, Konrad Koppe riecht's ja gern, wenn's brenzelt. Aber beschleunigt doch seine Schritte. Näher ran riecht's verdammt sengerig, nach kohlendem Holz. Da wird doch nicht am Ende das Ofenrohr geplatzt sein? Rohrkrepierer! Der Kanonier Koppe aber liegt auf seiner Pritsche, ganz dicht neben dem Ofen, und brutzelt wie eine Gans, der man die Federn sengt. Der Junge läuft. Die Doggen laufen mit. Der Dackel taucht natürlich auch auf. Nun laufen die vier wie bei Wettrennen, die Doggen kläffen.

Ach, du lieber Gott, da ist die Bude ganz nah, der Qualm dreht sich träge um Dach und Fenster, hinter dem Fenster aber ist ein Schein, ein dunkelgoldiger Schein, das sind doch nicht am Ende – Flammen?! Paul Mielenz reißt die Tür auf. Puh! Qualm! Qualm! Da kann man doch nicht atmen. Er schmeißt das Fenster ein, nun kommt der Qualm auch zum Fenster raus, dick, faul, und es riecht nach versengtem Allerlei. „Herr Koppe, antworten Sie doch!“ Der antwortet nicht. Dem Jungen tritt der Schweiß auf die Stirn. Was denn machen? Was denn nu machen? Die Hunde heulen. Der Dackel schießt in die Bude, kommt aber im gleichen Augenblick wieder raus, mit hängenden Ohren, hängendem Schweif.

Dem Jungen fällt ein: Neben dem Eingang der Feuermelder! Haut die Scheibe ein. Dreht. Nu wird die Feuerwehr kommen. Aber Koppe! Was is mit Koppe? Wieder zurück an die Tür. „Koppe! Koppe!“ Keine Antwort. Paul Mielenz, verzweifelt, rein in die Bude, wie der Dackel. Luft! Puh, zum Ersticken! Aber Paul Mielenz hält den Atem an, schließt die Augen, tappt wie ’n Blinder durch das brennende Dunkel. Da berührt seine Hand was Weiches, ’nen Körper, das ist doch Koppe, der liegt krumm vor Schmerz, rührt sich nicht, wie ’n Holzkloben. Paul Mielenz fasst zu, nu hilft das nichts, nu ganze Sache gemacht, zieht und zerrt den schweren

Mann, zerrt und zieht, das ist eine Viechsarbeit, nur die paar Schritte, aber ohne Atem, ohne Augen, in Qualm und Feuer, raus, raus, raus, und lässt die Last vor der Tür sinken, Konrad Koppe, Richtkanonier, Artillerieregiment 45, 1. Abteilung, 3. Batterie, 2. Geschütz. Da liegt er nun, starr, angesengt, mit starren Augen, entsetzten Pupillen, und rührt sich nicht. Ist der tot? „Koppe! Koppe! Sagen Sie doch 'n Ton!" Aber der denkt nicht dran, is eigensinnig, alter Frontkämpfer von Cortemarck, Bixschoote und Steenstrate. Der liegt stramm. Hände an der Hosennaht. Wie beim Appell.

Da hupt die Feuerwehr, Dampfspritze. Leiterwagen, Mannschaftswagen. Mensch, die bimmeln! Das Tor wird aufgebrochen, die Straße abgesperrt. Der Brandmeister voran. Nu mal los, mit der kleenen Bude werden wir schon fertig! Paul Mielenz wird beiseitegeschoben, der drückt sich an den Lattenzaun. „Was stehn Sie denn da rum?", schnauzt ihn der Schupo an. Na, dann nich! Und raus ausm Tor, mitten rein in die Menschenmenge, sein lustiges Gesicht ist ganz schier und steif, wie 'ne Maske aus Gips. „Wenn det alles brennen würde, der janze Klumpatsch, det wär 'n Ding! Aber so –." Da schieben schon ein paar ab, 's gibt dollere Sensationen, die Bretterbude ist bald auseinandergerissen, die Feuerwehr rollt die Schläuche ein. Paul Mielenz steht. Ist das schon Schluss? Und Konrad Koppe? Nach dem kräht kein Hahn? Na ja, so 'n krummer Platzwächter, warum passt der nich uff, wird in Sackleinewand gewickelt, rauf aufn Wagen und ab dafür! Aber Paul Mielenz steht und macht Augen, und aus den Augen kollern Tränen, er merkt es selbst nicht, steht ganz verwaist, und dabei sind doch so viele Menschen in der Nähe, die Augen im Kopfe haben, aber die

Gedanken – das ist's –, die Gedanken sind ganz woanders.

„Warum weinste denn, Junge? Is doch nich *dein* Holzplatz und *deine* Bude." Aha! Also doch einer, der Augen zum Sehen hat, obwohl diese Augen fuselumwölkt sind. Ist ein kleiner, dicker Mann, etwas schmuddelig, nehmen wir nicht so genau, aber gutmütiges Gesicht, nicht intelligent, kurzgeschorener, runder Kopf, merkwürdig kleine Kinderohren. Paul Mielenz schaut auf, wischt sich mit dem Handrücken die Nase, tiefbekümmert. „Ach, nur so." „Mensch, nur so weint keener. Na, nu sag schon, man ist doch nicht umsonst neugierig." Der Junge sieht sich den Mann an, der Mann ist vertrauenerweckend, obwohl er nicht nüchtern ist, aber vielleicht ist es gerade *das*. Also schließt Paul Mielenz sich auf und erzählt von Koppe, Artillerieregiment 45, und dass er seine Bleibe verloren hat, allein in Berlin, der Millionenstadt, mittellos, ohne Aussicht auf Fortkommen. Der Dicke kräuselt die Stirne angestrengt, der denkt nach, merkt der Junge. Resultat: kleiner Kratzfuß. „Zimmerling heiß ick. Requisiteur bei's Theater. Theater is ja faul bei die Zeiten, aber wennste willst kommen, mir helfen, bei Muttern is noch Platz für so 'n Dreikäsehoch, wie du eener bist." Paul Mielenz sieht Herrn Zimmerling von der Seite an. Macht der Spaß? Aber der Dicke steht da wie ein rocher de bronze, bläst die Lippen auf und rülpst wohlwollend. Da muss doch was dran sein, was der sagt. Und Theater –? Theater war schon immer Paul Mielenzen sein Fall, obwohl leider nur theoretisch. Also, in diesem Sinne –! Und die beiden schwenken rechts um, der Junge streift noch mit einem letzten, scheuen Blick die Reste der Bretterbude, sie gehen die Straße lang, dann um die Ecke, nicht weit wohnt Herr Zimmerling, unten im Haus die Aurora-Quelle. Man wird sich doch zur Bekräftigung des neuen Bündnisses ’ne kleine Stehmolle genehmigen dürfen?!

Bilanz des Sonntags

Sonntag. Der Kurt hat Geld mitgebracht, wenn auch nicht viel. Aber man kann was springen lassen. Lotte Streit steckt die Nase zur Laube hinaus, prallt aber zurück. Nämlich: Die ersten Kolonisten sind in ihren Gärten, stehen da, Pfeife im Mund, und besehen den Schaden, den der Winter angerichtet hat. Wie nu raus ausm Haus? Die beiden sind kleinlaut, ducken sich in eine Ecke, überlegen. Kann lange dauern, bis die da drüben aus dem Garten verschwinden. Die haben den Winter in der Lunge, stehen zwischen mageren Bäumen und Büschen und saugen das bisschen Frühlingsluft mit allen Poren in sich ein. Ein paar Kinder sind da, die spielen Haschen mit vielem Lärm und Gelächter. So 'n kleiner Hund, Promenadenrasse, macht auch mit, Amy heißt er.

Gegen Mittag sind die immer noch da. Der Mann raucht seine Pfeife, wenn auch nun kalt, und nagelt Dachpappe fest, die sich gerollt hat. Die Kinder streiten sich, der Vater droht mit Keile, der Hund zerrt eine tote Feldmaus genießerisch hin und her. Schließlich kommt Mutter, das Essen in ein Wolltuch geschlagen, und verschwindet in der Laube, Vater, Kinder und Hund hinterdrein. Na, endlich! Kurt und Lotte nutzen die Gelegenheit, um zu türmen. Es gelingt auch. Sie biegen in die Aequatorstraße ein und verlassen das Laubengelände. Sonntag! Es ist still um die Schornsteine.

Die beiden treiben sich herum, ziellos, ohne Eile, aber auch ohne Gleichgewicht, Lotte mit zitternden Nasenflügeln, erregt und auf Abenteuer aus, Kurt mit heimlicher Unruhe: Was soll werden? Morgen,

Montag, und dann so weiter. Der Kragen ist eng, man schluckt, in der Brust liegt ein Stein, der ist im Wege. Nachmittags: Rummelplatz. Langer, schmaler Platz, wie so 'n Schlauch. Nebenan Kohle und Holz. Vorn steht ein Baum, im Sommer wird 'ne Akazie draus. An der Brandmauer entlang Buden, zwei Reihen, schmal und lang. Moderne Kunstschau. „Meine verehrtesten Damen und Herren! Hier is zu sehen das Weib in seine komplette Blüte und Pracht. Die erste Hülle fällt, die zweite Hülle fällt, da steht das Weib voll und ganz so da, wie es der Maler malt, wie es der Bildhauer meißelt, auf erleuchtete Bühne, von bequeme Sitze aus zu sehen, nur für dreißig Reichsfennje das Ganze! Katharina, das dickste Mädchen Hollands, 485 Pfund Lebendgewicht, direkt hertransportiert aus Eisenach. Gehn Sie rein, meine Damen und Herren, staunen Sie persönlich, und wenn ich übertrieben habe, dann kriegen Sie das Eintrittsgeld nich zurück, aber Sie können mich hier vor's versammelte Publikum gratis und franko einen Lügner schimpfen." Circus-Varieté. Im Reiche des Kaisers Nero. Ring- und Bärenkämpfe. Die verehrlichen Zuschauer, die an den Sport- und Ringkämpfen teilnehmen, haben für alle Körperbeschädigungen selber aufzukommen. Kapitän Störmer's seltsamer Fang in der Schreckensnacht vom 23. Februar 1923. „Nur zehn Fennje Entree. Gehste rein, plätschert 'n Seehund in 'ner Badewanne. Aber schließlich, für zehn Fennje –?" „Wer riskiert's? Wer macht hier mal mit? Na, meine Dame, warum so spröde? Jede Nummer gewinnt. Drei Hauptgewinne. Erster Gewinn: eine Büchse Ölsardinen oder drei Eier. Zweiter Gewinn: ein Stück Schinkenspeck oder vier Eier. Dritter Gewinn: ein Huhn oder zwanzig

Eier. Hier die nie wiederkehrende Gelegenheit. Einsatz fünfzehn Fennje, meine Dame!“

Lotte ist in ihrem Element. Mensch, die Honigstangen und Negerküsse! Kurt bezahlt, aber die Kasse geht bald zur Neige. Lotte schmollt: Du bist schon ’n Kavalier! Aber sie ist ja gutmütig, und also schieben sie Hand in Hand durch den Trubel. Ansehen macht auch satt. Die Karussellorgel leiert: Zwei rote Lippen und ein roter Tarragona, das ist das Schönste in Barcelona. Da trinkt und küsst man unter blühenden Kastanien. So heiße Liebe gibt es nur bei uns in Spanien!

Am Eiswagen ist Krach. Es geht um ein Mädchen und zwanzig Pfennig für die große Portion. Der Krach schlägt Wellen. Zwei Parteien bilden sich. Schließlich stehn auf der einen Seite die Russenblusen, auf der andern die Nazis. Es gibt Keilerei, Schlagringe treten in Aktion, einer wird gestochen. Das Überfallkommando ist schnell zur Stelle. Nu türmen! Immerhin bleibt als polizeiliche Ernte: sieben Verhaftungen. Beinahe schnappen sie auch Kurt Heinersdorf, aber man schenkt ihm noch mal Glauben, dass er nichts zu tun hat mit der Sache. Die verfluchten Halbwüchsigen! Die brauchen den Krach und Kräfteverbrauch, Romantik zwischen Brandmauern, obwohl doch Karussells, Würfelbuden und Kapitän Störmer’s Seehund genügen sollten.

Witvogel’s Hippodrom. Das Institut besteht seit 1897. Ein Trompeter im roten Frack lädt zum Reiten auf Rasserennern ein. Das gibt Lotte ’nen Stich. Sie stehen draußen vor den drei Stufen. Die Dame an der Kasse hat eine Mantilla um die Schultern und macht mit ihrem schwarzen Schnurrbärtchen einen fremdländischen Eindruck. Kurt Heinersdorf schämt sich wegen Trostlosigkeit seiner Kasse. Lotte beißt die Zähne aufeinander und klappert mit den Augenlidern, weil Tränen kommen. Der Trompeter bläst, ein Ross wiehert im Hippodrom. Draußen stehen sie, eine Mauer, junge Menschen in Sportmützen und weichen Hüten, Mädels mit Bubikopf oder mit Baskenmützen, kess auf dem Ohr. Nun kommt Bewegung ins Ganze. Eintritt zwanzig Pfennige. Sie schieben rein, zu zweien, immer 'n Kavalier und seine Dame. Lotte Streit hat das Nachsehen. Steile Falte zwischen den Augenbrauen, und die Augen hängen kalt und glänzend an dem Trompeter. „Na, meine Dame, auch mal reiten?" Sie tut so, als hörte sie nicht. Aber dann fühlt sie eine Hand auf ihrer Hüfte, so 'n sichrer, sanfter Griff. Neben ihr steht einer, zwanzig Jahr alt, weicher Hut mit Kniff, Schmetterlingsschleife, Sportanzug von Leineweber. „Ich spendier." Lotte hört das. Es ist wie im Traum. Reiten ist ihr Schwarm. Dazu auf richtigen Rössern, wo sie doch immer nur auf Holzpferden und lackierten Schwänen geritten ist. Sie will schon nicken. Aber da fällt ihr Kurt ein. Der stiert mit entschlossenem Blick die Frau an der Kasse an und sucht Krümel in den Rocktaschen. „Mensch, seh ick aus, als ob ick allein wäre?", antwortet sie und bewegt den Kopf leise Richtung Kurt. „Ach, so!" Der Zwanzigjährige pfeift durch die Zähne. Dann aber zieht er Lotte dichter an sich ran. „Nehmen wir den großen Bruder eben mit. Wir ham's ja!" Lotte erschrickt. Und ist froh. Der hat Portokasse geklaut oder is bei 'ner Kolonne!, denkt sie beseligt. Kurt Heinersdorf stiert weiter, hört und sieht nichts von der Welt. Der Zwanzigjährige hakt sich bei Lotte unter und stößt den Glogauer in die Rippen. „Los,

Mensch!“ Schon stehen sie an der Kasse. „Drei Mann hoch.“ „Sechzig Fennje, der Herr!“

In Witvogel's Hippodrom dröhnt Musik. Russenkapelle. Drei Mann in bunten Blusen, aber schäbig. Es riecht nach Zigaretten, Rossäpfeln und Acetylen. Vier geduldige Gäule traben im Ring. Ihre Reiter sind junge Arbeiter und Fabrikhemdchen. Die Mädchen im Herrensitz. Die Röckchen übers Knie verschoben. Man sieht die Schlüpfer und zwischen Schlüpfer und Strumpf ein Stück Fleisch. In der Mitte vom Reitring das große Tanzrad. Betrieb! Da liegen die Mädchen den Jungen im Arm, Brust an Brust, es riecht nach Menschen und Staub, in blassen Gesichtern offne, gierige Lippen, manche geschminkt, und Augen, kess, sanft, frech und ungeduldig. Das ist ein Markt hier. Man kauft und verkauft sich. Für 'n Abendbrot, für 'n Bett im Absteigequartier, vielleicht auch noch Strumpfgeld. Aber getanzt wird aus Passion. Die Russen geben sich Mühe, muss man schon sagen, die blasen unermüdlich: Liebling, wie ist dein Name, die Adresse und dein Telefon? Wohnst du bei deiner Tante, deinem Gatten oder in Pension? Oder: Ein süßer Kuss! Ein Vorschuss auf das Himmelreich, ein kleiner Scheck von dir aufs Paradies! Glaub mir, es muss nicht sein fürs ganze Leben gleich, ein schwaches Stündchen nur mit dir, allein mit dir! O, öffne mir die Himmelstür!

Lotte reitet und schmeißt die Blicke um sich: Mir gehört die Welt! Die alte Stute hat einen hohlen Rücken, und eigentlich tun dem Mädchen die Schenkel weh im Herrensitz. Aber sie trabt im Kreis wie eine Baronin, unter ihr das Gewühl von Jungens, Mädels, Zigarettenqualm, Parfüm. Das beizt die Augen. Man könnte weinen. Aber Lotte verzieht das Gesicht zu einem heroischen Lächeln. Nachher Tanzrad. Der Zwanzigjährige kommt ihr mit dem Knie ganz nah. Der hat so 'ne Art, sich über sie zu lehnen, den Mund in ihrem Haar, und ihren Duft zu schlürfen. Anders als Kurt, älter und routinierter. Wo is nu Kurt? Sie hat keine Zeit, nach ihm zu suchen. Der Neue heißt Werner und ist Austräger bei Gebrüder Pachnicke. Er möchte gern mit Lotte bummeln gehen, vielleicht noch Bar mit Jazzmusik oder Hackepeter, soupieren. Hinterher – na, werden ja sehen! Lotte lacht in sich hinein, das ist auch 'ne Antwort.

Das Tanzen macht heiß und Durst. Sie kann nicht mehr. Also schwenken sie aus dem Tanzrad, Werner hält seinen Arm schützend um ihren Rücken. „Nu erst 'ne Molle trinken. Das gibt neuen Mut." Am Ausgang wartet Kurt Heinersdorf, ganz blass, mit Augen wie Dolche. Dem Mädchen sinkt das Herz in die Kniekehle. „Wo steckste denn, Kurt? Wir suchen dich doch wie 'ne Stecknadel." Werner lacht von oben herab und siegessicher. Der Glogauer kann nicht antworten. Er schluckt verzweifelt. Es ist ihm wie Baumwolle im Mund. „Du bist mir einer!", lacht Lotte und fällt ihm um den Hals. „Hier wird nicht getückscht!" Der Junge geniert sich vor den vielen Leuten, nimmt die Hand herunter von seinem Nacken. Lotte, gemütlich: „Wir gehn eine Molle trinken." Und schiebt den Schmollenden vor sich her. Alle drei ziehen ab, in die Nachtluft hinaus. Es riecht nach Schmalzgebackenem, und die Karussellorgeln grölen um die Wette.

Drüben, vor Fingerhut's Familien-Varieté is 'n Auflauf. Hat einer geklaut? Taschendieb? Die drei sind schon zur Stelle, Lotte vorneweg, den Dieb zu fangen. Wer ist es? Ach, mein Schreck! Fritz Knelke, der Fürsorgejunge. Den haben sie schon beim Schlafittchen. Aber mit Taschendieb is nich. Rasierklinge! Das ist dem seine neue Nummer. Steigt den Mädels nach, schlitzt ihnen die teure Bluse (von Tietzen, drei fumzich) im Rücken auf. Die ist ganz blutig, denn die Klinge ritzt auch das Fleisch, gratis. Das Meechen kreischt: „Da hat mir eener – haste Worte? Hilfe! Schupo! Es blutet!" „Wer? Wo?" „Na, der da – der Junge mit die frechen Augen. Haltet ihn!"

Sie stürzen sich auf Fritz Knelke. Der zieht den Kopf zwischen die Schultern. Will türmen. Aber schon packen ihn deftige Arme. Die kennen keinen Spaß. Kurt Heinersdorf duckt sich beschämt. Wenn der Knelke etwa mit Fingern auf ihn deutet?! Spießgeselle! Einbruch in Bierquelle zum heiteren Fridolin! Ist er denn besser als der: Messerheld?! Er macht sich ganz klein und hört sein Herz klopfen. Aber Lotte Streit reckt den Hals, nicht ohne Befriedigung. Da steht der Knelke, aschfahl im Gesicht, mit dünnen, verkniffenen Lippen, und sagt kein Wort. Vier halten ihn von links und rechts, als ob er Kräfte hätte wie 'n Bierfahrer. Das Meechen aber mit der blutigen Bluse schreit hysterisch. Nun kommt der Schupo. Immer die Sonntage und die Rummelplätze! Der macht kurzen Prozess. Handschelle. Und Fritz Knelke trabt neben ihm her, gelb, giftig, Gefängnis winkt, drei Monate mindestens, und wieder Fürsorge.

Ach, Leben! Ist das nun vorbestimmt? Fritz Knelke kommt zur Welt: Kellerstube und Küche, zwei Familien hausen drin, neun Personen. Der Junge (kaum kann er krabbeln) wird auf Betteln abgerichtet. In Schule klaut er Bücher vom Bücherwagen, nicht um zu lernen, nur um sie zu verkloppen. Im Tiergarten steht er am Neuen See. Die Enten watscheln aus dem Wasser, braun und blau gemustert, in ahnungsloser Behäbigkeit. Aber Fritz Knelke greift nach der einen, der fettesten, die schnattert, hilft nichts, die muss mit, unterm Arm, im Laufschritt, die wird verschärft. So geht das weiter, Jahr für Jahr. Der Junge schläft unruhig, fantasiert, hat einen rastlosen Sinn. Was soll nur aus dem Jungen werden? Wird Radfahrer für 'ne Druckerei, klaut, das Gericht beschäftigt sich mit ihm, der Irrenarzt untersucht den Halbwüchsigen, Fritz Knelke verkohlt den Irrenarzt. Fürsorgeanstalt! Fritz Knelke rückt aus. Nun haben sie ihn wieder beim Schlafittchen. Taschendiebstahl. Und wieder Gericht. Und wieder Fürsorgeanstalt. Das geht so seinen Kreis. Manchem Menschen ist der Weg vorgezeichnet. Manchem Menschen steht das Schicksal schon auf der Stirn geschrieben. Fritz Knelke trottet neben dem Schupo her, verstockt, wenn er wenigstens 'ne Zigarette zu rauchen hätte! Am liebsten klaute er 'nen Fahrradschlauch, legte ihn sich dreimal um den Hals und baumelte sich am ersten, besten Haken auf!

Lotte Streit lacht, aber verlegen. Der Knelke verschwindet mit dem Schupo am Ausgang des Rummelplatzes. Sie hat nun keine Lust mehr zu Molle und so. Werner bettelt, aber sie bleibt ungnädig. Es fängt auch an zu regnen, so 'n Mieselregen, der animiert nich zu Bar und Hackepeter. „Denkste, ich spendier Hippodrom, für den Bengel auch, und nu ziehste Leine?" Werner wird aggressiver. Der kann hauen. Der haut. Lotte, ganz frech: „Mensch, nu halt die Luft an! Wer hat denn schon verlangt, dass du 'n dicken Wilhelm markierst?" Werner macht kurzen Prozess, packt sie beim Arm. „Au, Mensch, das macht blaue Flecke!“ Der freut sich. „Na, wenn schon! Soll ja! Verdienst es nich besser!“ Schon steht Kurt Heinersdorf zwischen Lotte und Werner. Blass, entschlossen, mit geballten Fäusten. Der Zwanzigjährige, breit, ganz ruhig, wie ’n Boxer: „Na, wat denn, wat denn, du halbe Portion?“ Schnell ist ein Ring um sie gebildet. Sachverständige der Generation von achtzehn bis zweiundzwanzig. Sportmützen, Schiffermützen, Pullovers. Junge Gesichter, alte Gesichter. Gespannt, hämisch, lauernd, sportlich interessiert. Die dazugehörigen Damen nicht zu vergessen: Kinder, Puppen, Larven und ganz Wissende, Reife, Kinderkörper mit Frauengesichtern. Es ist Spannung in der Luft, Stille trotz Orgelgequäk und Ausrufergeschrei. Das setzt Keile. Nu ma ran, Jungs! Werner schiebt Kurt vor sich her. Mensch, hat der ’ne Handschuhnummer! Aber Kurt springt ihn an, verzweifelt, als ginge es ums Leben. Lotte kreischt. Gebalge. Getümmel. Die beiden liegen auf der nassen Erde, zerstampftes Gras, Halbdunkel. Der Ring, geschlossen, verfolgt mit kühlem Interesse den Zweikampf. Da – Pfiff! Polente! Schon spritzt das Menschenknäuel auseinander wie ’n Wassertümpel, wenn ein Stein hineinfliegt. Werner hoch, Kurt hoch. Lotte zieht den Glogauer hoch, gerade noch zur rechten Zeit, ehe der Schupo in Aktion tritt. Die laufen hinter den Buden an der Brandmauer entlang, Hand in Hand. Vorne steht die Akazie. Dann kommt der Ausgang. Das Karussell spielt: Einmal sagt man sich Adieu, wenn man sich auch noch so liebt. Einmal sagt man sich Adieu, weil es keine Treue gibt.

Draußen auf der Straße ist die Luft rein. Da verlangsamen sie ihre Schritte. Sie tippeln nach Haus. Keiner sagt ein Wort. Das war knorke von Kurt, denkt Lotte, wo doch Werner vier Jahre älter ist! Aber Werner hat Geld, und mit Kurt steht's belämmert. Sie legt die Stirn in Falten und grübelt. Das Geheimnis des Lebens liegt sonnenklar vor ihr: Geld haben – kein Geld haben! Das ist es. Frühlingsabend an der Oberspree: Die Dampfer läuten, die Riemen der Ruderboote klatschen übers Wasser, man aalt sich am Ufer im Grünen, drüben über den Dächern und Schornsteinen liegt so 'n grauvioletter Rand, der hält das Himmelsfass zusammen – da braucht man kein Geld. Es geht auch so. Mal langt 'n Arm nach einem, friedlich um die Hüfte, und ein Mund kommt ran, sanft, der will küssen. Aber auf Rummelplatz is anders. Ohne Geld kein Rummelplatz. Denn Vergnügen kostet Zaster.

Lotte ist schwer in Bedrängnis. Man braucht ja Vergnügen. Also braucht man Geld. Also braucht man Werner. Aber das setzt gleich wieder Krach mit Kurt. Wie rauskommen aus dem Schlamassel? Kurt mit Werner betrügen? Werner mit Kurt betrügen? Das wär gelacht. Üb immer Treu und Redlichkeit!, hat sie in der Schule gelernt. Dabei fällt ihr wieder Fritz Knelke ein, der läuft nu neben dem Schupo her, gelb, giftig, Handschelle überm Ärmel, und is verschütt'. Wenn der wäre auf dem schmalen Pfad der Tugend verblieben –!, wie Pastor Kahlbaum in der Konfirmandenstunde zu sagen pflegte. Sie lächelt dünn. Is ja alles Schmus! Mit Treu und Redlichkeit und Tugend! Die Erfahrung sagt, dass es auch anders geht. Betrug, meinen Sie? Mensch, man muss doch leben! Aber Lotte Streit lebt auf magere Weise. Die Sommervilla ist nur mäßig. Andere essen jeden Tag bei Aschinger oder bei Patzenhofer. Andere tragen Seidenstrümpfe und haben zwei Hüte zum Wechseln. Ja, was hat denn *sie*?! Vielleicht das Kärtchen von Tilly Endruleit. Aber dieses Geschäft ist nicht für jede. Im Film kommt immer 'n Baron, der die Asphaltblume aufhebt, ins Knopfloch steckt und mit nach Hause nimmt. Aber ist Film wirklich Wirklichkeit?

Sie tippeln nebeneinanderher, Lotte Streit, Kurt Heinersdorf, und sie sagen kein Wort. Der Abend ist dunkel, es nieselt. Jeder hat seine Gedanken. Keiner verrät seine Gedanken. Ist dies Romantik, Jugend, Überschwang der Gefühle? Mal sehen, was der Montag bringt, und dann der Dienstag, und weiter und weiter. Feindliche Woche, die wie ein Riese den Weg versperrt. Märchen alles, wenn man an Märchen glaubt, gespenstische Wirklichkeit, wenn man die Augen aufschlägt und die Fäden misstrauisch abklopft!

Der Eisenbahner

Kurt Heinersdorf schlüpft in einer Autowäscherei unter. Für ein paar Tage. Auto war immer sein Schwarm. Natürlich: Am Volant sitzen und durch die Welt chauffieren. Er kennt jede Marke, deutsch, amerikanisch, Vierzylinder, Sechszylinder, Achtzylinder, Sport, Limousine, Cabriolet. Mensch, wäre gelacht! Heutzutage weiß jeder Quintaner über Stoßdämpfer, Schwingachse, Zünder besser Bescheid als über lateinische Grammatik und Religion. Kurt Heinersdorf tritt also seine neue Tätigkeit sozusagen als Fachmann an: Motor, Schmierung, Kühlung, Kupplung, Bremsen, ist ja kinderleicht. Stattdessen aber muss er sich damit begnügen, schmutzige Taxis mit dem Schlauch abzuspritzen und die Chassis vom Kot zu reinigen. Schmeckt bitter, immerhin hilft es über einen Teil der Woche hinweg. Inzwischen findet man Zeit, um nachzugrübeln, Pläne zu schmieden, der Zukunft einen Weg zu bahnen, wenn auch nur einen armseligen Pfad, von dem man nicht weiß, ob er sich auf einem Schuttplatz verliert.

Lotte ist wieder allein, mit umwölkter Stirn. Sie räkelt sich faul, aber das Kribbeln in den Fingerspitzen sagt ihr, dass dies nur ein vorübergehender Zustand sei. Noch liegt ihr Karussellmusik im Ohr, Werner, Austräger bei Gebrüder Pachnicke, beugt sich über sie und drückt ihr beim Tanzen die Knie in die Schenkel. Der is ausgekocht!, denkt Lotte, lächelt aber mit blinzelnden Lidern. Eins ist sicher: Sorge, geschnappt zu werden, braucht sie nun nicht mehr zu haben. Fritz Knelke, der sie hätte verraten können, sitzt auf Nummer Sicher. Das kommt davon, wenn die Ratten zu frech werden und den Speck aus der Falle stehlen wollen. Schnapp!, macht die Falle, und da sitzt die Ratte hinter Eisengittern, tucktucktuck geht das Herz, und die Augen glänzen frech-erstaunt wie blank polierte Glaskugeln.

Lotte lacht vor sich hin und baumelt mit den Füßen vom Sofa runter. Alles muss gelernt sein, auch anderen Leuten die Bluse aufschlitzen. Auch Faulsein muss gelernt sein, damit es nicht nach Langeweile schmeckt. Ihr Lachen geht in Missmut über. Ihre vollen Lippen legen sich aufeinander und werden ganz schmal. Mit einem Mal ist das gutmütig-leichtsinnige Gesicht verwandelt. Alles Weiche ist wie fortgeweht, und um die kleine, lustige Nase legen sich böse Schatten. Ist denn das Gerechtigkeit auf der Welt? Erna, die Tochter von Bäcker Karsuntke, Linienstraße, trägt Ringe und Sportkostüm, Lackschuhe und Spitzenhemden. Warum? Weil ihr Vater wie der Mehlwurm im Kasten gedeiht, fett, schwammig, weil die Semmeln alle Tage kleiner werden und die Brote alle Tage teurer. Aber sie – Lotte Streit?! Wen hat sie, der für sie sorgt?! Eltern? Verwandte?! Ach, du lieber Gott! Werft doch einen Blick in die Mietskaserne, zweiter Hof, Seitenflügel! Missgunst, Futterneid, Krankheit, Armut. Wer kann denn an den Nächsten denken, wo jedem, *jedem* das Wasser bis an die Kehle reicht? „Gut sein“ ist leicht gesagt. „Ehrlich sein.“ „Anständig sein.“ Das ist doch ’n Ameisenhaufen, einer tritt über den andern. Luft, Mensch! Platz, Mensch! Schnauze, Mensch! Da ist Krach und Kindergeplärr, der Hauswirt will die Miete kassieren, Vater ist betrunken, Mutter zankt mit der Nachbarin, die Milch schießt über fürs Jüngste, und noch sind keine Kartoffeln da zum Mittagessen. Raus! Nur raus!

Aber wohin? In Laubenkolonie? Schließlich ist das *auch* 'n Leben, man aalt sich aufm Sofa und lässt Gott 'n lieben Mann sein. Wie lange? Soll sie sich auf Kurt Heinersdorf verlassen? Der weiß ja selbst nicht, wohin der Weg geht. Afrika? Der träumt bei Tage, mit offenen Augen!

Preisfrage ausm Praktischen Wegweiser: Wie kommt ein junges Mädchen zu Wohlstand und Glück? Wohlstand und Glück! Das sind auch so Wörter ausm Schullesebuch. Was haben denn die mit Leben zu tun? Leben is anders. Leben is Drängeln, Stoßen, Beißen, Kratzen. Das weiß man doch. Das sieht man ja alle Tage. Sich verkriechen, Kopf in Sand stecken – ganz zwecklos! Rin ins Vergnügen! Und nicht erst abwarten, bis alles zu spät ist!

Lotte Streit springt auf, zieht den Strumpf hoch, steckt die Haarsträhne unter die Baskenmütze, schlüpft in Mantel und Schuhe, greift nach der Türklinke. Aber die Tür geht auf, noch ehe sie die Klinke heruntergedrückt hat. Schon kommt einer rein, Manchesterhose, Eisenbahnermütze, Bärtchen unter der Nase, gestutzt, Arbeiterhände, ist an die vierzig, untersetzt, stämmig, besondere Kennzeichen: keine. Der steht, hat einen langsamen Blick, immer mit der Ruhe, beaugenscheinigt Lotte, überlegt, hat ja Zeit, hat ja Zeit, dann: „Nanu! Kleener Engel vom Himmel jefallen?“ Dem Mädchen schlägt das Herz gegen die Bluse. So 'n Pech! Dass sie daran aber auch gar nicht gedacht hat! Gestern schon die Leute drüben im Garten. Und heute kommt der Laubenbesitzer, mal nach'm Rechten sehn, und erwischt unsere Lotte. Die sagt kein Wort, hängt an dem Mann mit stummem Blick wie so 'n Kaninchen, das einer Schlange in den Weg gelaufen ist. Der Mann erwidert den Blick, langsam, und kaut an der Unterlippe, was nu?

Der ist stark verheiratet, das sieht man ja, die Frau zu Haus, vier Kinder, das fünfte unterwejens, was soll man machen, schlechte Zeiten. Der Mann kommt näher, einen Schritt, zwei Schritt, fasst nach Lottes Schulter, der ist ja Hausbesitzer hier, grinst: „Richtig lebendig!" Lotte möchte in den Boden sinken. Warum eigentlich? Steht 'n Mann, allerdings nicht mehr der Jüngste, wundert sich und befühlt ihre Schulter: Das sind doch Berührungspunkte. Da kommt man doch weiter. Lotte also, mit schwermütigem Lächeln: „Ich geh ja schon, und schönen Dank auch." Der Eisenbahner überlegt, man muss sich entscheiden, nimmt also Lotte um die Schulter, schiebt sie mit kleiner Wendung an seine Brust, harte Arbeiterhände fingern an ihr herum, das soll zärtlich sein, und sagt: „Was denn? Warum denn gleich gehn? Wer jagt dir denn?" Und das ist die Wahrheit. Wer jagt sie denn?

Der Mann zieht einen Stuhl ran, setzt sich, Lotte auf seinen Knien, an seiner Brust, der hat Übung her von Kindern, nämlich, wenn die Wergel schreien, singt man 'n Lied, wenn auch falsch. Lotte muss kichern, verstohlen, an seiner Brust, der riecht nach Erde und Teer, Vorarbeiter in Eisenbahnwerkstätte oder so. Der Mann hat 'n Gesicht wie aus Holz gestemmt, das Holz ist stumm, die Augen liegen tief und wundern sich nicht. Der Mann wundert sich nicht. Das Leben ist, wie's ist, und kommt, wie's kommt. Vier Kinder, das fünfte unterwejens, die Frau im achten Monat, schlechte Zeiten. Aber der liebe Gott sorgt vor. Sehet die Lilien auf dem Felde, sie säen nicht, sie ernten nicht, und der himmlische Vater ernährt sie doch. Ein Gedanke schwankt durch sein Gehirn, bedächtig, beinahe würdevoll, und geht nicht wieder weg: Wer jagt dir denn? Das gibt ihm Ruhe, gibt der Laube Ruhe, Lotte schaukelt wie in einer Hängematte, abwarten und nicht bange sein.

Wieder stößt in dem Mann ein neuer Gedanke vor, behutsam, schwer, legt sich wie 'n Klotz vor die Tür, die Tür ist verrammelt. „Kannst ja bleiben, wenn du willst. Kannst ja immer bleiben, meinswegen." Und wieder, tief, kontrapunktisch: „Wer jagt dir denn?" Da hebt Lotte den Kopf und schwult ihn an. Der is beinah vierzig, mit Muskeln, hart, harter Arbeiter, aber die Augen sind braun, wer hätte das gedacht, und erschrecken, als sie den ihren begegnen. Der verliert die Balance vor Lottes Blick, greift in die Luft, sucht und muss sich halten. Hält sich an Lottes Brüstchen wie 'n ertappter Sünder, sieht Funken vor den Augen, schämt sich, krebsrot vor Scham, wütend vor Scham. Resultat: Will Lotte hinlegen. Da zappelt das Mädchen, Reflexbewegung. „Loslassen! Mensch! Loslassen!" Der aber hat Hände wie 'n Schraubstock, da soll man was machen. Lotte schließt die Augen, wehrlos, mit zuckendem Lächeln. So 'n Kerl, so 'n verdammter! So 'n Hund, so 'n starker! Der deckt sie zu mit seinem Körper, tollpatschig-zart. Atem mischt sich mit Atem. Der riecht nach Erde und Teer. „Loslassen!" Ist wie aus Holz gestemmt, das Holz ist stumm. „Loslassen!" Aber der sagt kein Wort, der lässt nicht locker.

Paul Mielenz hat ja schon manches erlebt, aber Theater bleibt Theater. Das National-Theater, an dem sein neuer Gönner als Requisiteur wirkt, liegt im Zentrum; das heißt, was früher mal Zentrum war, jetzt abseits vom Betrieb, in 'ner Kleinbürgerstraße mit Wasch- und Plättanstalt, Christbaumschmuck und Scheuertücher en gros, zweimal täglich frische Milch von eignen Kühen, koschere Fleisch- und Wurstwaren unter Aufsicht des ostjüdischen Rabbinats. Hat mal große Zeiten gehabt, das National-Theater, sagt Zimmerling, und Frau Godeck, die Toilettenfrau, schwört, es ist besser gewesen als Reinhardt und der ganze Westen zusammengenommen. Jetzt merkt man nicht mehr viel davon. Zwar ist die Brüstung im ersten Rang mit Plüsch überzogen, aber die Motten haben Löcher hineingefressen. Manchmal hängt von der Tapete ein ganzer Lappen runter, in den Faltengewändern der neun Stuckmusen sitzt antiker Staub, das Gestühl ächzt und knarrt, auch bei den intimsten Szenen, wenn auf der Bühne der Liebhaber die Liebhaberin zurückbeugt und ihre Ondulation mit wilden Küssen zerwühlt. „Flohtheater" heißt der ehrwürdige Kasten im Volksmund, weil man nämlich selbst auf den repräsentativsten Plätzen von dieser kostenlosen Beigabe nicht immer verschont bleibt. Das Repertoire ist gut. Man dramatisiert den jeweiligen Morgenpost-Roman oder Berliner Hausfrau und stößt auf die Gegenliebe eines theaterhungrigen Publikums, das für seriöse Kunst schwärmt, nicht in den Kneipen herumlungert, sondern lieber pärchenweise im Dunkel des Parketts untertaucht, das aber kein Geld hat, um mondäne Kassenpreise zu zahlen.

Paul Mielenz ist nun Laufjunge und stellvertretender Bürochef am National-Theater. Der Direktor ist ein verkümmerter Komiker, mit eingedrückter Nase und Basedow-Augen. Der Mann hat einen scheuen Blick, sieht gewissermaßen an den Wänden seines Büros die Bilder seiner Vorgänger – „die Nachwelt flicht dem Mimen keine Kränze" – und als Haussegen in Kerbschnitt oder Brandmalerei überm Schreibtisch, über der Kasse, überm Telefon, überm Bühneneingang das Schicksalswort „PLEITE“. Es wird probiert. Der Kapellmeister sitzt am Klavier, das Ganze nennt sich „Singspiel“, die Schauspieler rauchen Zigaretten und schimpfen, man ist in Berlin Zentrum und doch dunkelste Provinz. Arme, gejagte Kreaturen, die Schauspieler, die möblierte Wirtin jagt sie, der Schneider, der Friseur, der Schuster, der Theaterbüfettier. Woher nehmen, wenn der ganze Betrieb eine Misere ist? Frau Krückeberg-Gmelin hat's freilich besser. Die zahlt dem Direktor, damit sie zum Spielen kommt. Das heißt: Herr Krückeberg zahlt, weil er Klavierfabrikant ist. Manchmal fällt dabei auch für das Künstlervölkchen was ab, mal 'n Atelierfest oder Boheme-Würstchen-Essen. Frau Krückeberg-Gmelin spielt alles, was gut und schön ist, aber sie ist eine Wasserstoffsuperoxyd-Blondine von strafbaren Körperdimensionen. „Teigbirne“ grollt der Direktor hinter ihr drein, wenn sie ihm wieder mal eine Hauptrolle abgerungen hat. Aber an den pathetischen Fluch schließt sich erschrocken das Gebet: „Lieber Gott, erhalte mir die Krückeberg-Gmelin noch recht lange. Denn was fange ich ohne ihren Zaster mit dieser Dreckbude an?“

Paul Mielenz macht sich beliebt beim Künstlerpersonal. Ist doch was wert, wenn wenigstens einer da ist, der die gute Laune nicht verliert und sozusagen ahnungslos mit lustiger Vivatsnase ins Grau des hoffnungslosen Alltags sticht. Namentlich Lola Maybach, die Soubrette, hat ihn ins Herz geschlossen. Resultat: ein Fünfziger als Trinkgeld. Die muss doch Nebeneinkünfte haben, dass sie so mit ihrem Kapital um sich schmeißt! Zimmerling freut sich, dass sein Schützling Anklang findet.

Er segelt in einer Wolke von Fusel wie eine Fregatte durch den Ozean Berlin und besorgt die „Ausstattung" fürs jeweilige Stück. Elegantes Junggesellenzimmer. An den Wänden pikante Bilder. Marmorstatue: Amor und Psyche. Chinesische Vasen auf kaschiertem Flügel. Aschenbecher. Teeservice. Hottentotten-Speere, Dolche und Schilde überm Marmorkamin. Alles besorgt Zimmerling. Er verspricht Freibillets und, wenn es nicht anders geht, Leihgebühr, die aber auch nicht bezahlt wird. Er hat einen aufreibenden Beruf. Der Direktor schnauzt ihn an, der Sekretär, der Regisseur, der Inspizient, die Schauspieler. Zimmerling steht da, mit rundem Kopf und kleinen Ohren, mit weicher Nase, weichen, halbgeöffneten Lippen, und lässt den Platzregen von Flüchen und Verwünschungen stoisch über sich ergehen. Theater!, denkt Zimmerling. Die Leute sind immer gleich so aufgeregt. Wozu? *Aus* wird die Vorstellung allemal.

Paul Mielenz kommt mitten in den Premierenrummel hinein. Sieben Musiker treten an, frisch von der Börse geholt, und lösen den Klavierhengst ab, der bisher die Proben geführt hat. Sie stehen dicht zusammengedrängt, wie Pferde vor der leeren Krippe, und erklären solidarisch: Erst Geld, dann spielen! Der Sekretär wird krebsrot. Immer die Organisierten! Schauspieler spielen und sind froh, *dass* sie spielen können. Das Geld ist eine Frage von morgen. Aber die Möbelräumer und Müllkutscher, die Bäckergesellen und Theatermusiker sind wie die Automaten: Erst Geld, dann schnurrt der Mechanismus. Der Sekretär läuft zum Direktor. Der Direktor macht seine bekümmerten Basedow-Augen. Ein Stillstand entsteht. Die Schauspieler stecken die Köpfe zusammen. Es ist eine melancholische Pleitestimmung, und die Scheuerfrauen tuscheln, dass Invalidenmarken auch noch nicht geklebt seien. Bis per Zufall Herr Krückeberg auftaucht, vom Direktor wie ein lieber, lieber Verwandter, der im Weltkrieg in Sibirien verschollen war, aufgenommen wird und gegenüber so viel Herzlichkeit nicht umhin kann, die kleine Ehrenschuld „für diesmal" zu begleichen. Da atmet der Direktor auf, der Sekretär schießt mit dem Geld ins Orchester, der Musiker-Obmann nimmt die Märker argwöhnisch in Empfang, und ein langgezogener, klagender Triller der Bassklarinette gibt das Signal an alle, dass die Premiere gerettet sei.

Paul Mielenz ist kein Kunstkenner. Er hat nie den Namen Kerr gehört, und Ihering erst recht nicht. Er weiß nichts von Zeittheater, von Stars, von epischem Drama, von der verpönten „privaten" Schauspielerei. Und überhaupt: Kritik ist ihm im Grunde schnurz. Aber er hat schnell raus: In diesem Büro dreht es sich um vorausbezahlte Garderobenpracht, um Steuerbillets, um Wechselproteste und Pfändungsbefehle. Voran die Lustbarkeitssteuer-Behörde. Oha! Die sitzt gleich an der Kasse, und wenn so ein armes Opfer von Publikum naht, dann streicht sie die paar Groschen, ohne mit der Wimper zu zucken, ein. Eigentlich ein trauriges Geschäft: Theater! Aber unmittelbar vor der Premiere bläht ein frischerer Wind die Segel der guten Hoffnung. Zimmerling blinzelt hinterm Versatzstück auf die Bühne, alter Kämpe, der seine hundert Durchfälle und Siege mitgemacht hat. Er bleibt voller Phlegma im wildesten Gerenn, Geschrei, Geschimpf der letzten Proben. Der Dichter ist da, wird misstrauisch beschnuppert wie 'n Dienstmädchen, das seine neue Stelle antritt. Der Komponist, geräuschvoller, setzt sich in Szene und reißt die Zügel an sich. Mit einem Mal kleiner Wirbelwind. Direktor, Regisseur, Komponist, Dichter stecken die Köpfe zusammen, tuscheln. Fräulein Maybach, die Soubrette, ist nicht zur Probe erschienen. Krank. Der Dichter wechselt die Farbe und zittert um das Produkt seiner Fantasie, der Direktor knirscht mit den Zähnen und murmelt von passiver Resistenz und Protesterkrankung, weil Frau Krückeberg-Gmelin die bessere Rolle hat, aber der Komponist pfeift leise ein Motiv durch die goldgeränderten Zähne und erklärt: „Die Krabbe wer'n wir schon kriegen!" Resultat: Fräulein Lola bekommt ein neues Chanson. Der Komponist, am Büffet, schüttelt's aus dem Ärmel. Paul Mielenz wird kommandiert als reitender Bote, gerolltes Notenblatt unterm Arm. Tritt an bei Gotzkowsky, möbliertes Zimmer mit Klavier und Badbenutzung. Fräulein Maybach ist im Pyjama. Er hat gar nicht gewusst, dass Seide so dünn ist. Überreicht das Blatt, den neuen Schlager. Die Soubrette hüpft zum Klavier – kleine, himmelblaue Pantöffelchen – und schlägt die Melodie mit einem Finger an. „Wie wird mir denn, wie wird mir denn, wenn ich den Leo sehe? Es klopft mein Herz, es klopft mein Herz, komm ich ihm in die Nähe." Das Barometer der guten Laune steigt. Paul Mielenz steht da, dreht die Mütze in der Hand, denkt schmunzelnd: Wieder 'n Fuffzijer fällig! Aber Fräulein Lola hat keine Zeit, schwelgt in Triumphgefühl und blendender Laune. Wirklich nicht übel, der Schlager!, denkt Paul Mielenz, legt die Stirn in Dauerwellen und fühlt sich ernstlich als Kunstrichter. Das wirkt so komisch, dass die Soubrette laut auflacht – ein Staccato-Lachen, glockenhell und perlend –, durchs möblierte Zimmer mit Klavier und

Badbenutzung tänzelt und den Laufjungen und stellvertretenden Bürochef liebevoll ans Herz drückt. Paul Mielenz wehrt sich instinktiv, stemmt seine Hände gegen ihre Schenkel, hat gar nicht gewusst, dass Frauen so zarte, glatte Schenkel haben. Aber Fräulein Lola, durch seine Gegenwehr animiert, lehnt ihn umso freigebiger gegen ihre Fassade. Da tauchen in seinem Bewusstsein zwei weiche, blühende Hügel auf, Mund und Nase sind gegen diese Hügel gepresst, er bekommt fast gar keine Luft, der Verstand schaltet sich aus, es wird ihm ganz violett vor den Augen. So muss es ein, wenn man am Ertrinken ist! So verzweifelt und dämmrig schön! „Dummer Junge!", sagt Fräulein Lola und wühlt übermütig in seinem Schopf. „Au, meine Tolle!", ruft Paule ganz erstickt. A tempo hat er seine Besinnung wiedergefunden, reißt sich los, man ist ja schließlich offizieller Vertreter der Direktion, blitzt Lola vernichtend an und schießt zur Tür hinaus, die Treppe hinunter, ohne den fällig gewordenen zweiten Fünfziger. „Schafskopf!", ruft ihm jemand übers Geländer nach. Lola? Der Leierkasten im Hof aber setzt schadenfroh ein: Josef, ach Josef, was bist du so keusch? Das Küssen, das Küssen, das macht kein Geräusch!

Kurt Heinersdorf ist wieder da. Mit Autowäscherei ist's Essig. Er hilft sich mit Teppichklopfen bei einem Professor von der Charité. Aber das ist ja nur *einmal.* Was dann? Er lässt den Kopf hängen. Lotte sieht ihn von der Seite an. Es liegt was in der Luft, er weiß nicht was. Vielleicht hat Fritz Knelke doch recht, der Fürsorgejunge, wenn er stiehlt. Ist denn *das* Leben, jeden Tag was andres, der Anzug abgerissen, zerdrückt, der Kragen schmutzig?

Sonst legt Mutter frische Wäsche auf den Stuhl vorm Bett. Jetzt –? Lotte weicht ihm aus. Woran denkt das Mädchen? Er fühlt sich bedrückt, schuldig, was kann er ihr bieten? Arbeiten! Ja, wenn das so leicht wär! Er geht und sucht. Es ist immer das Gleiche. Er hat Schatten um die Augen, sein Gang ist schleppend.

Die beiden sitzen in der Laube, kaum zwei Schritt voneinander entfernt, und gehen sich doch aus dem Wege. Die Blicke laufen aneinander vorüber, schräge Blicke, gesenkte Blicke, es ist keine Aufrichtigkeit zwischen den beiden. Kurt Heinersdorf schämt sich, denkt, nun achtet sie mich nicht mehr, hat ja recht, das Mädchen, andre verdienen. Dann aber, nach einer Weile, argwöhnisch: Wo steckt sie den ganzen Tag? In der Laube? Tag für Tag nur Laube? Sein Herz klopft. Er duckt sich. Will sprechen, kann nicht. Aber die Unruhe wächst, dies schmerzliche Ziehen im Herzen.

Sein Blick wandert, müde, ohne Hoffnung, da ist das Fenster, klein, mit grober, zerrissener Gardine, die Wände sind kahl, ein Kochherd, rostig, Kommode, verschlossen, Gießkanne, in der Ecke Schaufel, Harke, Kartoffelhacke. Er sitzt und senkt den Blick, stiert zu Boden, ungehobelte Dielen, schmutzig. Im Dunkel liegt etwas, klein, braun, liegt ihm im Wege, was kann's schon sein, greift danach, ohne Interesse. Kleine, braune Tabakspfeife, noch Asche drin! Er stutzt und grübelt. Liegt die schon immer da? Man stößt doch mit dem Fuß daran. Man hat doch Augen im Kopf und sieht. Überbleibsel vom vorigen Sommer? Oder –?

Er dreht das kleine Ding behutsam hin und her. Sehr angeschwärzt, das Mundstück zerkaut, die kalte Asche riecht. Er wendet den Kopf nach Lotte. Das Mädchen liegt auf dem Sofa, wie immer, Blick an der Decke, und träumt. Wovon träumt das Mädchen? Kleine, braune Tabakspfeife in seiner Hand. Seine Hand zittert. Seine Gedanken laufen umher, suchen, finden nichts. Ein Geheimnis –? Er atmet mühsam, unruhig, lässt die Pfeife verstohlen in seine Tasche gleiten, erhebt sich, muss wieder gehen. Arbeit –? Vielleicht heute? Endlich? Er steckt die Hand in die Tasche, tastend. Kleine, braune Tabakspfeife. Erschrickt. Geht ohne Gruß, schnell, mit schlechtem Gewissen.

Abends kommt er von der Arbeit zurück, diesmal Kohlenkeller, Brennholzbündeln, klinkt die Tür auf, muss sich erst an das Zwielicht gewöhnen. Da – Bewegung auf dem Kanapee! Und dann wieder nichts. Täuschung der müden Augen? Die Dämmerung ist mächtig, liegt breit und behäbig da wie ’n fremder Mann. Mit einem Mal hat Kurt Heinersdorf Angst. Warum denn Angst? Das ist doch die Laube. Und in der Laube ist Lotte. Er kommt von Arbeit, wenn auch nur Brennholzbündeln, und bringt ein paar Groschen. „Lotte!“ Unterdrückt, tastend, fast kläglich. Vom Kanapee rutscht so ein Schatten, so ein breites, plumpes Etwas, steht auf zwei Füßen, untersetzt, stämmig, schiebt sich vor, immer mit der Ruhe, hinter ihm Lotte, klein, zerdrückt, im Kanapeewinkel. „Na, wat denn? Sie wünschen?“ Kurt Heinersdorfs Augen haben sich an die Dämmerung gewöhnt. Er steht in der Tür, blass, bekümmert, ihm gegenüber der andere, mit langsamem Blick, riecht nach Erde und Teer, hat ’n Gesicht wie aus Holz gestemmt. „Ich frage: Sie wünschen?“ Lauter. Doch ohne Erregung. Steht da, vierzigjährig, wie ’n Klotz, mit Muskeln, hart, harter Arbeiter.

Der Glogauer sieht Flammen. Märchen, wenn man an Märchen glaubt. Gespenstische Wirklichkeit, wenn man die Augen aufschlägt und den Dingen auf den Leib rückt. Kurt Heinersdorf *schlägt* die Augen auf. Seine Hand umklammert die Tabakspfeife in der Tasche. Kleine, braune Tabakspfeife. Nun steht der Dazugehörige vor ihm, und Lotte drückt sich ins Sofa. Verrat! Der Junge schreit es nicht. Aber es ist, als ob dies Wort sein Inneres zersprengte. Das ist *meine* Lotte! Er denkt es, stumm bleibend, Auge in Auge mit dem da drüben, und geht auf ihn zu, nur ein, zwei Schritte. Nun atmen sie sich an, die Laube ist eng, Lotte beugt sich vor, ängstlich gespannt. „Raus!", sagt der Klotz ohne Anstrengung und rührt sich nicht. „Das ist *meine* Lotte!" Nun schreit es der Junge. Schreit? Qualvoll gepresst, damit es die Laube nicht zersprengt. „*Meine* Lotte!" Und macht noch einen Schritt und funkelt den Gegner an, Tuchfühlung. Der Eisenbahner, wie aus Holz gestemmt, das Holz ist stumm, schiebt ihn beiseite. Da weht die Flamme über Kurt Heinersdorf hinweg, Flamme von Mutters Seite her, springender Jähzorn, und reißt ihn mit sich fort. Er packt den Vierzigjährigen beim Arm, umklammert ihn. „Was haben Sie mit Lotte gemacht?" Gell und verwundet. Der antwortet nicht, stumm, stummes Holz, und schleudert ihn zurück, in den Winkel hinein, zwischen Gießkanne, Schaufel, Harke, Kartoffelhacke.

Da liegt der Glogauer einen Augenblick, die Zinken der Harke schief unter seiner Sohle, der Harkenstiel schlägt heftig gegen den Schenkel. Der Gymnasiast möchte brüllen, verbeißt den Schmerz, nur Wut, nur Wut, springt auf, taumelt, die Gießkanne rollt mit hohlem Gepolter über die Diele, der Eisenbahner fegt sie mit einem Tritt beiseite. „Was haben Sie mit Lotte gemacht?“ Und hängt schon wieder an seinem Arm wie ’n Polizeihund, der den Dieb verbellt. Und schüttelt ihn und dreht ihm den Arm. Dem Vierzigjährigen schießt Blut in die Stirn, ins stumme Holz schießt Saft, Muskeln hat der, harter Arbeiter, na, wat denn, wat denn, das junge Gemüse? Und zeigt seine Kraft, nur so, mit halbem Schwung, da fliegt der Junge in die gleiche Ecke, Schaufel, Harke, Kartoffelhacke.

„Lotte!“ Verzweiflungsschrei! Ist er ’n Dreikäsehoch, ’ne Null, ’ne Gummipuppe? Er ist doch jung und stark, beweglich, guter Turner. Was will denn der, der Kerl? Der Klotz? Der stumme Klotz? Aber der lacht. Nun lacht der Mann. Steht breit und überlegen, stämmig, untersetzt, wie ’n Ringkampf-Sieger aufm Rummelplatz. Und lacht. Das gibt dem Glogauer einen Riss. Er schämt sich vor Lotte, wird blass vor Scham. Die wird nun gleichfalls lachen. Das Lachen wird der vergehen! Kurt Heinersdorf schäumt vor Wut, reißt die Kartoffelhacke hoch, blitzschnell, und da – und da –! Zwei Schläge, mehr noch, aus heiterem Himmel, sind fünf Sekunden, aus. Da sackt der Eisenbahner ab, mit weichen Knien, rutscht vorwärts, dann zurück, und liegt wie Holz, das Holz ist stumm.

Flucht durch Berlin

Stille. Es ist wie in der Kirche. Das Schweigen schwingt sich an den Strebepfeilern hinauf. Das Herz, ganz schüchtern, verkriecht sich in der Brust wie ein Vogel im flaumigen Nest. Wenn jetzt die Orgel einsetzt, ist's wie Erdbeben, das die Grundpfeiler der Kirche schüttelt wie Halme im Wind.

Aber die Orgel setzt nicht ein, die Pfeiler knicken nicht, die Stille hält an, eisige Stille, das Herz, mit spröder Zähigkeit, tickt wesenlos im Gehäuse des Körpers. Die Zeit geht weiter, Welle folgt auf Welle, erhabene Gefühllosigkeit, auf Tag folgt Nacht, auf Nacht folgt Tag, zwei Menschen hängen im Raum, wie Tannenzapfen in frostiger Einsamkeit, aber der Strom des Lebens geht durch sie hindurch, hält sie wach, martert sie mit Wachheit. An den Lehnen des Sofas kleben Kurt Heinersdorf und Lotte Streit. Sie möchten schlafen, todmüde, aber die Nerven unter der Haut sind Nadeln, die nach ihnen stechen, ohne Unterlass.

Unter ihnen, im wesenlosen Nichts, liegt der Dritte, oder das, was blieb vom Dritten. Der Eisenbahner liegt auf dem Boden, schon erstarrt. Ihn stechen keine Nadeln. Der ist nur Schatten, Holzklotz, Schweigen. Mit seinem hölzernen Gesicht das feindliche, eisige Schweigen, das den Raum erfüllt.

Aber wie er so liegt, kalt, stumm und gefühllos, schießt Kraft in ihn, überirdische Kraft. Die füllt den hohlen Körper, bläht ihn auf wie einen Gummischlauch. Da wächst der Tote, reglos, greift um sich, reglos, nun ein Fass, eine Tonne, hebt sich und wächst und wächst. Im

Dunkel, zwischen Sofa und verrostetem Herd, schwillt der Tote wie 'n Baum, der in Saft schießt. Nun hebt er sich über die Sofalehne, sein Schatten schluckt das Dunkel über, das Dunkel zwischen Sofa und Herd. Die Laube wird eng, so dehnt sich der Tote, er ist ja Laubenbesitzer, er pocht auf sein Recht. Nun berührt sein Schädel die niedrige Decke, die Arme stützen sich von Wand zu Wand, nun atmet er, erhabene Gefühllosigkeit, die Wände splittern, die Balken knicken.

Kurt Heinersdorf jagt durch die Gärten. Levkojenweg. Rosmarinweg. Aequatorstraße. Lotte Streit hinter ihm her, die Beinchen zappeln. „Mensch! Dir sticht er wohl? Nu nimm doch Vernunft an!" Da stutzt der Junge. Seine Schläfen brennen. Tausend Nadelstiche im Gehirn. „Was denn? Was ist denn?" Wie von ferne. Der ist ja Nachtwandler, der Junge. Den muss man ja halten.

Am Eingang zur Laubenkolonie steht eine Bank. Auf die zieht Lotte den Glogauer. Der lässt sich willenlos ziehen. Viele Menschen gibt es, die leben ihr Leben, eine endlose Kette von Tagen, eintönig, im gleichen Takt, der Weg *zur* Arbeit, der Weg *von* der Arbeit, es ist alles geregelt, abgezirkelt, das Dasein ist ein Bienenstock, geometrisch gleiche Waben, oder Webwerk, Faden legt sich an Faden, nichts, was das Gleichmaß stört. Und andere gibt es, die erleben ihr Schicksal in wenigen Tagen. Eine Wolkenwand zieht auf, aus heiterem Himmel, ein schwefelgelber Sack, der sich plötzlich im Gepolter des Donners entleert. Der Tornado deckt Häuser ab, Ställe, Scheunen. Er macht nicht Halt vor Städten, vor Wäldern. Wie Streichhölzer knicken die stärksten Stämme ein, Trümmerhaufen sind Dörfer und Städte, es ist das Werk von Minuten, Zornausbruch des Himmels, und die Sonne, die in erhabener Gefühllosigkeit aus den Wolken bricht, beleuchtet ein Feld der Vernichtung. Kurt Heinersdorf ist Opfer des Tornados. Blut überschwemmt sein Gehirn. Er gerät in den Hagelschlag. Zornrausch, Erbteil von Mutters Seite her, wird ihm zum Schicksal. In der Laube liegt ein Mann, tot. Er aber hängt auf einer Bank, hängt im Weltraum, in einem seidenfeinen Spinnennetz, das sich von Stern zu Stern spannt. Was tun? Was tun? Das Blut trommelt ihm in den Adern.

Lotte Streit neben ihm. Sie ist wie ein Wasservogel, mit öligem Gefieder. Das Wasser rieselt ab von ihm, Feder für Feder zieht er durch den Schnabel, er sitzt in der spärlichen Sonne, ohne Kältegefühl, trocken und durchaus geborgen. Lotte Streit fürchtet sich vor toten Männern, die wie Holz auf dem Fußboden liegen und doch noch eben warm und begierig den Arm um ihre Schultern schlangen. Der Begriff Schuld ist ihr gegenwärtig. Er ist wie eine Warnungstafel mit Paragraphen und Strafandrohung. Schuleindrücke werden wach, Mahnungen aus dem Konfirmandenunterricht. Die zehn Gebote, die Erbsünde, der jüngste Tag, Himmel und Hölle. Aber das sind Begriffe, die sich mit Büchern verknüpfen. Was hat *sie* noch mit Büchern und Schule, Ermahnungen und Geboten zu tun? Der Wasservogel schüttelt sich, da rieselt das Wasser aus dem öligen Gefieder, Feder für Feder zieht er durch den Schnabel, er sitzt in spärlicher Sonne, ohne Kältegefühl, trocken und durchaus geborgen.

Lotte Streit, auf der Bank, in spärlicher Sonne, hat nur *einen* Gedanken: Raus aus der Laubenkolonie! Beine machen! Weg von dem toten Klotz in der Laube! Untertauchen! Wann merkt denn einer, dass der Eisenbahner tot ist? Der ist doch selber schuld, so ’n Hund, so 'n starker, mit Muskeln, hart, harter Arbeiter, der fragt nicht, ob sie will, ob nicht, der deckt sie zu mit seinem Körper, der fragt nicht lange. Nun aber tot. Das Leben geht weiter. Sie zerrt den Glogauer vorsichtig am Ärmel. „Los! Mensch! Türmen!" Der schaut sie an, tief aus Gedanken, die Gedanken hängen an dem Toten, er kreist um die Tat, eine Laube ist da, im Dunkel der Laube ein Mädchen und der fremde Mann. „Lotte!" Er brüllt auf. Aber der Schrei ist nur innerlich. Es ist ihm wie ein Riegel vor der Kehle. Abgeschnürt der Atem. Aber das Herz klopft hohl, hämmert gegen ein Nichts, die Adern sind zum Platzen. „Na, was denn?" Beschwichtigende Mädchenstimme. Lotte sitzt da, die Augen komisch weit von der Nase entfernt, kleine, weiche Nase, voller, sinnlicher Mund. Ihre Blicke schwimmen – na, was denn? –, sie ist doch kein Mann, und Mädchen sind flatterhaft. Sie hat gar keine rechte Vorstellung von dem, was gewesen ist. Sie ist wie eine Raupe unterm Blatt, wie 'n Kohlweißling im Gemüsegarten, alle ihre Sinne sind wach, aber Denken tut weh, sie hat das nicht gerne.

Der Glogauer starrt sie entsetzt an. Ist denn das nichts, einem Toten ins Antlitz geschaut zu haben, dem ersten Toten, der sein Dasein verdunkelt. Er hat mal gesehen, wie ein Hund überfahren wurde, nur 'n Hund, aber er vergisst nicht den brechenden Blick der hilflosen Kreatur, kann ihn nicht vergessen. Und nun der Mensch, gefällt vom Schicksal, von *seiner* Hand gefällt! Ein grober Klotz, riecht nach Erde und Teer, das Auge hart, ohne Gefühl, nur Gier, nur Gier. Aber der Tod wirft einen Schleier über alles Harte, es weht eine leise Majestät um den Körper am Boden, den leblosen Kadaver. Ist *das* der Tod: Schauer und Schuldgefühl, dennoch auch Klarheit, Verklärtheit, namenloses Verzeihen, Gnade, die mit Posaunen die Stille füllt?

Kurt Heinersdorfs Auge ist trocken. Der Tränenstrom ergießt sich nach innen, befeuchtet sein Herz. Gott ist in der Nähe, das fühlt er, aber die Gedanken sind weit davon entfernt, es zu ahnen. Gottes Schleppe hat seinen Fuß gestreift. Der Tod, majestätisch und stumm, ist der Schleppenträger Gottes. Der Eisenbahner aber, verklärt in Glorie und Glanz, darf einen Zipfel der Schleppe Gottes mit seinem Finger berühren.

Kurt Heinersdorf erschrickt und schämt sich seiner irdischen Schwäche. Nun blinzelt Gott unter buschigen Wimpern. Sein Blick ist fragend auf ihn gerichtet.

Der Gymnasiast misst Lotte mit einem einzigen, richtenden Blick. Die lebt und sitzt in der Sonne, sie hat ein Lächeln auf den Lippen, und ihre Lippen blühen in harmloser Neugier. Begreift sie denn nicht? Wer ist denn schuld an der Tat? Sie! Sie!! Man hat ein Mädchen, es hängt an einem, weich, weiche Puppe, sein Blick ist zärtlich, seine Finger streicheln. Das ist doch Besitz. Das gibt doch Rechte. Aber das Mädchen weiß nichts von Rechten, es ist wie ’ne Blüte, die Sonne scheint, und die Blüte öffnet sich durstig, Schmetterlinge kommen, Käfer klimmen an ihr empor, sie ist ein kleiner Blütenfleck in der Natur, *ist* die Natur und gehört allen. Allen! Soll er sie schelten? Soll er sie schlagen? Erster, wilder Schmerz erfahrungsloser Jugend. Man glaubt zu besitzen, aber *was* ist Besitz? Man tötet. *Warum* tötet man? Ein Körper sackt ab, Knie werden weich, Augen brechen. Aber die Sonne scheint weiter, der Wind weht, die Erde kräuselt sich, erste, zarte Keime wagen sich hervor, ein Flieger brummt zwischen Dunst und Sonne, eine

Kinder-Windmühle knarrt in einem der Gärten, und ein Mädchen sitzt neben ihm auf der Bank, schwimmender, wehrloser Blick, animalische Lippen, entwaffnendes Lächeln in neugierigen Mundwinkeln.

Auf! Davon! Er jagt wie gehetzt. Lotte hinter ihm her. Da ist die Ausfallstraße. Der heitere Fridolin. Planken. Planken. Hockey-Club 97 e. V. Friedhof. Möbelwagen-Lagerplatz. Kohlen. Holz. Und das beginnende Meer von Häusern.

Ein Autobus hält. Sie fackeln nicht lange. Der Schaffner greift Lotte unter den Arm. Zwei Plätze. Nur noch oben! Sie schwanken die schmale Eisentreppe hinauf. Der Autobus stampft. Sie halten sich an der Stange. Wohin? Nur fort! Nur fort! Kurt Heinersdorf zahlt die paar Groschen. Seine Hand zittert. Sie sitzen eng. Lotte dicht an seiner Schulter. Es ist wie im Film. Der Filmstreifen fliegt vorüber. Häuser. Straßen. Straßen. Häuser. Sie sitzen auf dem Verdeck des Autobus und schauen den Anwohnern im ersten Stockwerk der Häuser in die Fenster. Unten die Läden. Herrenwäsche. Schreibmaschinen. Fotoapparate. Preußische Klassenlotterie. Eis- und Puffersalon. Das fliegt vorüber. Der Autobus rattert.

Neben Kurt Heinersdorf sitzt einer, der rechnet im Durchschreibblock. 5 Pfund Nussschokolade. 5 Pfund Fondant. 3 Pfund Honighäppchen. 5 Pfund Edelbitter. Schütteres, blondes Haar. Runde, untersetzte Figur. Zwischen die Beine geklemmt schwarzer Patent-Musterkoffer. Der Glogauer achtet nicht auf ihn. Sein Blick schwimmt an den Häusern entlang, mit den Häusern. Die Fahrt ist mühsam, aber der Gymnasiast wünscht, sie ginge nie zu Ende. Ein Windstoß fegt dem Fahrgast an seiner Seite den Durchschreibeblock aus der Hand.

Automatisch greift der Gymnasiast danach, reicht ihn dem Nachbarn und – zuckt zusammen, im tiefsten Innern von blasser Erinnerung erhellt. Der Nachbar zuckt auch, farbloses Lächeln, und bückt sich emsig über sein Geschreibsel. Schon schwimmt der Glogauer wieder in voller Fahrt. Schirmfabrik. Schmerzlose Zahnbehandlung. Destille Zum Prösterchen. Polizeirevier. Und doch hakt sich im Dunkel seines Bewusstseins ein Bildchen fest. Stecknadelgroß. Schütteres, blondes Haar. Runde, untersetzte Figur. Ein Gesicht, schon eher schwammig. Volle, durchblutete Lippen. Ein Lächeln, das die milde Oberfläche kräuselt. Nun verdichtet sich das Bild. Schlesischer Bahnhof, Wartesaal 3. Klasse (für Reisende mit Traglasten). In der hintersten Nische ein Tisch mit Kindern. Der Fürsorgejunge ist da. Paul Mielenz, der Page vom Metropolis-Palast. Lotte Streit mit roter Baskenmütze. Alfred Schütte, der lange, scheue Hannoveraner. Und mitten unter ihnen, mit Nussschokolade, Fondant und Edelbitter, Herr Tölle, Stadtreisender in Nonplusultra-Schokolade Ignaz Silberstern!

Kurt Heinersdorfs Blick hängt an dem Nachbarn. Er möchte versinken vor Angst und Scham. Aber seine Lippen fragen, *müssen* fragen: „Sind Sie nicht Herr Tölle?“ Herr Tölle macht sich schmal. Die Augen werden ganz klein und farblos. Er drückt die Zungenspitze gegen die Unterlippe und überlegt, wie er sich dem unerwünschten Annäherungsversuch gegenüber verhalten soll. Dann schießt Sonne in seinen Blick, joviale Wärme und Biederkeit. „Richtig, wir kennen uns ja. Schlesischer Bahnhof!“ Der Glogauer nickt bekümmert. Wo ist die Vergangenheit? Ein Vulkanfibre-Köfferchen. Ein Portemonnaie, siebenundachtzig Mark, sechzig

Pfennige Inhalt. „Und Alfred Schütte – wo haben Sie den gelassen?“ Wieder macht sich Herr Tölle schmal. Sein Blick wird hart und undurchsichtig. Abweisend rau der Klang seiner Stimme: „Alfred Schütte –? Ist wohl 'n kleiner Irrtum Ihrerseits?“ „Sie wissen doch! Den Sie auf dem Schlesischen Bahnhof engagiert haben für Musterkoffertragen!“ „Ach, der!“ Herrn Tölles Auge sprüht verzweifelt. „Hat nur zwei Tage ausgehalten. Ist verduftet. Mit meinem neuen Paletot und zwanzig Mark.“ Kurt Heinersdorf ist fassungslos. Wer hätte das dem scheuen, mädchenhaften Alfelder zugetraut? Das heißt – er stutzt –: Wer traut ihm selbst zu, dass er ein Menschenleben auf dem Gewissen hat? Sein Antlitz wird fahl, und seine Brust fällt ein. Der Autobus rattert, und die Häuser schwimmen.

Herr Tölle streift ihn mit behutsamem Blick. „Wenn Sie wollen – Sie können zu mir kommen!“ Der Glogauer erschrickt. Ein Rettungsring fliegt auf ihn zu. Er braucht nur danach zu greifen, schon ist alle Gefahr beseitigt. Aber da fühlt er den Ellenbogen Lotte Streits an seinem Ärmel. „Ich bin ja nicht allein. Nämlich –.“ Herr Tölle zeigt dem Mädchen die kalte Schulter. „Zwei kann ich nicht durchfüttern.“ Und dreht sich kategorisch nach der anderen Seite. Da sprudelt der Gymnasiast bombastisch, mit frechen Lippen: „Ich bin ja in der Markthalle, feste Stellung. Und Autowäscherei kann ich auch bekommen.“ Herr Tölle fühlt, dass seine Überlegenheit ins Wanken gerät. Er muss also einen Pflock zurückstecken. „Braucht ja nicht gleich zu sein. Vielleicht 'n andermal. Es ist immer gut, man hat Adressen in der Tasche.“ Und drückt ihm ein Kärtchen in die Hand. Clemens Tölle, i. Fa. Nonplusultra-Schokolade Ignaz Silberstern. Und

Straße mit Hausnummer, Stockwerk. Immer korrekt. Der Glogauer steckt das Kärtchen in die Tasche. Herr Tölle muss aussteigen. Nickt farblos, weht vorüber, farblos. Der Autobus fährt an und rattert. Häuser. Häuser. Straßen. Straßen.

Mit einem Mal sind sie im Lustgarten. Auf einer Bank. Drüben das Schloss. Der Dom. Im Rücken die Museen. Tauben stolzieren umher. Die Leute sind gut angezogen. Kindergärtnerinnen. Ein Trupp Soldaten. Die besichtigen Sehenswürdigkeiten dienstlich. Kurt Heinersdorf macht ein bekümmertes Gesicht: Da wäre er auch gern dabei. Die Kaiserlichen Gemächer. Und die Museen. Die Domglocken beginnen zu läuten. Autos fahren. Elegant. Er aber gehört nicht zu dieser Welt. Mit ihm geht's abwärts. Beamtensohn, verkommen in der Weltstadt Berlin. Aber Lotte Streit seufzt sehnsüchtig: „Kiek ma, 'n Eismann! Nu wird's bald Frühling. Vanille und Himbeer. Ess ick für mein Leben gern."

Es ist ein Abgrund zwischen ihm und Lotte. Das Mädchen schwimmt wie 'n Blatt auf der Spree. Er aber ist schwer wie 'n Ziegelstein. Der geht unter. Berlin – das sind vier Millionen Menschen. Noch mehr. Sie haben Ohren und Augen zum Hören und Sehen. Wer hört ihn denn? Wer sieht ihn denn? Nächstenliebe – hat er in der Schule gelernt. Die laufen alle hastig vorüber, niemand will vom andern was wissen. Jugend streckt die Arme aus. Wer hilft denn der Jugend? Da sind die Parteien. Nazis. Und Kommunisten.

Die Kommunisten ballen die Faust und grölen „Heil Moskau!" Die Nazis werfen die Hand in die Luft und grölen „Hei'tler". Sie singen das Horst-Wessel-Lied und haben eiskalten Hass in den Augen. Ein paar Schüsse knallen. Schon sackt einer in die Gosse und wird nach der nächsten Sanitätswache abgeschleppt. Schuss in den Bauch. Mensch, der lebt nicht mehr lange. Die Schupos lassen sich nicht blicken. Die denken: „Macht euren Dreck alleene!"

Kurt Heinersdorfs Gedanken wandern. Wer wird denn von Schlagworten satt?

Es gibt auch Kinder, die helfen sich selbst. Alte Gesichter, verdorbene Augen. Jugend-Kolonnen. Die gehen auf Arbeit aus. Die knacken Automaten auf. Schokolade, Pfefferminz, gebrannte Mandeln. Die haben das im Griff, sind Spezialisten. Und andere stehen in den Passagen. Die finden Anschluss. Kinderfreunde mit flackerndem Blick warten vor billigen Schaufenster-Auslagen oder lustwandeln mit weichen, schlurfenden Schritten. Die nicken nur mit dem Kopf. Da laufen die Kinder hinterdrein wie hinter dem Rattenfänger von Hameln.

Vier Millionen Menschen. Noch mehr. Was gilt ein Kinderleben? Froschlaich in den Gräben verkommt. Fischschwärme verrecken. Vögel im Nest erfrieren. Samen weht übers Feld und verdorrt auf Steinen. Aber die Natur ist überreich und kann ja verschwenden. Wer zählt die Blütenkeime, die im Frühjahr verregnen, wenn der Herbst mit vollen Früchten prahlt?

An der Litfaßsäule stehen ein paar Menschen, die lesen. Das Plakat, neu, leuchtet rot. Belohnung! Mord in einer Laubenkolonie! Der Besitzer der Laube, Eisenbahn-Vorarbeiter, tot aufgefunden. Eine rote, gestrickte Mütze, sogenannte Baskenmütze, am Tatort zurückgelassen. Sachdienliche Mitteilungen, die zur Ergreifung des oder der Täter führen können, nimmt das Polizeipräsidium, Morddezernat, entgegen.

Blitzschlag! Und krachender Donner! Kurt Heinersdorf steht stumm. Aschfahl das Gesicht. Die Beine versagen ihm den Dienst. Rot lodert das Plakat. 1 000 Mark Belohnung auf seinen Kopf! 1 000 Mark! Dafür fahr ich nach Johannesburg und weiter. Indien, Japan, hinauf nach Alaska. Verkriechen. Verkrieche dich, Junge. Aber die Hunde sind hinter mir her. Wer hat denn noch Kraft zu fliehen?

Tränen schießen ihm in die Augen. „Mensch!", warnt Lotte und reißt ihn fort. „Willst wohl noch heute aufm Alex übernachten?" Er taumelt seinen Weg. Die Brücke. Die Spree. Spreekähne werden unten bugsiert. Der Schlepper qualmt. Mitten durch den Qualmstreifen taumelt der junge Mörder.

Eins steht fest: Sie können nicht beieinanderbleiben. Erstes Gebot: Man verwischt die Spuren, die zur Ergreifung des Täters führen könnten. Er gibt dem Mädchen die paar Groschen, die er in der Tasche findet. „Such dir Nachtquartier!" „Na, und du?" Wegwerfende Handbewegung. Lotte Streit drängt sich dichter an ihn. „Mach nur keine Dummheiten, Kurt!" Er spürt die Wärme ihrer Glieder. Das ist Lotte, sein Mädchen. Er hat mal 'n Mädchen gehabt. Stolz des Sekundaners. Vorbei. Er will nicht mehr reden, er kann nicht mehr. Er blickt nicht auf, geht weiter, empfindungslos, stur. „Morgen Mittag, zwölf Uhr, Bahnhof Börse!", weht die Stimme des Mädchens hinter ihm her. Er nickt gedankenlos.

Totentanz 1930

Zimmerling, Theaterrequisiteur und Gewohnheitstrinker, ist in Form. Die Premiere steht unmittelbar vor der Tür. Da flitzt er wie so 'n Bumerang, der immer wieder zu seinem Ausgangspunkt, dem National-Theater, zurückkehrt, durch Berlin, um mit List und Gewalt die Ausstattungsgegenstände zu erraffen, die eine üppige Regisseurfantasie herbeizuzaubern befiehlt. Eigentlich hält Zimmerling auf Häuslichkeit, vorausgesetzt, dass der Alkohol, gut gelagert, rasch greifbar ist. Seine Zweizimmerwohnung ist vollgestopft mit Requisitenfundus, der ihm Existenz bedeutet. Rokoko-Tischchen, Renaissance-Bank, Indianer-Speere, Öldrucke, französische Kürassierhelme von anno '70, Biedermeier-Nähtisch und Jugendstil-Kredenz. Dazu gipserne Nationaldichter, moderne und antike Hausgräuel, die büßende Magdalena, Kavalleriesäbel, bayerische Bierkrüge, eine Monstranz, Studentenkappen, imitiertes Totengerippe, Tambourins und Bockbierfest-Girlanden. Das braucht man bei's Theater! Der Spielplan wechselt, der Geschmack des Publikums wechselt.

Ein Requisiteur muss auf alle Eventualitäten gefasst sein. Zimmerling greift nur hinein in seinen Vorrat, schon zieht er jeden gewünschten Stil ans Tageslicht. Trotzdem ist so 'n Regisseur unersättlich in seinen Wünschen, und man muss laufen, um die verrücktesten Dinge ausfindig zu machen. „Mutter, ick jehe. Dicke Luft heute. Jeneralprobe.“ Er umfasst seinen stehenden, hängenden, hockenden, liegenden Fundus mit düsterheroischem Blick. Zweizimmerwohnung, vollgestopft mit Trödelkram. Wildgewordene Kleinbürgerlichkeit. Entfesselung aller Stile und Stillosigkeiten.

Paul Mielenz kaut noch an der Frühstücksstulle. Aber er ist parat zum Mitkommen. Erste Premiere seines Lebens. Das schießt ins Blut, trommelt durch alle Adern, gibt den Schritten Elastizität, dem Auge Feuer. Er ist eben Optimist, Paul Mielenz, trägt 'ne rosenrote Brille vor den Augen, die dicke Wolken in den blauen Dunst auflöst. Der Junge hat 'ne gute Natur, fällt immer auf die Füße, lacht, wenn's auch nischt zu lachen gibt, ist blond, inwendig, blond und blauäugig, und der liebe Gott meint's gut mit ihm.

Frau Zimmerling, mollig, doch vom Zahn der Zeit benagt, lächelt den beiden wehmütig nach, wie sie die Treppe hinuntertrampeln. Die Frau hat Sorgen, die ihren runden Busen voll und ganz ausfüllen. Nicht, dass Zimmerling ihr Kummer bereitete, der Mann ist gut, wenn auch Säufer, man gewöhnt sich an alles, aber im Körbchen hinter der Tür liegt Männe, der dackelähnliche Haushund, und wird nicht wieder werden. Man geht zum Tierarzt, trägt Männe am sorgenden Busen, der Wärter legt den Hund auf den Tisch, der Tierarzt, im weißen Kittel, untersucht, knetet, untersucht wieder, schüttelt den Kopf. „Gute Frau, nicht viel zu machen!" Nur ein paar Worte, sachlich, uninteressiert. Aber die Frau steht da, mollig, Schleier vor den Augen, das Herz im Busen krampft sich ihr zusammen. Männe! Unser Männe! Der Hund is treu. Der Hund schlägt an, wenn 'ne Treppe tiefer 'n Schlüssel im Schloss sich dreht. Der macht Apport und Männchen, is folgsam, obwohl doch Dackel von Rechts wegen ohne Disziplin sind. Man liebt doch den Hund, hängt an ihm, nun schon acht Jahre.

Mit einem Mal: „Gute Frau, nicht viel zu machen!" Das schneidet ins Herz. So 'n Hund ist doch keine Sache. So 'n Hund is 'n Mensch. Aber die Umschläge um den Leib, was die schon nützen! Männe liegt im Körbchen, apathisch, stumpfe Augen, ganz heiße Nase, und will nicht fressen. Du wirst doch nich, Männe, und spielst mir den Streich – abzukratzen?! Männe gibt keine Antwort. Mit kurzem Atem. Fiebrig. Gute Frau, nicht viel zu machen! Und Frau Zimmerling wischt sich mit dem Schürzenrand die geröteten Augen.

Paul Mielenz und Zimmerling treffen im Theater ein. Die sieben Musiker stehen wie schwarze Raben am Eingang, und ihre Miene ist von Berufs wegen bedrohlich. Der Requisiteur seufzt tief und ahnungsvoll. Dicke Luft! Paule, nu sieh zu, wie die Direktion das wieder deichselt! Lola Maybach, die Soubrette, trällert vor ihrem Spiegel in der Künstlergarderobe und legt Rouge auf. Frau Ziegelewsky, die verhutzelte Garderobiere, kniet am Boden und steckt den Volant mit Nadeln fest. Vor dem Direktionsbüro geht der singende Liebhaber mit den Händen in den Hosentaschen auf und ab und klappert mit zwei Groschenstücken und einem Sechser. „Keen Erfolch ohne Krach auf de Jeneralprobe!", sagt Frau Mielke, die Reinemachefrau, und bohnert das Linoleum im Kassenflur. Und mit wohlwollendem Seitenblick auf die Kassiererin, die hinter der Glasscheibe wie das Veilchen im Verborgenen blüht: „Wissen Se noch, Fräulein Jettchen, bei Alt-Heidelberg –? Oder war's Husarenfieber? Da gab's doch den Stunk zwischen dem Bongfifang und dem Direktor. Seitdem trägt doch der Direktor sein neues Gebiss. Aber 'n Bombenerfolch is es jewesen!"

Die Musiker sind wie der versiebenfachte Shylock. Sie bestehen auf ihrem Schein, das heißt, auf den tariflichen Abmachungen. Es ist jeden Tag das Gleiche mit ihnen, die haben keinen Sinn für Kulanz, muss man schon sagen. Erst zahlen, dann blasen! ist ihre Devise, die hängt jedem wie ein Spruchband zum Halse heraus. Der Direktor sitzt im Büro, hinter verschlossener Tür, auf einem durchbeulten Rohrstuhl, und stiert mit seinen Basedow-Augen mitleiderregend den leeren Kassenschrank an. „Morjen, Herr Direktor!", flötet Paul Mielenz, der durch die Hintertür Eingang gefunden hat. Aber der Sekretär fällt seinem jugendlichen Eifer mit dämpfendem „Schschtt –!" in die Zügel. Begräbnisstimmung. Der Pleitegeier nistet auf hohlem Geldschrank. Die blauen Adler auf den Klebestempeln des Gerichtsvollziehers nicken ihm hoheitsvoll-kollegial zu. Der Sekretär zieht den Atem verschüchtert durch die Nase. Der singende Liebhaber, draußen auf dem Korridor, klopft rhythmisch gegen die Tür und kräht tenoral: „Macht man endlich auf? Hat man Geld, hat man kein Geld? Wird gespielt, wird nicht gespielt? Ich fordre Antwort!" Da springt der Direktor, wie von der Tarantel gestochen, von seinem Rohrstuhl, sein bekümmertes Komikergesicht nimmt einen flehend-brutalen Ausdruck an, er trommelt an die Innenfläche der Tür und übertrifft den singenden Liebhaber an Prägnanz des Ausdrucks, an Rhythmik der Gesten: „Man macht nicht auf. Man hat kein Geld. Man ist pleite. Gehen Sie zum Henker, Herr Spiegelberg. Oder beschaffen Sie mir fünfunddreißig Mark zinslos bis zum 15." Herr Spiegelberg lacht, eine höhnische Lache. „Ihr Zynismus ist bodenlos, Direktor." Der jugendliche Komiker und der Chargenspieler kommen hinzu und verstärken den Feind vor den Mauern. „Ich bin studiert als Bettelstudent!“, ruft der jugendliche Komiker durchs Schlüsselloch. „Wenn Ihnen das etwas nützen kann, Herr Direktor!“ „Bagage! Nennt sich Künstler! Verlotterte Barbiergehilfen!“ Das direktoriale Gesicht läuft blaurot an, und auf dem kahlgeschorenen Schädel krümmen sich die Adern wie Regenwürmer. Paul Mielenz, hinterm bescheidenen Schreibtisch, blond, inwendig und blauäugig, Stoßseufzer: „Wenn jetzt Herr Krückeberg käme, der würde das Ding schon schmeißen!“ Atemlose Stille. Ein Engel fliegt durchs Direktionsbüro. Der Direktor, ein Ertrinkender, hält sich am Stuhl und lallt: „Warum hast du Lausejunge Herrn Krückeberg nicht schon längst alarmiert? Gott, Gott, wo hatte ich meine Gedanken? Los! Avanti! Lauf! Zu Herrn Krückeberg hin, Geschwindschritt, mit Empfehlung vom Herrn Direktor, Herr Direktor lässt bitten, Holland in Not, S.O.S.-Ruf eines renommierten Kunstinstitut-Leiters!“

Paul Mielenz macht Beine. Am singenden Liebhaber vorbei, an den sieben Raben vorbei, wichtigste Persönlichkeit des Unternehmens, reitender Bote auf papierdünnen Sohlen. Blond, blauäugig, kennt sich aus in der Welt, fällt immer auf die Füße, weiß nichts von Mutlosigkeit, Verdruss, unkt nicht, lacht, wenn's auch nischt zu lachen gibt. Hin zu Herrn Krückeberg. Klavier-Fabrik C. H. Krückeberg und Sohn. Aber wie er durch die Torfahrt steuert, elegant und ohne die Kotflügel zu strapazieren, kommt ihm was verdächtig vor. Es liegt in der Luft. Die Luft ist grau. Es ist eine Stille im Hof. Die Transmissionen schweigen. Nanu, Feiertag? Vorm Kontor steht ein Haufen Leidtragender. Die lassen die Köpfe hängen. Bedrohliches Getuschel. Insolvenz der seit dreiundfünfzig Jahren bestehenden Klavierfabrik C. H. Krückeberg und Sohn. Wie gemeldet wird, liegen für die Gläubiger dieser angesehenen Firma der Klavierbranche die Aussichten für die Ausschüttung einer Quote auf ihre Forderungen ungünstig. Den Aktiven von 76 459 RM steht eine Passivsumme von 235 282 RM gegenüber. Bei den Aktiven sind noch 37 835 RM Vorrechtsforderungen zu berücksichtigen. Von 116 730 RM Dubiosen werden voraussichtlich nur 21 475 RM eingehen.

Zeichen der Zeit! Neues Opfer der wirtschaftlichen Bedrängnis! Die glorreiche Ära der „Klosterglocken" und des „Gebets einer Jungfrau" ist ein für alle Mal vorüber. Wo sind die höheren Töchter, die in verflossenen Jahrzehnten mit Hängezopf und Musikmappe zum Klavierunterricht trippelten? Gibt es überhaupt noch höhere Töchter, Hängezöpfe und Musikmappen? Nie mehr die sanftblütigen Etüden Czernys, die noch sanftblütigeren Sonaten Kuhlaus und Clementis! Stattdessen Konservenmusik in allen Etagen, Radio und Grammophon wild durcheinander, Jazz in Büchsen, Beethoven und Mozart in Scheiben. Das gibt der altangesehenen Klavierindustrie den Knacks. Herr Krückeberg ist nicht mehr länger imstande, den Schein patrizischer Solidität zu wahren. Die Dubiosen sind ihm über Nacht zum Berg angewachsen, von dem er abstürzt. Die Insolvenz von Goldschmidt, Rosenberger und Peterssohn Bankkommandite, deren reger Kunde und Geschäftsfreund er ist, tut ein Übriges, um ihn auf der zusammengeschmolzenen Liste der Kreditwürdigen auszulöschen. Paul Mielenz findet den Klaviergewaltigen allein, er schlägt, sanft geistesgestört, mit den Armen Takt und bewegt die Lippen wortlos. „Herr Krückeberg! Herr Krückeberg!

Das National-Theater –!" Der Klavierfabrikant taktiert weiter. Den Aktiven von 76 459 RM steht eine Passivsumme von 235 282 RM gegenüber. „Es handelt sich um fünfunddreißig Mark zinslos bis zum 15.!" Paul Mielenz bettelt mit Geduld und Nachsicht. Der Fabrikant konzertiert lautlos. Da kann man nichts machen.

Moderner Totentanz. Goldschmidt, Rosenberger und Peterssohn eröffnen ihn, Bankkommandite in Konkurs, C. H. Krückeberg und Sohn folgen, samt geistesgestörtem Chef, nebst Gattin, zur Zeit Sanatorium Dresden-Loschwitz, die Klavierbauer torkeln hinterdrein, Tischler, Polierer, Kontoristen, der Direktor des National-Theaters, mit bekümmertem Komikergesicht und schreckhaften Basedow-Augen, der singende Liebhaber, der jugendliche Komiker, die Chargenspieler, Lola Maybach, die Soubrette (ihr Extrachanson trällernd), nebst Logenschließern, Reinemachefrauen, den sieben Shylock-Raben, dem Veilchen an der Kasse, Paul Mielenz nicht zu vergessen, Laufjunge und Direktionsstellvertreter a. D.

Totentanz! Totentanz! Die Zeit läutet mit dumpfen Glocken. Wegen Mangel an Substanz fällt die für heute angesetzte Premiere aus. Infolge Erkrankung des Chefs der Firma, Egon Krückeberg, muss sich die Hauptdarstellerin, Frau Krückeberg-Gmelin, in ein Sanatorium nach Dresden-Loschwitz zurückziehen.

Mit fassungslosen Hundeaugen schleppt Zimmerling seine Requisiten von der Bühne ab, ungläubig und kleinlaut horcht Paul Mielenz auf den Herzschlag der Zeit. Faul! Faul! Oberfaul!, klopft es rhythmisch in seinen Adern. Metropolis-Palast, Hundezwinger. Der Kanonier Koppe, Artillerieregiment 45. Und nun National-

Theater, Plüschbrüstung im 1. Rang, aber die Motten sind im Plüsch, die Tapeten hängen von den Wänden, der Direktor sucht nach einem festen Haken, der sein Körpergewicht trägt, und der Pleitegeier horstet lieblos, fühllos auf ausgepowertem Kassenschrank.

Der Käfig

Vier Millionen Menschen und mehr. Die Untergrundbahnen speien sie aus. Stadtbahn. Ringbahn. Die Elektrischen stauen sich in den Straßen. Autobusse, zweigeschossig, poltern zwischen Taxis und Lieferwagen. Jeder hat seine Arbeit, das ist der Ast, auf dem er sitzt. Aber die Abgebauten liegen auf der Nase, morscher Ast. Die Arbeitslosen gehen stempeln. Es ist eine schlimme Zeit, heimtückische Zeit, es dröhnt von ewigem Erdbeben, und die Erde wirft Falten. Umschichtung. Neuschichtung. Was soll noch werden? Erschreckte Gesichter, verängstigte Blicke. Auch Bankdirektoren krachen, auch Villenbesitzer verkommen. Eine neue Sintflut steht vor der Tür, die Menschen laufen in Kolonnen, wie Giraffenherden, die vorm Steppenbrand fliehen, die Untergrundbahnen speien sie aus, vor den Arbeitsnachweisen stauen sie sich zu Haufen, Demonstrationszüge am Lustgarten, Alex, Kurfürstendamm. Es ist eine allgemeine Not der Herzen, eine Verwirrung der Begriffe, die Schupos schlagen mit Gummiknüppeln drein, und am Wedding wird geschossen. Nirgends aber ein Rufzeichen von Bord der Arche Noah, die uns alle aufnehmen könnte.

Ein Junge hat auf dem Laubengelände einen Vierzigjährigen erschlagen. Affekthandlung. Motiv: Eifersucht. Die Plakate des Polizeipräsidiums leuchten von allen Litfaßsäulen. Vier Millionen Menschen und mehr laufen tagtäglich daran vorüber. Sie haben andere Sorgen, andere Interessen. Der Junge läuft gehetzt mit der Herde, wer kümmert sich um ihn? Das Häusermeer ist wie ein Käfig, dem kann er nicht entrinnen. Aber im Käfig taucht er in der Flut der Mitgefangenen unter. Es ist ein Gekreisch und Gezank, die Eisenstäbe klirren, Sand spritzt, und der Lärm ist ohrenbetäubend.

Abend kommt. Kurt Heinersdorf blickt auf. Straßenschild: Andreasplatz. Kurz vor Geschäftsschluss. Die Häuser stehen grau, einförmig. Aber der Springbrunnen auf dem Platz plätschert bescheiden. Eine Marmorbalustrade spreizt sich, mit Frauenfiguren darauf, nebst Kindern. Die marmornen Frauen lächeln ein wenig verlegen von ihren Piedestalen herab, eigentlich gehörten sie in den Tiergarten, aber nun sitzen Arbeiter zu ihren Füßen, Frauen mit Umschlagtüchern und Markttaschen klagen über das Elend des Daseins, Kinder kreischen und spielen Schupo und Kommunisten. Eine junge, blasse Frau redet fanatisch auf ein paar Männer ein, die kauen verlegen an ihrer Pfeife: „Der Arbeiter schläft. Wenn der Arbeiter will, hat er die Macht. Aber Schlappschwänze seid ihr. Wenn ihr nur euren Wochenlohn versaufen könnt! Wer denkt denn von euch ans Ganze?"

Es ist eine powere Gegend, trotz Springbrunnen und Marmorbalustrade. Die Sorge schaut aus jedem Fenster. Die Straßenhändler überbieten einander an Rhetorik. Aber noch eindringlicher ist das unterirdische Raunen, das die Massen miteinander verbindet.

Um Kurt Heinersdorf kümmert sich niemand. Er kauert auf der Marmorbank, apathisch, ohne Halt und Ziel. Wenn man das Gestern auswischen könnte wie die boshafte Karikatur auf der Schultafel! Wenn man aufatmend sich die Augen reiben könnte, Gott sei Dank, alles war ja nur ein Traum! Aber die Wirklichkeit ist zäh und unerbittlich. Was geschehen ist, ist geschehen. An den Litfaßsäulen leuchten die roten Plakate des Polizeipräsidiums, und am Andreasplatz sitzt ein junger Mörder, unerkannt unter vier Millionen Menschen und mehr.

Die Angst treibt Kurt Heinersdorf weiter. Er läuft, planlos, und die Häuser gleiten von ihm ab wie Spiegelbilder im Wasser. Die Dunkelheit wächst. Müdigkeit überfällt ihn. Wo unterkriechen, gehetztes Wild? Auf dem Güterbahnhof stehen die leeren Wagen. Viehwaggons, warm und schmutzig. Man braucht nur übers Staket zu klettern, die Böschung hinunterzutrudeln, schon hat man die Auswahl. Kurt Heinersdorf steht, ans Staket gelehnt, Hände in den Hosentaschen, aufmerksam. Die Luft ist kühl und feindlich. Gaslaternen blinzeln. Der Gymnasiast nimmt die Hände aus den Taschen, umklammert das Staket und will es überklettern. Da, Pfiff, schneidend! Eine grauweiße Wolke wälzt sich herauf und versperrt die Aussicht. Kurt Heinersdorf lässt die Arme sinken. Die Lokomotive setzt sich in Bewegung. Der Güterzug setzt sich in Bewegung, Viehwaggons, Kokswagen, Planwagen, Bremserhäuschen. Das alles gleitet unter seinen Blicken fort, verschwindet. Was bleibt, sind die leeren Gleise. Ein Weichensteller trottet neben der Strecke her. Die Luft ist feindlich. Gaslaternen blinzeln.

Kurt Heinersdorf hat sich schon wieder in Bewegung gesetzt. In der Autowäscherei weiß er Bescheid, in der er gearbeitet hat. Dort unterkriechen? Aber die haben Tag- und Nachtdienst. Tankstelle, Garagen für Herrenfahrer und Taxen. Die werden ihn erwischen, schlechtes Geschäft. Er schlendert oder taumelt seinen Weg weiter. Kesselschmiede Gebrüder Ostorff. Da liegen die verrosteten Kessel im Gras, Teerkessel, Brauereibottiche, ausrangierte Ware, zerlöchert. Man kriecht in den Unterstand, Granattrichter, und ist geborgen. Aber hinter der Planke streichen Hunde entlang, die sichern das Gelände. Besuch von Pennbrüdern höflichst verbeten. Der Glogauer macht kehrt, ohne Entschluss, zermürbt. Die Häuser rücken dichter, werden grauer. Die Höfe sind verrußt, die Wohnungen verwanzt. Brandmauern vor den Fenstern. Ein Stück Himmel oben zwischen den Dächern. Die Schupos gehen zu zweien und vieren. Unsichere Gegend um den Schlesischen Bahnhof.

An einem Hauseingang macht Kurt Heinersdorf halt. Durchfahrt zum Hof. Prellböcke auf beiden Seiten. Das Tor verschlossen. Der Junge setzt sich auf den einen Prellbock und sackt zusammen. Er möchte weinen, aber er kann nicht weinen. Mein Gott, wie soll das enden? Am besten, er schreit es in die Nacht hinaus: Schupo! Hier ist er ja, den ihr sucht! Holt ihn euch doch! Legt ihm Handschellen an! Kurzen Prozess gemacht! Aber dann weiß er auf einmal: Er darf sich ja nicht verraten. Da sind die Eltern in Glogau. Angesehene Leute. Er beschmutzt das Ansehen der Eltern, beschmutzt das Ansehen der Schule. Er muss sich verkriechen, lautlos, wie ein angeschossenes Wild, ihm ist nicht zu helfen.

Ein Mann kommt die Häuser entlang, ausgelatschte Schuhe, die Hosen wie Zunder, Rockkragen aufgeschlagen, Schiffermütze, fettig. Der stolpert über den Jungen, glotzt, überlegt. Dann: Wink, lautlos, weiter. Kurt Heinersdorf erhebt sich, stumm fragend, geht hinter dem Mann her. Der dreht sich mal nach ihm um. „Papiere?" „Wie bitte?" „Ob de Papiere hast? Ausweispapiere?" Der Junge schüttelt den Kopf. „Zaster?" Der Glogauer überlegt. Dann zögernd: „Sechzig Pfennig." „Das langt für die Platte." „Platte?" „Mensch! Schaute! Die Penne!"

„Ach so!“ Es ist wie ein Seufzer der Erlösung. Irgendwo sich niederlegen können, schlafen, wenn auch auf nacktem Boden. Er taumelt weiter. Der Mann schiebt dicht an den Häusern entlang. Plötzlich macht er halt. Ein paar ausgetretene Stufen führen in den Keller hinab. Vielleicht Schusterwerkstatt oder Budike. Hinter den verdreckten Fensterscheiben klemmt Pappe, Schnapsplakate, Kautabakplakate, umgedreht. Aber durch die Ritzen dringt trüber Schein. Im Keller ist Licht. Der Mann klopft. Es dauert lange, eh sich was rührt. Dann dreht sich der Schlüssel im Schloss. Eine dicke Schlampe, schwarz, polnisch, stramm, öffnet. „Zurück vom Knast!“, grinst der Mann und streckt ihr die Hand entgegen. „Ach, du bist's? Alter Gannew!“ „Geliebte Kalle!“ Er schiebt sich an ihr vorbei. Sie will schon schließen. „Halt! Da is noch eener.“ Der Mann zeigt auf den Glogauer, der steht geduckt, schuldbewusst. Die Alte fixiert den Jungen prüfend. „Hat er Kies?“ Der Mann nickt und zieht Kurt Heinersdorf mit sich rein in den Keller.

Der Keller ist dunkel, obwohl Licht brennt. Der Keller ist feucht, und die giftige Tapete rollt sich. Der Keller ist eigentlich ein langer Gang, wer weiß, wohin der Gang führt. Es riecht nach Schimmel und Moder. Die Luft ist kalt. Ist denn so 'n Unterschlupf menschenwürdig? Aber man sieht ja: Der Betrieb geht. Adlon ist anders, oder Esplanade. Einmal klingeln: Stubenmädchen. Zweimal klingeln: Zimmerkellner. Dreimal klingeln: Hausdiener. Damen- und Herrenfriseur im Hause. Die verehrlichen Herrschaften werden gebeten, eine Hauptmahlzeit tunlichst im Hotel einzunehmen. Hier ist nur die Wirtin. Aber die hat ihre Gäste stramm im Zuge. „Sechzig Fennich haste? Abliefern die Mesumme!“ Der Glogauer greift schüchtern in die Tasche und kratzt seine Groschen zusammen. Die Poln'sche prüft jeden Pfennig. Dann steckt sie das Geld in die Ledertasche unter der Schürze. Der Junge trauert dem letzten Rest seines Kapitals erstarrt nach. Da lacht die Frau, ohne Güte: „Mensch, mach nich so 'n Bonum! Dalli, Trittchen aus und pennen!" Kurt Heinersdorfs Begleiter streift ihren Arm. Er zwinkert verständnisvoll: „Lass man. Der is machulle. Gib mir lieber was zu schickern." „Is nur Laatsch da." „Fui Deibel! Kaffee is Kittchen-Champagner." Aber er tröstet sich und trinkt in einem Winkel das gewärmte Wasser. Der Glogauer gleitet stumm in die Knie. Sein Lager ist eine Schütte Stroh, die liegt hier schon Monate, angefault. Darauf ein zerrissener Woilach. Neben ihm schlägt einer im Schlaf um sich, grauer Mann, ausgehöhlt, blutlos. Der träumt von Polente, die hetzt ihn sein Leben lang. An der Wand Lager neben Lager, Mann neben Mann. Es gibt Asyle für Obdachlose, die Heilsarmee sammelt den Abfall der Gesellschaft, die Landstreicher und Pennbrüder kommen unter die Brause, ihre Kleidung wird entlaust, die Betten sind sauber, der Magen bekommt eine warme Suppe zu spüren. Aber über dem Eingang zum Asyl leuchtet unsichtbare Schrift: Ausweispapiere vorzeigen! Die Schrift droht wie das blitzende Schwert des Erzengels, der das Tor zum Paradies bewacht. Wer hat denn gleich Ausweispapiere? Und wenn, sind die in Ordnung? Die Arbeiter sind Mitglieder der bürgerlichen Gesellschaft. Krankenkasse, Invalidität. Wer arbeitslos ist, geht stempeln. Hat alles seine Ordnung und Richtigkeit. Auch Walzenbrüder und Tippelschicksen zücken den Heimatschein oder Geburtsschein, wenn der Landjäger aufm Fahrrad sie überholt. Aber die da unten, im feuchten Gang, bei der Poln'schen, die haben nichts als ihre verfluchte Angst und ein schlechtes Gewissen. Die Polente ist hinter ihnen her, die hat Fingerabdruck und Steckbrief. Man kann nicht ruhig schlafen, auch nicht da unten, einziger Trost bleibt, dass der Keller zwei Ausgänge hat wie so 'n Fuchsbau und dass man hinten verduften kann, wenn vorne das Schlamassel an die Tür klopft.

Kurt Heinersdorf wagt nicht, die Augen zu schließen. Böser Traum erfüllt seine Wachheit. Das Herz klopft ihm unter der Jacke, und der Ekel steigt ihm bis zum Hals hinauf. Leben! Ist das ein Leben? Er friert im kalten Moder, der ihm entgegenschlägt. Kamerad zur Linken, Kamerad zur Rechten, wer sind wir noch im unfrohen Schein der blakenden Petroleumlampe? Fortgeworfene Lumpen, die im Keller faulen! Abschaum der Gesellschaft, Ungeziefer, dem man mit Gift und Gas ans Leben geht! Lohnt es sich denn, dem anderen Tag entgegenzuharren? Erschrecken wir nicht vor uns selbst, wenn uns der fahle Schein des Morgens auf oberster Kellerstufe entlarvt? Das Beste ist, die Feuerwehr räuchert den Unterschlupf, samt Brut, die ihn erfüllt, erbarmungslos aus. Aber das Mitleid ist eine kühle Institution. Ihre Aufgabe ist es, Fragebogen mit peinlicher Korrektheit auszufüllen. Die Menschlichkeit ist so unmenschlich, dass sie erschrocken davor zurückscheut, die Ärmsten, Unwürdigsten von der Last des Weiterlebens zu entbinden.

Am anderen Morgen drängt das alles zum Kaffeetopf und *will* leben. Gottlob, eine ruhige Nacht! Die Polente hat sich nicht blicken lassen. Die Kellertür klappert geschäftig. Das humpelt und trappelt die ausgetretenen Stufen hinauf, schrammt ab und verliert sich wie Rinnsal im Sand, nach Regen. Auch Kurt Heinersdorf atmet erneut Straßenluft. Das ist wie Befreiung von Albdruck und bösen Träumen. Es kommt fast etwas wie Schwung in ihn, Lebensfreude, Selbstvertrauen, als ob er einer Todesgefahr entronnen wäre.

Er steht an der Spree. Da sind die Spreekähne. Kahn Margarethe, Breslau. Kahn Arcona, Oderberg. Weiter unten die Schlepper. Schlepper Friedrich Karl. Schlepper Anne Liese. Der Kahn Johannes Kolpe, Zepernick, wird ausgeladen. Ziegelsteine. Kies. Kurt Heinersdorf streicht sehnsüchtig am Geländer entlang. Neu-Kölln am Wasser. Da ist die Schifferbörse. Vereinigung der Schiffsmakler. An der Fischerbrücke. Hamburger Laden, Marine- und Berufskleidung. Überm Wasser im Gleitflug ein paar Möwen. Es riecht feucht, fast wie nach Hafen und Meer. Im Schaufenster liegen Schiffermützen, Hosen, Sweater, Matrosenjacken. Wasserstiefel. Nebenan An- und Verkauf von Schiffen, Schiffshypotheken, Versicherungen. Offener Plauer Maßkahn, 1901 erbaut, 65 mal 8 m, 625 tons auf 1,72 m Tiefgang, Inventar vollständig, Breslauer Geschirr, 23 000 Mark. Rheinkahn, Plattdeck, 1898 in Holland erbaut, 242 tons, drei Laderäume, vier Schotten, liegendes Steuer, 1928 auf Land gewesen, 15 000 Mark. Restaurant zum Anker. In der kleinen, dunklen Stube, rund um die Theke sitzen die Schiffer und trinken Nordhäuser oder Grog. Andere spielen Karten. Jenseits der Straße: sämtliche Baustoffe. Mauersteine, Kalksandsteine. Klinker. Chamottewaren. Gips. Weißkalk. Portland-Cement. Ein Kahn liegt breit vor der Rampe. Der wird verladen. Eine Kabine ist da mit Schornsteinrohr. Der Schornstein raucht. Hinter den zwergkleinen Fenstern

Geranienstöcke. Und Hühner haben die aufm Kahn. Lebendige Hühner, die gackern in einer Kiste.

Kurt Heinersdorf drängt näher und staunt. Die Kähne fahren die Spree und die Havel hinab. Die Havel mündet in die Elbe. An der Elbe liegt Hamburg. Es geht zwar langsam, aber es geht. Eines Tages geht man in Hamburg vor Anker. Die Ladung wird gelöscht. Der Junge geht an Land und treibt sich im Hafen herum. Natürlich hat der Dampfer Saint Louis, Bestimmungsort Kapstadt, längst die Anker gelichtet. Aber andere Dampfer sind da, mit gleichem Bestimmungsort. Man lässt sich anheuern, als Kohlentrimmer, oder kommt, wenn alle Stricke reißen, als blinder Passagier an Bord. Einerlei! Nur erst an Bord sein, auf der Nordsee schwimmen, Kanal, Atlantik. Ein neues Leben anfangen, ohne Angst, ohne Schuldbewusstsein, man ist ja jung, Himmel, und das Leben liegt vor einem.

Er verschlingt den Kahn mit seinen Blicken. Der Schiffer steht vor ihm, graue Strickjacke, Schiffermütze, Stummelpfeife zwischen braunen Zähnen. „Was, dat könnte so schmecken, junger Mann?“ Kurt Heinersdorf wacht auf aus seiner Verzauberung. „Schmecken?“ „Ich meine man: rut aus Berlin, flussab, Brandenburch, Magdeburch, Hamburch!“ „Hamburg!“ Die Blicke des Gymnasiasten leuchten. „Hat der Herr auch Geld?“ Ein wasserklares Auge liegt prüfend auf dem Antlitz des Glogauers. „Geld?“ Kurt Heinersdorf stottert. Dann kess: „Ich habe gewettet. Ohne Geld um die Welt.“ „Und die Papiere?“ Wieder das schreckliche Wort, Schwert des Erzengels vorm Eingang zum Paradies. Der Junge steht und senkt die Lider. Er wird blass und findet keine Lüge. Der Schiffer kneift das linke Auge zu. Da vertieft sich das

Faltengekritzel des verwitterten Gesichts. „Lütjen Ausflug gemacht, wa? Vater weiß nix, und Mutter rutscht vor Angst aufm Küchenstuhl rum, weil der Junge zur Vesper nich nach Haus kommt. Teuf man, lass dich nich fassen, Kleiner! Loop zu, mach Beine!“ Er lacht, gutmütig und doch unerbittlich. Kurt Heinersdorf weiß: Hier geht kein Weg, der ins Freie führt. Flucht, ja, doch wohin? Das Häusermeer ist wie ein Käfig, dem kann er nicht entrinnen.

Lotte Streit hält das Geld in der Hand, Kurt Heinersdorfs sauer verdientes Geld, eine Mark fünfunddreißig. Sie steht mitten auf dem Bürgersteig und überlegt. „Hoppla, Frollein!“ sagt einer belustigt, fasst sie um die Taille, schiebt sie galant beiseite. Die Leute drängeln, das geht unentwegt in der Hetze, Stehenbleiben is nich. Der Kesse, der sie wie ’n Paket abgestellt hat, ist schon an der nächsten Straßenecke. Lotte geht weiter, eigentlich unmutig. Ihr dünnes Fähnchen ist fadenscheinig im Wind. Ohne Baskenmütze. Die liegt jetzt aufm Alex als Corpus Delicti. Sie hat mal einen Freund gehabt. Kurt Heinersdorf hieß er. Aber der is fort, über alle Berge, wegen Angst vor der Polente. Ob die sich wiedersehen, morgen Mittag, zwölf Uhr, Bahnhof Börse?

Sie läuft die Straße entlang, und wenn wo ein Schupo kommt, geht sie vorsorglich auf die andere Seite. Linienstraße. Nun macht sie langen Hals. Bäckerei und Konditorei von Franz Karsuntke. Frau Karsuntke steht hinterm Tresen und schneidet ein halbes Kastenbrot ab. Ob die wohl ahnt, dass drüben neben der Wein- und Bierdiele, zweiter Eingang vom Flur, Lotte Streit steht, ihre verflossene Lotte Streit, Brötchenausträgerin für Mulackstraße, Gormannstraße, Rückerstraße? Das Mädchen schneidet ein hämisches Gesicht. Wie aber Ingeborg Karsuntke ausm Hinterzimmer kommt, Inge, die Fünfjährige, und ihrer Mutter 'n Stück Streuselkuchen abbettelt, da schießen unserer Lotte Tränen in die Augen wegen verlorenem Paradies und so. Soll sie rüberlaufen? Tach, Frau Karsuntke! Und alles ist wie ehedem, sie rechnet Brötchen ab, und die Karsuntken gibt ihr altbackene Schrippen für Muttern mit, die kocht Semmelsuppe zum Abend? Aus! Aus! Vorbei! Soll sie nach Haus gehen? Tach, Mutter! Da bin ick wieder. Als ob nichts gewesen wäre? Kein Ausrücken, kein Rumtreiben, kein Wegbleiben, tagelang? Ja, wenn der Stiefvater nich wäre! Aber der Stiefvater wirft ihr die Latschen an den Kopf, Mutter glubscht sie wütend an, schreit: „Miststück!“ und schließt sie in die Bodenkammer zur Strafe. Nein! Nein! Nur das nicht! Sie hat mal einen Tag und eine Nacht in der Bodenkammer zubringen müssen. Nachts ist furchtbar. Da rascheln die Mäuse zwischen altem Papier und Gerümpel, die pfeifen so verzweifelt, weil nischt zu fressen für sie ist, haben denn die Menschen zu fressen? Das steigt herauf in Lottes Bewusstsein, sie bekommt eine Gänsehaut, sie will nicht, will nicht zurück zu Muttern, und die Karsuntken kann ihr den Buckel runterrutschen.

Ihr Gesichtsausdruck wird böse, die Tränen sind schon getrocknet. Zwei Bengels schleichen durch den Hauseingang in die Wein- und Bierdiele. Is Damenbedienung, die Rotzbengels fangen ja früh an. Lotte Streit trottet weiter. Bülowplatz. Alexanderplatz. Sie braucht auf einmal Wärme und Lärm und Menschen. Automatenrestaurant ist gut. Halbes Brötchen mit Lachs. Halbes

Brötchen mit Eier. Sie lutscht an Limonade. Ihre Backen bekommen Farbe. Nachher ist sie schon muntrer. Die Laternen fangen auch an zu blinzeln, in den Fensterauslagen wird Licht. Die Zeitungsverkäufer rufen die Abendblätter aus, und die Mädchen gehen auf den Strich.

In der Rosenthaler Straße fasst sie einer unter und lacht geduckt. Der sieht ja verhungert aus, die Backenknochen stehen vor, die Augen liegen tief. Dabei ist er jung, fünfundzwanzig vielleicht, und nicht hässlich. Der lacht, aber sein Lachen ist traurig. „Na, wat denn?“, fragt Lotte, eher mitleidig, und sieht ihn kühl-verwundert an. Der drängt sich dichter, mit den Lippen fast an ihrem Ohr, und flüstert: „Mitkommen?“ Lotte staunt: „Wer, ich?“ „Nee, ich! Oder wohnste bei deine Eltern?“ Nun lacht Lotte, aber laut und ausgiebig. „Kiek den ollen Schammes!“ Der junge Mann streift ihre Züge mit seinem melancholischsten Blick: „Ich bin Elektrotechniker. Ich hab bei Siemens gearbeitet. Aber die Stelle ist hin. Mir haben se bei kleine Unregelmäßigkeit geschnappt. Nu sitz ich seit ’nem halben Jahr auf Straße. Macht aber nischt. Kann ich nich dein Freund werden?“ Lotte richtet sich auf. Streng und selbstbewusst. Was will denn der von mir? Was denkt denn der von einem? Seh ich aus wie ’n Strichmeechen? Ich bin doch Lotte Streit und mein Freund war ’n Gymnasiast aus Glogau. „Mensch!“, sagt Lotte mit ihrer tiefsten Stimme. „Mensch, wenn ick ’ne Bleibe hätte, wär ick fein raus. Ick bin doch selbst ohne Stellung, und zu Muttern trau ick mir nich. Hau ab, Mensch, bei mir nischt zu machen!“ Der Melancholische starrt sie enttäuscht an, ein tiefer Schatten fliegt ihm übers Gesicht. Er zieht den Arm behutsam hinter ihrem Arm hervor und ist schon in der Menge der Passanten verschwunden. Lotte lacht lautlos vor sich hin. Wat et allens jibt!

Kino! Sie denkt: Da möcht ick rin! Harry Piel klettert, stürzt, balanciert, turnt und tanzt sich in die Herzen seiner Verehrerinnen. Dazu „Die Herrin von Kastell Miramar“. Das sensationelle Doppelprogramm. Vorm Eingang stehen die Meechen und die Luden. Es sind auch Arbeiterinnen da: Kartonfabrik. Blusennäherinnen, Federn en gros. Sie hängen vorm Kino wie Eiszapfen an der Dachrinne und denken: Wenn eener käme, mir mit rinnehmen! Lotte hat noch fünfundachtzig Pfennige. Soll sie das letzte Kapital für Kino rausschmeißen? Außerdem ist ihr traurig zumute, sie schwimmt wie so 'n Stück Holz die Spree hinunter, mal schneller, mal langsamer, nu dreht sich das Holz, nu verweilt es, wie nachdenklich. Aber ist das ein Leben? Sie ist doch Abfall. Wer fischt sie denn aus der Spree, Stück Holz, zu nichts nütze?

Die Herrin von Kastell Miramar ist eine schöne Frau, wenigstens auf den Plakaten. Aber die hat *auch* nichts zu lachen. Ein maskierter Mann dringt mit dem Dolch auf sie ein, und mit der linken Hand würgt er sie. Wer da reingehen könnte, sich das ansehen! Kino is schön und so gruselig. Gruselig is doppelt schön. Aber Lotte Streit steht auf der Straße, und es fängt sachte an zu tröpfeln. Ihre Gedanken spielen um die Plakate, ohne festes Ziel, eher verschwommen. Harry Piel ist ihr Typ. Schöner Mann! Am liebsten wäre ihr einer, der 'n Auto hat. Is doch schon vorgekommen, dass einer mit'm Auto so 'n Mädel wie sie einladet: Komm mit! Und sie fahren los – nich etwa Chausseewanze, so 'ne Hupe mit vier Rädern –, sondern richtjes Auto. Raus aus Berlin, vielleicht nach der Schweiz, Italien oder Heringsdorf, was weiß ich.

Lotte Streit lächelt verstohlen, ist ja so billig zu träumen und im Traum glücklich zu sein. Aber Wirklichkeit? Wie ist denn das mit Wirklichkeit? Der sie anspricht ist dreißig, vielleicht dreiunddreißig, nicht sehr schick, kleiner Beamter etwa oder Kontorist. Bügelfalte is nich, der Rock eher zu eng, weil Bauchansatz, aber der Filzhut ist schon Sommerhütchen, ein wenig schief überm rechten Ohr. Also, der nimmt sie mit ins Kino und bezahlt für beide. Sie setzen sich, das Kino ist eng, die Stühle knarren. „Gebrannte Mandeln! Schokolade! Saure Drops!" Lotte Streit ist für Drops. Der kleine Beamte oder Kontorist kauft für 'n Groschen. Das Mädchen lutscht hörbar und glubscht ihn von der Seite an. „Sie sind doch verheiratet, Sie! Zeigen Sie mal Ihren Ring! Sie sehn doch so verheiratet aus!" Der Mann lacht gluckernd. Der hat den Ring in der Westentasche, einen abgetragenen, billigen Trauring. Ohne Ring is besser. Die Frau ist bei der Schwester in Rathenow. Die Schwester entbindet. Nun ist der Mann Strohwitwer für acht Tage. Fix mal Atem holen, man muss die Feste feiern, wie sie fallen.

Nach Kinoschluss gehen die beiden Arm in Arm, schräg gegeneinandergedrängt. Der Mann summt vor sich hin: „Wenn gnäd'ge Frau gestatten, begleit' ich Sie nach Haus! Wozu bemühn den Gatten, der macht sich nicht viel draus!" Aber bei Aschinger gehn sie rein und essen Bockwurst mit Kartoffelsalat. Der Mann bezahlt alles. Lotte Streit redet nicht viel, isst und trinkt und lebt wie so 'n Maikäfer in den Tag hinein.

Nachher nimmt er sie mit in seine Wohnung. Zweizimmerwohnung. Kleine Küche. Wohnstube mit Vertiko. Schlafzimmer. Zwei Betten. Darüber Blumenstück, oval, in Goldrahmen. Der Mann ist Bürger, das sieht man ja. Der hat sein Auskommen, vielleicht Pension. Aber die Frau ist in Rathenow, da schlägt er über die Stränge. Lotte Streit kneift die Augen zusammen und blinzelt durch die Lider. Sie fühlt sich mit einem Mal auch bürgerlich, wie eine junge Frau, die von der Hochzeitsreise kommt und ihr Heim betritt. Geblümte Tapete ist ihr Fall, auch mit den Gardinen ist sie einverstanden. Sie macht sich am Nähtischchen zu schaffen und will wissen, wie denn seine Frau aussieht. Der kleine Beamte oder Kontorist wird verlegen. Von seiner Frau wollen sie lieber nicht sprechen. Schließlich: Er ist ja treu und häuslich, Ausnahmen beweisen die Regel, die kann sich nicht beklagen, und verloren geht ihr auch nichts. Aber jetzt will er ihren Namen nicht hören, die kleine Krabbe soll den Mund halten. Er drückt Lotte in seine Arme und schließt ihr den Mund mit einem Kuss. Der kann küssen. Lotte denkt, sie ist nun Frau, der Mann ist nach Haus gekommen und will was haben für sein Geld. Sie lächelt ganz versponnen, ohne Künstelei, und ihre Scham ist echt und lieblich.

Nachher will er mit ihr schlafen. Sie merkt: Bestimmung des Weibes. Das ist die Natur. Pferde ziehen Wagen. Hunde müssen das Haus bewachen. Getreide wächst und wird gedroschen. Schweine und Kälber gehen zur Schlachtbank. Mädchen sind nicht zum Vergnügen da. Wenn einer kommt, ein Mann, und Geld gibt oder Nachtquartier, darf man nicht nein sagen. Auch in Fabrik gibt's Wochenlohn nur gegen Arbeit, die Arbeit ist hart. Lotte Streit hat Glück. Der Mann freut sich und ist dankbar, da kann die Frau lachen, dass sie so 'nen soliden Mann hat.

Das Mädchen ist von einer kühlen Wärme, ohne Leidenschaft, schicksalhaft beruhigt. Das Geheimnis fällt von ihr ab wie Blattwerk vom Baum, wenn's herbstelt.

Morgens muss der Mann raus, ins Büro. Er packt Stulle und Thermosflasche in die Aktentasche, und alles ist vorüber. Lotte Streit sagt kein Wort. Sie trinkt ihren Kaffee und freut sich über die Waschgelegenheit. Sie wirft noch einen letzten Blick ins Schlafzimmer. Die haben richtige Betten und Nachtschränkchen und einen seegrünen Papierschirm auf der Gaslampe. Sie selbst wird nie verheiratet sein, kein Nähtischchen haben, keinen Gasautomaten in der Küche, keinen Briefkasten vor der Tür. Sie geht voraus, die Treppe hinunter, allein, schon verschwimmt das Idyll, das sie verlassen muss, vor ihrem inneren Auge. Es war schön, denkt sie und atmet beruhigt. Manche müssen auf der Bank schlafen, im Friedrichshain, andere auf leeren Spreekähnen, die überwintern. Sie dagegen hat's bürgerlich gehabt, Muscheln aufm Vertiko, gerahmte Ansichtskarte: der Berliner Dom. Koloriert. Sie fängt auf einmal an zu laufen, die Treppe hinunter, dass der Mann nicht nachkommen kann. Wozu denn Abschied? Ach, was! Neuer Tag. Neues Kapitel. Soll doch der bei seiner Frau bleiben, der Durchgeher, der Windhund! Sie läuft um die Ecke, ihre Augen brennen. Viele Mädels laufen neben ihr her, die beginnen ihr Tagwerk oder kommen vom Bummel nach Haus.

Der Wunderwald

Auf dem Hackeschen Markt ist ein Autobus in 'ne Elektrische gefahren. Der Vorderperron hängt zerbeult, zerquetscht. Glasscherben. Schwerverletzt: Else Kowalsky, Lehrmädchen, Brunnenstraße 59. Leichtverletzt: Bruno Lohfeuer, Kassenbote, Badstraße 12, Frieda Nippel, Kochfrau, Prinzenallee 73. Es hätte auch schlimmer abgehen können. Menschenansammlung. Die Elektrischen stauen sich. Die Feuerwehr bimmelt. Ein Krankenauto ist schon zur Stelle. Ein Hilfswagen der Straßenbahn soll das Verkehrshindernis abschleppen.

Zwölf Uhr mittags, Bahnhof Börse. Kurt Heinersdorf ist zur Stelle, blass, übernächtigt, mit unsteten Blicken. Von Lotte Streit keine Spur. Der Glogauer patrouilliert auf und ab. Dann lenkt das Straßenbahnunglück seine Aufmerksamkeit auf sich. Die Menschenmenge steht wie 'ne Mauer am Rinnstein und macht langen Hals. Die Schupos haben ihre liebe Not, die Neugierigen zurückzudrängen.

Lotte Streit kommt die Rosenthaler Straße herauf und gerät in den Strudel. Aber Kurt Heinersdorf steht auf der entgegengesetzten Seite, eingekeilt. Was soll man da machen? Et wassen twe Künigeskinner, de hadden enanner so lef, de konnen to nanner nich kummen, dat Water was vil to bred.

Kurt Heinersdorf macht kehrt, unruhig und sorgenvoll. Der Bahnhof Börse hat zwei Eingänge, er läuft vom einen zum andern. Keine Lotte weit und breit. Das Mädchen versucht, über den Damm zu gelangen, aber der Schupo schiebt sie barsch zurück. Da macht sie einen großen Bogen, Kleine Präsidentenstraße führt schließlich auch ans Ziel. Aber die Zeit, die verloren geht! Sie patrouilliert vorm Bahnhof Börse auf und ab und verrenkt sich den Hals nach Kurt Heinersdorf. Kein Kurt Heinersdorf, wohin sie auch blicken mag! Der versucht's inzwischen wieder am Hackeschen Markt. Vielleicht steht das Mädel in der Menge und guckt neugierig zu, wie der Straßenbahnwagen in die Schienen gehoben wird. Dann kehrt er um, ohne Hoffnung, verbittert. Vor einem Schreibmaschinengeschäft bleibt er stehen. Was will er eigentlich? Warum sucht er noch Lotte Streit? Hat es einen Zweck, sich an das Mädchen zu hängen, sich an einen Menschen zu hängen? Wer kann ihm denn helfen? Er fürchtet sich vor dem sinnlosen Menschenauflauf. Warum starren sie alle den zertrümmerten Autobus, die gerammte Straßenbahn an? Kommt niemand auf den Gedanken, Kurt Heinersdorf unter die Lupe zu nehmen? 1 000 Mark Belohnung! Das Geld liegt auf der Straße. Aber alle laufen ahnungslos vorüber, die Nase in der Luft.

Monbijouplatz. Es weht etwas Kleinstädtisches um die Häuser, obwohl der Hackesche Markt nur um die Ecke ist. Auf einer der Bänke sitzt Lotte Streit. Eigentlich langweilig, so zu sitzen. Sie ist für Betrieb, für Leben, nicht für Ausruhen und Atemholen. Also steht sie gleich wieder auf und geht die Große Hamburger Straße runter. Resigniert. Der Heinersdorf ist durch die Lappen. Schade. Sie verzieht den Mund, ein wenig beleidigt. Wahre Liebe is das nich! Der hat sie sitzen lassen. Wer weiß, wo der nu steckt. Aber die Gedanken laufen ihr fort, die Große Hamburger Straße voraus. Immer die Männer! Mal der, mal jener! In ihrem Bewusstsein verschwimmen die Konturen der Einzelnen, formen sich zu etwas Gemeinsamem. Sie fühlt: Das ist ihr Leben, ihre Zukunft! Aber Leben ist überall. Und immer ist wo was Neues. Mal sehen, was an der nächsten Ecke wartet!

Monbijouplatz. In der Mitte steht das Chamisso-Denkmal. Kurt Heinersdorf bleibt unwillkürlich stehen. Die alte Waschfrau fällt ihm ein, das Gedicht haben sie in der Schule auswendig gelernt. Du siehst geschäftig bei dem Linnen / die Alte dort in weißem Haar, / Die rüstigste der Wäscherinnen / Im sechsundsiebenzigsten Jahr. / So hat sie stets mit sauerm Schweiß / Ihr Brot in Ehr' und Zucht gegessen, / Und ausgefüllt mit treuem Fleiß / Den Kreis, den Gott ihr zugemessen. Kurt Heinersdorf senkt die Stirn und schämt sich. Es ist eine Atmosphäre von Ehrlichkeit und biederem Sinn um die Büste des Dichters. Darf er hier stehen wie rechtschaffene Menschen und ruhig atmen in der Oase inmitten der Häuserwüste?

Er geht eilig weiter. Auf den Bänken sitzen nur noch alte Männer mit Tabakspfeifen. Er flüchtet durch das schmiedeeiserne Tor und steht im Monbijoupark. Nicht lärmen. Kein Papier wegwerfen. Das Palais atmet eine konservative, gravitätische Ruhe. Hühner gackern um die Wasserpumpe. Kindermädchen schieben Kinderwagen vor sich her. Die Kaiserin und Königin Augusta sitzt nachdenklich vor der Englischen Kirche. Die Hupen der Autos dringen hierher wie Rufe aus einer anderen Welt.

Kurt Heinersdorf stutzt. Ist dies noch Berlin? Ist seine Flucht geglückt? Die Bäume stehen ernst und unbelaubt. Das Palais ist preußisch steif, man geht mit Händen an der Hosennaht an ihm vorüber, als ob Posten mit geschultertem Gewehr es bewachten. Kurt Heinersdorf ist erschüttert. Der plötzliche Wechsel von Lärm und Stille wirft ihn um. Er bleibt unwillkürlich mitten auf dem Weg stehen und weiß: Er ist mutterseelenallein. Lotte – wo ist die? Eingesaugt vom Strudel der Weltstadt. Er kann rufen und suchen. Er wird sie nicht finden. Frei! Wirklich frei? Hängt er nicht im Spinnennetz, eine klägliche Fliege, und der Spinnerich mit dickem Bauch und zarten Beinen tappt lautlos heran, Schritt für Schritt, näher und näher, Schicksal, das er sich selbst heraufbeschworen hat?

Graue Hoffnungslosigkeit befällt ihn. Zittern in den Knien. Der Puls geht fadendünn. Er hält die Stille nicht aus, diese anklagende Einsamkeit. Was hat er im Monbijoupark zu suchen, zwischen Kindergärtnerinnen und Kindern? Gezeichnet, wie er ist! Er wird untergehen. Er *muss* untergehen. Seinem Schicksal entrinnt niemand.

Schon steht er wieder auf der Straße. Lärm. Autos. Straßenbahnen. Menschen. Sein Blick ist nach innen gerichtet. Sein Gang ist unsicher. Wozu leben? Ohne Inhalt? An der Litfaßsäule klebt noch immer das rote Plakat. Er sieht es wie durch Nebel. 1 000 Mark Belohnung! Der Apparat arbeitet. Im Polizeipräsidium sind die Beamten mit dem Fall beschäftigt. Er ist nicht so verloren, wie er denkt. Man kümmert sich um ihn. Man ist ihm auf der Spur. Man trägt Beweisstücke zusammen, kombiniert und konstruiert. Es wird ihm heiß vor Spannung, vor Erwartung. Sein Auge leuchtet verstohlen auf. Fast ist es wie Genugtuung, die ihn erfüllt.

Nun stutzt er und blinzelt durch halbgeöffnete Lider. Neben dem Mordplakat ein zweites. Im gleichen Rot, in gleicher Grelle. Das ist Berlin. Das ist die Weltstadt. Wölfe laufen mit der Menschenherde, mengen sich unter die harmlos Grasenden, aber ihr Atem lodert, ihre gierigen Blicke sengen. Sie wählen sich ihr Opfer aus – und da – und da –, schon schlagen sie die messerscharfen Zähne dem Opfer ins Genick!

Leichenfund! Vermutlich Lustmord! In einen Korb gepackt, gepresst, gezwängt die Leiche eines Sechzehnjährigen. Vom Anker eines Schleppdampfers geborgen. Der Anker ist der Angelhaken, der den unheimlichen Fisch aus der feuchten Tiefe ans unerbittliche Licht zerrt. Aber der Fisch zappelt nicht. Der treibt tot, schon ein paar Tage. Das rote Plakat verkündet Maße und besondere Merkmale des toten Jünglings. Daneben das Bildnis eines Knabenkopfes, mit geschlossenen Augen, in seltsamer Starrheit, das Bildnis des Toten, der in seinem geflochtenen Kahn seit Tagen unter Wasser treibt: Alfred Schütte aus Alfeld an der Leine, Wandersmann nach Schlesien, unterwegs unter die Wölfe gefallen, nun liegt sein Kadaver auf dem Polizeipräsidium, aber die Wölfe, mit starr glänzenden Augen, haben sich längst wieder ins Dickicht Berlins zurückgezogen.

Kurt Heinersdorf hält den Atem an und hört sein Herz klopfen. Kamerad, stiller, schüchterner Gefährte, Mitläufer am Morgen des Lebens, nun blickst du von der Plakatsäule auf mich herab, nicht vorwurfsvoll, nur stumm, deine Träume sind zerplatzt wie Seifenblasen, deine Glieder sind erstarrt, steinerne Starre, dein Mund, leise geöffnet, ist, als ob er ein Geheimnis verraten wolle. Aber du hast dein Geheimnis mit dir genommen, du blickst ins Getriebe der Menschen, stumm, du hängst an der Litfaßsäule, ergeben und heilig wie Christus am Kreuz. Ich aber, armer Schächer, atme, und meine Schuld ist ungesühnt.

Jeder geht seinen Weg. Und dann kommt ein Ziel. Einmal ist überall Ruhe, Ausruhen. Ich werde mich der Polizei stellen. (Das wirst du doch nicht tun?) Dann spring ich ins Wasser. Wozu noch leben? Man kommt ja doch nicht vorwärts. Ohne Abitur ist es Unsinn. Hamburg, Südafrika? Was in den Büchern steht, ist alles erfunden. Es nimmt immer einen schlechten Ausgang. Die Bücher sind romantischer Quatsch. Alfred Schütte! Wer den auf dem Gewissen hat? Der Glogauer zerknüllt in der Tasche ein Kärtchen, Visitenkärtchen, Clemens Tölle, i. Fa. Nonplusultra-Schokolade Ignaz Silberstern, aber seine Gedanken sind bei dem Toten, er treibt mit ihm die Spree entlang, er öffnet den triefenden Korb, und es ist ihm, als ob der ermordete Knabe erst jetzt seine Seele aushauche. Da läuft Kurt Heinersdorf, läuft, läuft wie ein scheu gewordenes Pferd. Wer kann seinem Schicksal entrinnen? Die Welt ist ein Käfig. Aber die eingekerkerten Tiere in ihrem Unverstand reden sich ein, sie seien frei.

Wenn jetzt einer käme, dem man sein Herz ausschütten könnte! Man läuft mit den Tausenden, man steht vor Fensterauslagen, auf einer Brücke, an der Straßenbahnhaltestelle, aber man könnte auch wie eine Leiche im Meer sanft treiben, sinken, gleiten, zwischen Fischen und Schaltieren, die den starren Fremdkörper kalt und teilnahmslos beglotzen. Die Bänke in den Anlagen stehen regennass. Wie schön, wenn wenigstens Lotte Streit auf einer Bank säße oder unter einer Eisenbahnbrücke im Trocknen auf ihn wartete. Aber die Einsamkeit presst wie ein Schraubstock. Keine Lotte weit und breit. Nur die Fische und Schaltiere, die treiben in einer steten Strömung vorüber.

Der Hunger schüttelt Kurt Heinersdorf. Der Junge besitzt keine Kraft mehr, sich nach Arbeit umzutun. Alles zwecklos. Ja, als er noch für sein Mädchen zu sorgen hatte! Aber nun hält ihn eine stumpfe Gleichgültigkeit in Fesseln. Er läuft straßauf, straßab. Er lässt sich ermüdet in einer Haustür niederfallen, wankt in die Höhe, taumelt weiter. Hunger! Er spricht einen würdevollen älteren Herrn an, furchtsam, beschämt, mit niedergeschlagenen Augen: „Haben Sie einen Groschen für mich?" Der würdevolle Herr streift ihn mit strengem Blick hinter goldner Brille von sich ab und geht wortlos weiter. Kurt Heinersdorf erschrickt. Die stumme Antwort hallt, als ob er im Keller gegen ein hohles Fass getrommelt hätte. So ist das also, wenn man betteln geht. Er kriecht in sich zusammen, fröstelnd und voller Abscheu vor sich selbst. Bei Aschinger lädt die Auslage verlockend ein, Bockwürste, in Reihen auf Stangen gehängt, Speck, Konserven, unser prima Vollkornbrot. Aber für den Glogauer ist es nur ein gemaltes Plakat, das ihn nichts angeht. Er schlurft weiter. „Haben Sie einen Groschen für mich?" Letzte Anstrengung. Der Angesprochene reagiert nicht, beschleunigt aber automatisch sein Tempo. Man kann nicht wissen, diese Arbeitslosen heutzutage! Kurt Heinersdorf bleibt wie erstarrt stehen. Sein Magen krümmt sich. Soll er sich erbrechen? Aber der Magen ist leer. Es ist sinnlos, ihn zu strapazieren. Der Gymnasiast lehnt sich an eine Hauswand und schließt die Augen. Nicht denken! Nur nicht denken! Alles geht vorüber. Auch dieses. Jeder Weg führt an ein Ziel. Welches wird sein Ziel sein?

„Es geht Ihnen gewiss schlecht?", fragt eine freundliche Frauenstimme. Kurt Heinersdorf schlägt die Augen auf und staunt. Die Frau ist rundlich, mütterlich, mit Marktnetz überm Arm und Handtasche. Sie nestelt an der Handtasche und zieht einen Fünfziger hervor. „Da, essen Sie erst mal." Dem Jungen schießen Tränen aus den Augen. Es bildet sich eine Gruppe Menschen um ihn und die Frau. Die Leute stehen, sachlich und ohne Worte, wie bei einem Dachstuhlbrand, oder wenn ein Pferd gestürzt ist. Kurt Heinersdorfs Scham ist grenzenlos. Er greift nach dem Fünfzigpfennigstück und läuft wie gehetzt davon. „Bedanken hätte er sich schon können!", sagt die Frau mit trauriger Enttäuschtheit. Die Leute lachen.

Abends landet Kurt Heinersdorf auf dem Schlesischen Bahnhof. Man dreht sich im Kreis, denkt er, nicht ohne Genugtuung. Soll er reingehen? Soll er einen Bogen machen? Er ist angenehm erregt. In der Koppenstraße hat er sich Brot gekauft, einen Zipfel Wurst. Die Wurst ist an Ort und Stelle in seinen Magen gewandert, ein Teil des Brotes gleichfalls. Jetzt fließt sein Blut mutiger, in seinen Augen erwacht neuer Glanz. Es ist lustiger, einer Gefahr die Stirn zu bieten, als ihr aus dem Wege zu gehen!, denkt der Junge und schiebt in den Wartesaal 3. Klasse.

Es ist noch still. Es riecht nach kalter Tabaksasche. Hinter der Theke hantiert die Mamsell. Ein paar Polacken schlafen an der Wand, den Kopf auf ihren Kleiderballen. Der Junge muss lächeln. Es ist noch zu früh für Polente. Verlohnt sich nicht, den Wartesaal auszukämmen. Was bleibt schon zwischen den Zähnen des Kammes hängen? Er beißt in den Rest Brot und lehnt sich ermüdet an die Wand der Nische, in die er sich verkrochen hat. Er schließt die Augen und schläft ein, ohne den letzten Bissen hinuntergeschluckt zu haben.

Von den Klängen einer Ziehharmonika wird er geweckt. Wie lange hat er geschlafen? Der Wartesaal hat sich gefüllt. Eine raue Stimme singt. Die Quetschkommode begleitet sie. Es riecht nach Bier, Knoblauch, Käse und unausgelüfteten Menschen. Kurt Heinersdorf lässt seinen Blick langsam von Tisch zu Tisch gleiten. Es ist ihm kalt, und die Hoffnungslosigkeit kriecht von Neuem in sein Herz wie die Made in den Apfel. Plötzlich blickt er überrascht in die Höhe und kneift die Augen zusammen. Ist das nicht – ? Natürlich ist das Herr Tölle, Nonplusultra-Schokolade Ignaz Silberstern. Der sitzt da wie vor Tagen, Musterkoffer unterm Tisch, und redet leise, doch eindringlich auf einen jungen Menschen ein, der neben ihm am Stuhlrand hängt, siebzehnjährig, blass und abgerissen.

Der Gymnasiast überlegt. Das Bild von damals steht ihm deutlich vor Augen: Die Corona in der Nische, jetzt versprengt, verweht, Schicksal weniger Tage, dieser Kreis junger Menschen, der auszog, das Leben zu erobern, zu überrumpeln oder doch wenigstens zu betrügen: Paul Mielenz, pausbäckig, Page ohne Vergnügungsetablissement, Fritz Knelke, fiebernd, mit tiefliegenden Augen, die Ratte, die sich einen Weg in die Freiheit bahnt, Lotte Streit, Alfred Schütte, auf der Wanderung nach Schlesien begriffen, schmalbrüstig, zart, mädchenhaft, mit der Sehnsucht im schwimmenden Blick.

Alfred Schütte –! Der Glogauer schrickt zusammen. Was ist aus Alfred Schütte geworden? Vertrauend auf die Ehrlichkeit der Menschen, ist er in eine Falle geraten, Opfer der Großstadt, geschlachtet und gemordet, wie Abfall in die Spree geworfen. Sehnsüchtiger, blonder, vertrauensvoller Junge, nun von den Litfaßsäulen herabwehend, mit leise geöffnetem Mund, doch stumm, ein Geheimnis im Blick, Geheimnis um die erstarrten

Lippen. Wer hat dich auf dem Gewissen, Alfred Schütte, lieber Kamerad?

Kurt Heinersdorf steht auf, geht hinüber an den Tisch, an dem Herr Tölle noch immer eifrig in den jungen Menschen hineinredet. Wie gezogen geht der Gymnasiast hinüber, fremd in der Fremde, zwischen Fischen und Schaltieren, aber da sitzt ja Herr Tölle, rundlich, mit Bauchansatz, schütterem Haar, weichen, üppigen Lippen, lachenden, kleinen Äuglein, und strahlt Wärme aus. „Guten Abend, Herr Tölle!" Kurt Heinersdorf steht vor ihm, nicht mehr allein, Herrn Tölle kann man sein Herz ausschütten, Herr Tölle ist ein lustiger und leutseliger Herr. Aber der Angesprochene fährt schreckhaft auf seinem Stuhl herum. Er ist jetzt immer so nervös. Sein Gesicht zuckt. Er schläft auch nicht mehr gut. Auf seinem Nachttisch liegt Brom, aber die Wirkung ist bescheiden. Mit halbgeöffneten Lippen starrt er nun den Jungen an. Es dämmert in ihm. Richtig, das ist ja der Glogauer, der Gymnasiast, natürlich erkennt er ihn, erst kürzlich die Begegnung auf dem Autobus, man trifft sich immer wieder, hehe, Berlin ist ein Kaff, es gibt keine Einsamkeit, auch wenn man von der Bekanntschaft seiner Mitmenschen mal keinen Gebrauch machen möchte.

Herr Tölle hält mit der rechten Hand zitternd den Bierfilz umklammert, auf dem die große Molle steht, und mit dem Fuß angelt er behutsam nach dem Musterkoffer unterm Tisch. Um die Mundwinkel zuckt es ihm hilflos, er studiert die Züge des Gymnasiasten fragend, lauernd, unsicher. Was will der hier? Der kennt doch Alfred Schütte. Der hat am Ende das Plakat an den Litfaßsäulen gelesen und beeilt sich, die Belohnung des Polizeipräsidiums einzukassieren. Das Blut strömt ihm zum Herzen hin. Seine vollen Lippen schimmern wächsern. Und dabei tastet sein scheuer Blick bedauernd den jungen Menschen an seiner Seite ab, der noch eben andächtig seinen Worten lauschte. Den muss er nun verlassen. Schade! Netter Junge, er hat nette Jungen so gern. Auch der Glogauer ist nicht ohne. Er lächelt ihn an, verzweifelt. Vorsicht, Vorsicht, da lauert was! Er kennt ja seinen Hang, seine Bestimmung, die reißt ihn mit sich fort. Aber nun kommt es darauf an, kalt Blut zu bewahren, Geistesgegenwart. Herrn Tölles Gesichtsausdruck wird hässlich. Sein Auge gerinnt wie Blei. Der Boden brennt ihm unter den Füßen. Wozu Bekanntschaften erneuern, schießt es ihm durchs Bewusstsein, wenn möglicherweise eine Falle lauert? Also begegnet er dem enttäuschten Blick des Glogauers mit zynischer Kälte. „Keine Zeit, keine Zeit!" Die Angst treibt ihm die Stimme den Kehlkopf hinauf. Er greift mit überstürzter Heftigkeit nach Hut und Musterkoffer, pfeilt an dem Gymnasiasten vorüber, zur Theke hin – „Zahlen! Fräulein, zahlen!" – und schießt zur Tür hinaus, den Gang hinunter, in grotesker Jugendlichkeit, hinter der fahle Verzweiflung lauert.

Der junge Mensch am Tisch, siebzehnjährig, unerfahren, staunt mit offenem Mund, bedauernd. Kurt Heinersdorf steht versteinert neben ihm. Die Lampen brennen. Der Zigarrenqualm schwimmt träge. Stimmen schwirren durcheinander, ein Mädel lacht, die Ziehharmonika gibt einen gequetschten Laut von sich. In dem Gehirn des Gymnasiasten aber erwacht ein schmaler Schimmer, der kommt einen langen Gang herauf, wird heller, immer heller und eindringlicher. Der Glogauer wirft einen gequälten Blick auf den Jungen, den Herr

Tölle schmählich im Stich gelassen hat. Sein überwaches Bewusstsein hält das Bild des Reisenden gefangen: scheue Bestürztheit wie bei einem Nagetier, das unversehens in die Falle geraten ist. Und da, jäh und blendend, wird der Schimmer zur Flamme, die grell in Gegenwart und Vergangenheit leuchtet.

Der hat Alfred Schütte auf dem Gewissen! *Der* ist der Wolf, der im Dunkeln lauert und hilflose Wanderer überfällt! Sitzt nicht sein neuestes Opfer neben ihm, siebzehnjährig, blass, abgerissen, und ist nur wie durch ein Wunder dem Schicksal des sehnsüchtigen Alfelders entronnen?

Jugend! Jugend! Von Gefahren umlauert, dem Zufall preisgegeben, zart und widerstandslos. Da ist ein Wartesaal, die Schupos patrouillieren, die Mamsell steht hinter der Theke, am Morgen wird gekehrt und gelüftet. Es geht alles seinen geregelten Gang, nüchtern, ohne Leidenschaft, die Behörde dirigiert. Aber in Wirklichkeit ist der Wartesaal ein Wunderwald, erfüllt von Drachen, Dämonen und bösen Riesen. Man sitzt an gescheuerten Tischen, aber neben dir klebt ein Fabelwesen am Stuhl, Fangarme greifen nach dir, Saugnäpfe saugen sich wollüstig fest, das Licht beginnt zu schwimmen, die Tische und Stühle schwanken, kreisen, eine Ziehharmonika grölt, aber es ist gar keine Ziehharmonika, vielmehr das Echo aus dem Wunderwald, Gesang der Geister, Lachen feindlicher Dämonen. Du springst auf, willst fliehen, aber bei jedem Schritt, den du tust, versinkt dein Fuß in einem Brei von Gummi und Gallert. Du schreist, du *möchtest* schreien, aber die Wände sind aus Watte, die saugt jeden Laut ängstlich in sich ein. Du bist verloren, rettungslos verloren, Opfer gieriger

Gewalten, am Morgen des Lebens, und dein verzweifelter Blick erblindet.

Kurt Heinersdorf springt auf, fiebernd, gepeitscht, glänzende Lichter seine Augen. Drüben die Tür: Aus dieser Tür entwich das Ungeheuer, die Schlange im Wunderwald, über den Gang wälzt sie sich, hinaus in die regengrauen Straßen ringelt die Viper, niemand erkennt sie, beachtet sie, denn schon hat sie sich verwandelt, Mimikry. Herr Tölle trippelt durch den Regen, klein, rundlich, Musterkoffer am Hosenbein, und lächelt den jungen Burschen nach, die, Zigarette im Mundwinkel, Sportmütze schief auf dem Ohr, vor hellen Schaufenstern flanieren.

Mit letzter Kraftanstrengung läuft Kurt Heinersdorf dem Ungeheuer nach. Seine Schritte hallen über den Gang vorm Wartesaal, seine Blicke fliegen voraus. Haltet ihn, haltet den Mörder, möchte er schreien, aber sein Mund schweigt zitternd, und seine Blicke ertrinken in dem Regendunst vorm Bahnhof.

„Warum denn so eilig?" Eine Hand legt sich auf Kurt Heinersdorfs Schulter. Die Hand ist ruhig, sicher. Es gibt kein Entrinnen. Der Gymnasiast hält im Laufen inne. Er staunt zu dem Mann empor, der ihn daran hindert, den Mörder Alfred Schüttes zur Strecke zu bringen. Der Mann sieht kleinbürgerlich-bieder aus, aber sein Kinn ist breit, und Zähne hat der, stark wie ein Pferd. „Warum denn so eilig?" Das klingt nach Polente.

Kurt Heinersdorf schluckt, verängstigt und eingeschüchtert. „Haben Sie Ausweispapiere?" Das ist nun sein Schicksal. Es steht vor ihm, kleinbürgerlich-bieder, aber mit breiten Schultern, stämmigen Beinen, mit ruhig atmendem Brustkasten und Händen, die nicht wieder loslassen, wonach sie einmal gegriffen haben. Der Glogauer verstummt, das Märchen nähert sich seinem Ende, soll er sprechen, soll er ein Bekenntnis ablegen? Er ist auf einmal todmüde nach Tagen der Wirrsal, möchte schlafen, nur *einmal* ruhig schlafen, morgen sollen sie ihn ins Verhör nehmen, vielleicht gibt es kein Morgen, vielleicht war alles nur übler Traum, Ausgeburt eines leeren Magens.

„Dann müssen Sie mit auf die Wache!“ ist die gelassene Antwort auf Kurt Heinersdorfs aufreizendes Schweigen. Der Gymnasiast nickt teilnahmslos. Der Geheime schiebt ihn vor sich her. Das Polizeirevier ist um die Ecke.

Schutzengel

Die Gaslaternen brennen. Die Schaufensterauslagen funkeln im Licht der Glühbirnen. Es ist eine geheimnisvolle Helligkeit in den Straßen, die sich mit der Dunkelheit des Abends verwischt und im regennassen Asphalt sich widerspiegelt. Lotte Streit döst durch das Helldunkel, mechanisch läuft sie Schritt für Schritt, das ist nun schon Gewohnheit geworden, Straße rauf, Straße runter, aber ihr ermüdetes Gehirn hat nicht mehr die Kraft, einen Entschluss zu fassen. Komisch! Nun muss sie an die Schule denken, mitten in der frostigen Einsamkeit der belebten Straßen fällt ihr der letzte Aufsatz ein, den sie vor ihrer Konfirmation geschrieben hat: Unser Schulgarten. „Jedes Kind in der Klasse hat sein Beet, das pflegt es. Auf meinem Beet wachsen Gänseblümchen und Stiefmütterchen. Die Beete werden fleißig begossen, und Unkraut wird ausgerissen und in den Müllkasten geworfen." Sie könnte jetzt denken: Ich selbst bin das Unkraut, das ausgejätet und fortgeworfen wird. Aber Lotte ist nicht für Bilder und Gleichnisse. Die weiß nicht, was Lyrik ist, aber wenn ihr der Magen knurrt, schleudert sie ihren Missmut auf das dreckige Leben, das es gar nicht gut mit ihr meint. Seht ihr nicht die leichte Wolke auf Lottes kleiner Stirn und die trotzige Falte in den Mundwinkeln des Mädchens? Die Mahnungen des Pastors in der Konfirmationsstunde hat sie längst als theoretisch verworfen. Das Leben ist anders, als es sich in der Fantasie und den Worten eines Geistlichen spiegelt. Die Trotzfalte um Lottes Mund vertieft sich, und das Grau ihres Auges wird hart und kalt. Bequemes Leben will sie haben, gut zu essen, kunstseidnes Kleidchen, mal Tanz, mal Kino. Aber das Leben, wie es sich ihr bietet, ist geizig und verschlossen, man muss schon auf eigne Faust das Schicksal korrigieren, wenn's einem besser gehen soll, als es einem in Wirklichkeit geht.

Die Lehrerin, Brille auf kümmerlich kleiner Nase, hat gut reden, wenn sie zu den Schulentlassenen sagt: „Hütet euch vor den Gefahren des Lebens. Pflichtgefühl ist die sicherste Stütze im Kampf ums Dasein." Die hat ja ihr Auskommen, feste Anstellung, Pension. Aber nun sie – Lotte Streit –, was ist mit ihr? Soll sie arbeiten? Wo findet sie denn Arbeit? Sie ist ja ausgerutscht und liegt im Rinnstein. Die Straßenkehrer kommen mit ihrem Besen und fegen sie auf den Unrathaufen. Wer fragt denn nach ihr und ihrem Wohlergehen? Der Gesichtsausdruck des Mädchens wird frech und alt. Sie biegt mit knappen, festen Schritten in die Warschauer Straße ein, da ist ja Nr. 87, sie steigt die drei Treppen hinauf, ohne sich zu verschnaufen. An der Tür, mit Reißzwecken befestigt, hängt eine Visitenkarte – Tilly Endruleit –, die Endruleit hat sie ja eingeladen, und nun ist sie da und klingelt, kurz und heftig. Mal sehen, wie das Leben weitergeht!

Die Tilly macht gerade Toilette für Ausgehen. Die tritt in Schlüpfern hinter die Tür, majestätisch, mit dreifachem Doppelkinn, pompös in flutender Fleischlichkeit, und guckt durch das kreisrunde Loch in der Tür. Sie denkt, mich laust der Affe, als sie die Kleine wiedererkennt, die Kleine von neulich, lächelt befriedigt, mit Kennermiene, und hebt die Sperrkette aus dem Scharnier. „Nee, so wat! Is ja knorke, dass du Wort gehalten hast! Nu komm man rin, Kleene, stehst dir ja die Beine in den Leib!" Und nimmt sie mit liebevoller Mütterlichkeit in Beschlag.

Die trinken erst mal 'n Weinbrand zum Empfang, der macht warm, vielleicht noch einen, das Mädchen taut auf und findet es urgemütlich bei der Endruleiten. Die hat Ansichtskarten an der Wand, Frühling und Liebe, „Hab Sonne im Herzen, wenn's stürmt oder schneit", ein bequemes Sofa, Häkeldeckchen und einen Stehspiegel, in dem sieht man sich „ganze Figur", Lotte ist begeistert, so einen Spiegel hat sie ihr Lebtag nicht gehabt.

Nachher zieht die Tilly sich an. „Wir gehn auf Bummel." Sie bespritzt sich mit 4711 und pudert die Achselhöhlen. „Hygiene is Trumpf!", sagt sie mit fachmännischer Würde und zieht das Hütchen über den blondgebleichten Bubikopf. Lotte staunt das alternde Straßenmädchen mit Andacht an. Die hat ihr Zimmer, im Ofen ist geheizt, obwohl schon März, die hat Weinbrand im Vertiko, Kuchen, Konfekt, Ölsardinen. Hat die zu klagen? Eine Welt tut sich vor Lotte auf, neue Welt, anheimelnd und doch abenteuerlich. Man braucht nicht in 'ner Laube zu nächtigen oder womöglich aufm Trockenboden, im Kohlenkeller, auf 'ner Bank im Tiergarten. Die Endruleit ist wohlgenährt, ausschlafen kann die bis Mittag oder länger, auf dem Nachttisch liegt die Illustrierte oder 'n Detektiv-Schmöker, die hat Umgang nur mit der besseren Herrenwelt, und wenn sie will, kann sie sogar Geld auf die Sparkasse tragen.

Lotte geht mit der dicken Tilly die Treppe hinunter, die Straße entlang. Die Tilly tut vornehm wie 'ne Gardedame, die ihre Pflegebefohlene zur Tanzstunde bringt.

„Mit Frechheit is auch kein Geschäft zu machen", erklärt sie dozierend. „Die Kerls müssen denken, es is eine einmalige Gelegenheit, reelle Sache, dann schnappen sie zu wie die hungrigen Hechte." Vor dem Café zur Fliegerbombe, Betrieb und Mokka-Kojen, spricht sie einer an, nicht mehr der Jüngste, sehr mager, mit gelbem Paletot, vielleicht mal Offizier gewesen, jetzt Versicherungsagent. Sie gehen hinein, machen sich's in 'ner Koje bequem. „Wir sind in finanziellen Schwierigkeiten, mein Herr!", erklärt die Tilly diskret. „Das normale Geschäftsleben liegt ja brach, wir hätten Hypothekenzinsen zu kriegen, aber wer zahlt denn heute?" Lotte sitzt geduckt und verbeißt sich das Lachen. Der Versicherungsagent lodert sie aus glasigen Augen an, vorj'tes Jahrhundert. Die Kleine ist sein Fall, er ist nicht für das Ausgewachsene, greift unterm Tisch nach ihrer Hand, ihrem Händchen, und streichelt es mit kalten Fingern. Sie trinken Liköre, Lotte bekommt ein rotes Gesicht, Tillys Busen hebt und senkt sich wie Flut und Ebbe. Das geht so eine ganze Weile, der Versicherungsagent sitzt zwischen den beiden Generationen, aber von der Endruleit macht er keinen Gebrauch. Die Zeche bewegt sich schon zwischen fünf und sechs Mark, da bittet der Kavalier um Entschuldigung und geht steifen Schrittes in die Toilette, wilhelminisches Knochengerassel. „So Kalkbrüder sind am lukrativsten!", seufzt die Tilly mit schwärmerischem Augenaufschlag. Aber dann kommt der Versicherungsagent nicht wieder. „Der wird doch nich und is 'nem jelinden Schlaganfall zum Opfer jefallen?" Sie erhebt sich unruhig und hält Ausschau. „Wollen die Damen zahlen?", fragt der Kellner in seiner weißen Jacke und Schürze. „Zahlen tut unser

Kavalier!“, antwortet die Tilly pikiert. „Was Sie nich sagen!“ Der Kellner feixt und hat eine rosa glänzende Glatze, das Erbübel aller Deutschen. „Der Herr is schon lange wech ausm Lokal.“ „Hat der Mensch Töne?!“ Der Tilly treten vor Wut die Augen ausm Kopp. „Nee, so ’n Nassauer! Hängt den gelben Paletot um die Ecke und verzieht sich im Falle einer Mobilmachung!“ „Wenn ich dann kassieren darf?“ Der Kellner zückt seinen Block und fängt an zu rechnen. Drei Blutorange. Drei Klosterlikör. Einmal Allasch extra für die dicke Tilly. Macht zusammen –. „Sie wer’n doch heute noch mal anschreiben?“, flötet die Endruleit schreckhaft und schmachtet den Kellner wie eine gewisse Circe aus dem grauen Altertum an. Der Kellner kennt seine Kundschaft, die Tilly ist ja Stamm, die sorgt für Frequenz des Lokals, er brummt also kratzbürstig, aber er wird nicht aggressiv. Die Damen ziehen beschleunigt ihre Mäntel an, die Endruleit muss an die frische Luft, ihren Zorn abreagieren.

Lotte trippelt neben ihr her, wortkarg. Is *auch* ’n Risiko-Geschäft, denkt sie enttäuscht. Der Dienst am Kunden macht sich nicht immer bezahlt. Manche klauen in Warenhäusern, manche machen mit Mädchen Zeche und lassen die Mädchen als Pfand zurück. Wer hätte das von Versicherungsagenten gedacht?

„Lass man, Meechen! Wird schon werden! Is erst halber elf. Das dicke Ende kommt noch!“ Die Tilly ist eine unverbesserliche Optimistin. Von der kann man lernen, wie man’s macht, um sich vom Leben nicht unterkriegen zu lassen.

Nachher hakt sich einer bei Lotte unter, der ist den beiden schon eine Weile nachgestiegen. Vielleicht fünfundzwanzig Jahre alt, Knickerbocker, Windjacke und Schillerkragen. Der Mensch hat krause Haare und braune Augen, ob aber auch Pinkepinke? Die Tilly macht ein kritisches Gesicht und verhält sich reserviert. „Gehn wir schwofen", sagt der junge Mann und zeigt zwei Reihen gesunder Zähne. „Wenn Sie 'ne Tasse Kaffee spendieren wollen? Es is schon spät am Tage!", erwidert die Endruleit und wiegt sich aufmunternd in den Hüften. „Oder –", sie zwinkert mit den Augen, „bei mir zu Hause is geheizt." Der Knickerbocker lacht, so wäre es nicht gemeint, ältere Damen wären für zeitig Schlafengehen, aber wenn sie nichts dagegen hätte, würde er das Fräulein Tochter oder Fräulein Nichte noch zum Tanz ausführen.

Der Tilly schießt das Rot durch den Puder. So 'ne Gemeinheit! „Ältere Damen!" Mensch, was quatscht'n der Mensch für 'ne Stange? „Sie, passen Se uff uff Ihre Zähne! Meine Hand is nich von Jummi, und wo die hinhaut, hat die Unfallversicherung nischt zu lachen." Der junge Mann bleibt stehen und lächelt sie liebenswürdig an. Also, wirklich, wenn der nich so frech wäre, der Junge wäre mein Fall! „Wir können Sie ja auch vom Café abholen, in 'ner Stunde!", sagt der Knickerbocker kess. Und dabei wartet er gar nicht auf Antwort, reißt vielmehr Lotte Streit an sich, haut ab, Geschwindschritt, die nächste Straße runter, hastdunichtgesehn! Der Endruleiten bleibt der Verstand stehen. Man erlebt ja manches, die Kerls sind frech wie die Raben. Aber dieser hier, Knickerbocker, Windjacke, Schillerkragen – die Marke steht nich im Adressbuch! Sie setzt sich in Bewegung, hastig, überstürzt; ihre Körpermassen werfen sich gegen das Korsett, das stöhnt in allen Fugen.

Soll sie Schupo rufen? Schkandal machen? Sie schwankt ein paar Schritte, schon ist sie außer Atem. „Scheiße!" Schmerzensschrei. Sie steht an der Laterne, ganz blass in Puder und Schminke, das Fett ihrer Wangen wie unterhöhlt, schlaff und lebensmüde. „Da hat man nu was Junges für seine alten Tage, 'ne neue Geschäftseinlage mit Aussicht auf Profit – schon kommt so 'n Kesser, mit Pumphosen und Schillerkragen, und schiebt ab mit'm Haupttreffer." „Ham Se Sorgen, Mutterken?", uzt sie 'n fliegender Brezelverkäufer. „Zieh Leine, olle Schaute!", schreit Tilly Endruleit hysterisch und wankt demonstrativ auf die andere Straßenseite.

Lotte Streit denkt, sie gehen in den Witwenball, täglich altdeutsche Rundtänze für die reifere Jugend. Aber Helmuth – die Windjacke mit Knickerbocker heißt Helmuth – schwenkt mit ihr über die Straße, rin in'n Torweg, auf dem Hof ist Licht, ein kleiner Saal im Hinterhaus, Geige und Harmonika, Tanzvergnügen.

Das Mädchen überlegt nicht lange, es sind lauter Mädels da, im gleichen Alter wie sie, und Jungens von siebzehn bis zweiundzwanzig. Helmuth ist schon der Älteste. Die tanzen Fox und Tango oder sitzen an den Wänden, die Stühle sind sauber, der Saal ist sauber, komischer Ausschank ohne Alkohol oder Kaffee. Is das am Ende Innere Mission?, fährt es Lotte durch den Kopf. Sie bleibt im Tanzen stehen und zupft Helmuth am Ärmel. „Was hat'n das zu bedeuten, du?" Der ist nicht verlegen. „Ach, das? Das ist unser Klub." Klub klingt gut, wenn auch keine Schmokings da sind und keine steifen Hemdbrüste. Sie setzen sich auf die sauberen Stühle, und Helmuth spendiert 'ne Zigarette. Sie raucht erst mal 'ne Lunge und sieht sich interessiert den

Rummel an. Der Foxtrott ist wie aufm Tanzboden, es sind dieselben Mädchen, dieselben Jungen wie aufm Tanzboden, und doch ist es was anderes als Tanzboden. Sie weiß nicht, woran es liegt. Die Geige und die Ziehharmonika spielen: Was mach ich mit der Ilse, der kleinen, süßen Maus? Denn, was sie sieht, das willse, das halt der Teufel aus! Alle singen den Kehrreim mit, aber sie grölen nicht, und die Jungens sind nicht gemein, sie tanzen um des Tanzes willen, es ist alles so nett und so fröhlich wie bei einem Kinderfest. Die Lotte sitzt argwöhnisch auf ihrem Stuhl. Da steckt doch was dahinter! Da kommt doch noch der Teufelsschwanz: Gebete, Ermahnungen, Verbote! Aber es kommt nichts. Es ist wie bei jedem Schwof, sie tanzen Tango und Slow-Fox, manchmal Boston, und singen die Gassenhauer dazu. Aber zwischendurch wird auch Theater gespielt. Mensch, die kommen mit Märchen! Des Kaisers neue Kleider. Nur mit dem Unterschied: Die quatschen wie du und ich. Und wenn der Kaiser im Hemde auftritt und so tut, als ob er ein prächtiges Staatskleid anhätte, ganz aus Gold und Silber, mit Tressen und Litzen, dann kreischen die Mädels vor Vergnügen, und die Jungens ziehen den Kaiser am Hemdzipfel. Mensch, das macht doch Fez!

„Entschuldige!“, sagt Helmuth und schießt auf einen zu, semmelblonde Tolle, Sweater, ungebügelte Hose. „Tach, Hermann!“ „Tach, Helmuth!“ „Fein, dass du kommst, Hermann. Hast'n deine Frau auch mitgebracht?“ Der Semmelblonde, Milchgesichtige bläht sich vor Stolz, weil er für voll genommen wird. „Klar, Mensch.“ „Wo ist sie denn?“ „Na, die da an der Tür mit'm grünen Pullover.“ „Ach, die. Knorke! Na, dann tanz doch mit ihr." „Mensch, ick kann mir doch nich den janzen Abend um ihr kümmern. Die find't schon Anschluss. Ick doch ooch!" Und engagiert Lotte Streit. Sie tanzen mit Hingebung. Bin kein Hauptmann, bin kein großes Tier, sondern nur ein ungarischer Honved-Offizier. Trotzdem sagt das Mädel meiner Wahl, in der Liebe bin ich mehr wert als ein General. Beim Tanzen fragt Lotte den Hermann aus, was das für 'n komischer Ausschank wäre, ihr wäre ganz angst wegen Innere Mission oder noch Schlimmeres. Da lacht Hermann unter seiner semmelblonden Tolle und antwortet: „Nur keene Bange nich, das sind doch die Zugscharen, verstehste?" Er wäre schon 's dritte Mal hier und er würde weiter mitmachen. „Besser, als auf Straße liegen oder in Kaschemme", sagt er nun ernster. „Ick habe mir bei die warmen Brüder rumjetrieben, da lernt man nischt Jutes, ick war Austräger für 'ne Versandbuchhandlung und habe unterschlagen, aber das ist erledigt, da drüben die im grünen Pullover is meine Braut, is 'n jutet Meechen, die bringt mir auf 'n Schwung, überhaupt, wer hier im Klub is, der kommt wieder auf 'n Schwung."

Lotte Streit hört immer was von Klub, es geht gemütlich zu, kein Zwang, kein Aufsichtspersonal, sie kann trotzdem ihr Misstrauen nicht abstreifen. „Wieso denn Klub?", fragt sie, und Hermann erklärt ihr: Es wird auch Pingpong gespielt oder Halma oder Mensch ärgere dich nicht. Es gibt auch ein Wohnheim für junge Menschen ohne Bleibe, sie wandern am Sonntag, richtige Wandervögel, aber in der Woche arbeiten sie oder sind arbeitslos, und dann finden sie Rat und Aufmunterung. Sie haben einen Anhalt, es wird ihnen geholfen, aber sie helfen sich auch selbst, ohne Behörden, ohne Kirche und Polizei.

Lotte Streit staunt. Kurt Heinersdorf fällt ihr ein, der kleine Page, Paul Mielenz hieß er, Fritz Knelke, der Fürsorgejunge, und Alfred Schütte, der Lehrling aus Alfeld an der Leine. Warum war denn nich aufm Schlesischen Bahnhof so 'n Klub? Vielleicht wäre alles anders gekommen. Hier is warm, hier is sauber, sie sind unter sich, Jungens und Mädels, sie brauchen keine Angst zu haben: Erwachsene mischen sich da nicht rein.

Lotte will den Hermann eben noch was fragen, da steht Helmuth wieder neben ihr und lächelt sie feierlich an. „Na, weißt du nun Bescheid, Mädel?" „So ziemlich." Er fasst sie um die Taille und schiebt sie auf einen Stuhl, er beugt sich über sie und wird ganz ernst, wie er nun in sie hineinspricht: „Nämlich, die Erwachsenen, die haben ihre Sorgen für sich. Sollen wir warten, bis ihr Blick in 'ner freien Minute auch mal auf uns fällt? Helfen wir uns doch lieber selbst. Wir sind jung und wir verstehen einander. Du brauchst nicht misstrauisch zu sein. Wir wollen dir ja nichts erpressen. Nur fröhlich sollst du sein, dann denkst du wie wir und merkst, dass du nicht allein bist in der Welt, dass aber auch die andern nicht allein sind, weil du da bist und weil du ihnen von deiner Fröhlichkeit abgibst."

Mensch, red't der! Kann der Mensch reden! Der red't wie 'n Pastor und wieder *nich* wie 'n Pastor. Vielleicht weil er nich viel älter ist als ich und weil er sich nich aufspielen will vor mir mit Besserwissen und Belehren. Der is wie 'n großer Bruder, der auf einen aufpasst, einem aber auch mal eine runterlangt, wenn's nicht anders passen will. Der Lotte geht ein Seifensieder auf. „Mensch, du bist ’ne Marke! Läufst hinter der Tilly und mir her, nur damit du mich von der losangeln kannst." Und Helmuth lacht. Der hat zwei Reihen blanker Zähne und braune Augen und krauses Haar. „Hier ist’s besser als bei der Tilly. Wir werden schon für dich sorgen." „Sorgen? Is hier Fürsorge etwa? Da jeh ick wieder." Sie erhebt sich halb, aber Helmuth springt auf, und sie tanzen erst mal rum um den Saal. Sie walzen an der offenen Tür vorbei und Helmuth sagt: „Ich zeig dir mal den ganzen Betrieb." Rüber übern Hof, den Seitenflügel rauf. Das war früher mal Fabrik, Transmissionen surrten, und die Arbeiterinnen schielten nach der Uhr, ob noch immer nicht bald Feierabend wäre. Jetzt ist das sauber gestrichen, ein Stockwerk überm andern, Kindergarten, da stehen die Stühle und Tische, ganz klein, wie bei Schneewittchen und den sieben Zwergen, Tagesheim für Schulkinder, da sind die Größeren, spielen oder machen Schularbeiten, ein Baderaum ist da, und eine Küche ist da, Mensch, eine richtige Küche, da wird gekocht, und die Kleinen schmatzen, den Brei auf Lippen und Backen. „Jetzt ist alles tot", sagt ein Mädel, das steht mit einem Mal neben Helmuth, das Haar in Schnecken gelegt, freies, klares Gesicht, „aber am Tag musst du sehn, da ist hier ein Leben." Lotte Streit stutzt, was will denn die, ist das etwa Aufsicht? Aber das Mädchen schlingt seinen Arm um Lottes Schulter und lacht: „Es wird dir schon gefallen." Und Helmuth lacht. Da muss auch Lotte lachen. „Wo willst du schlafen?", fragt das Mädchen unvermittelt. Schlafen? „Na ja, oder hast du eine Bleibe?" „Eigentlich nich, aber –." Und Tilly Endruleit fällt ihr ein, die steht gewiss noch immer wie vom Donner gerührt, mit gerötetem Gesicht und Kulleraugen. „Na, siehst du, diese Nacht schläfst du hier, und morgen werden wir weitersehen." Dabei legt das Mädchen Bettzeug auf eine Pritsche.

Nachher geht der Tanz zu Ende. Die drehen die Lichter im Tanzsaal aus. Das Mädchen mit den Haarschnecken, Ursula heißt sie, führt Lotte Streit in ihre Schlafkammer. „Wenn du baden willst, drüben ist die Brause." Und gibt ihr die Hand und lässt sie allein. Hat der Mensch Worte? Lotte Streit sieht sich vorsichtig um. Sie könnte ja stehlen. Nebenan sind Schreibmaschinen, an den Haken im Korridor hängen Jacken und Mäntel. Aber sie denkt nicht an Stehlen, sie denkt an Brausen. Sie zieht sich aus, mit überstürztem Eifer, sie tritt unter die Brause, ein Schwamm ist da, Stückchen Seife, das spritzt und zischt, die Lotte bibbert vor Vergnügen. Sie trocknet sich mit Wollust ab und springt auf die Pritsche. Richtiges Bett, richtige Wolldecke. Und sauber. Und warm. Sie taucht unter die Decke und schließt die Augen. Sterne vor ihren Augen, Geige und Ziehharmonika spielen, es ist wie im Himmel, und Helmuth ist ein Erzengel, und Ursula ist Vertrauensdame bei den weiblichen Engeln. Aber der liebe Gott – wo ist der liebe Gott – wo ist der liebe Gott? Lächelnd schwebt sie in einen bunten Traum hinein.

Sie steht in der Küche und darf helfen, Kartoffeln zu schälen. Sie war sonst nie für Arbeit, aber jetzt krähen die Kleinsten in der Spielschule, die haben hungrige Mäuler und bumpern an die Küchentür. Und wie sie Kartoffeln schält und auch mal den Löffel im Topf rumrühren darf, bumpert es wieder. Wer steht vor der Tür? Kurt Heinersdorf, Paul Mielenz, Fritz Knelke, Alfred Schütte. Die stehen schmal an der Wand, verhungert und durchsichtig. Die sind mit ihrer Sehnsucht da und ahnen, dass es noch Hilfe gibt in der Welt, Selbsthilfe in zäher Ausdauer, mit Hoffnung auf Erfolg.

Da breitet Lotte die Arme über der Wolldecke aus und stürzt mit junger Wollust in einen tiefen, gesunden Schlaf. Vertrauen heißt der Schlaf und Zuversicht. Wenn der neue Tag anhebt, kräht Leben durch diese Räume, und ungestüme Hoffnung trampelt mit kleinen Füßen.

Kesseltreiben

Der Reviervorstand ist ungehalten, weil er spät abends noch ein Protokoll aufnehmen soll. Dem ist's nur recht, dass Kurt Heinersdorf auf jede seiner Fragen schweigt. „Mit dir werden wir schon fertig. Die Polizei bringt alles raus." Er nickt dem Geheimen verständnisinnig zu und schiebt das angefangene Protokoll in die Lade. Morgen ist auch noch 'n Tag. Sollen sich die aufm Alex mit Rätselraten quälen.

Kurt Heinersdorf kommt in Gewahrsam. Ein Betrunkener schnarcht seinen Rausch aus. Die Pritsche ist hart, aber nun braucht der Gymnasiast wenigstens nicht mehr Rede und Antwort zu stehen. Sein Schlaf ist wie Ohnmacht, schwer und ohne Traum.

Am anderen Morgen steht der Polizeiwagen vor der Tür und holt ihn ab aufs Präsidium. Verhör. Der Kommissar ist ein breitschultriger Mensch mit kurzem Bürstenhaar und strengem Blick. „Aha, Ausreißer, kennen wir! Woher? Name? Wohnort?" Der Glogauer schweigt. Er hat sich das so zurechtgelegt. Abwehrmaßregel. „Himmelherrgott! Wär ja noch schöner, wenn ein Bengel wie du die längere Puste hätte als die Polizei." Kurt Heinersdorf steht dem Beamten bleich gegenüber. Er hat schmale Lippen, und die Augen liegen tief. Endlich sagt er, fast kalt, fast schneidend: „Nach Haus geh ich doch nicht wieder. Sie können sich ihre Fragen schenken." Der Kommissar sitzt kerzengerade. „Wir haben unsre Methoden, spröde Zungen zu lockern. Es nützt Ihnen gar nichts, wenn Sie hier den starken Mann markieren." Und dabei denkt er: Wenn der Junge erst

Hunger hat, wird er schon gesprächiger werden! Und schickt ihn in den Haftraum.

Kurt Heinersdorf lässt sich schicken. Er ist apathisch, Arme und Beine sind ihm wie abgestorben. Er kann nicht im Zusammenhang denken, die neue Umgebung drückt auf ihn, die Erlebnisse weniger Tage wirken nun nach, das Schicksal schlägt mit Keulen nach ihm, er ist wie betäubt. Erinnerungsfetzen, die an seinem Bewusstsein vorüberhuschen: Aufbruch nach Afrika, Diebstahl des Geldes, Lotte Streit, sein Mädchen – wo ist die nun? –, der Eisenbahner, der in die Knie sackt, wie er mit der Kartoffelhacke auf ihn einschlägt. Erinnerungsfetzen, er wendet sich von ihnen ab. Was brennt, was ihn in naher Wirklichkeit peinigt, ist ein anderes Bild, jüngst empfangen, ätzend in lodernder Kälte: Herr Tölle, der Mörder Alfred Schüttes, auf neue Opfer lauernd, Wolf im Schafspelz, Krokodil im sumpfigen Dickicht der Großstadt. Und niemand, der ihn zur Strecke bringt, niemand, der ahnt, welche Gefahr unter uns lauert!

Kurt Heinersdorf fiebert. Er hat eine Verantwortung vor der Mitwelt. Aber wie soll er eingreifen? Er ist ja eingesperrt. Draußen hupen die Autobusse, die Straßenbahnen klingeln, die Stadtbahn rattert vorüber. Aber kein Laut dringt zu ihm herein. Er sitzt wie in einer Taucherglocke. Mein Gott, wie soll das enden? Er erschrickt. Er überlegt. Schnelles Handeln tut not. Er ist ja schuld daran, wenn Herr Tölle sein nächstes Opfer greift. Also muss er ein Bekenntnis ablegen, einerlei, welche Folgen daraus entspringen.

Und darum gibt er dem Wärter ein Zeichen, S.O.S.-Zeichen. Er habe dem Kommissar eine wichtige Mitteilung zu machen. Kennen wir!, denkt der Wärter. So junges Gemüse hat keine Ausdauer, da lässt das Geständnis nicht lange auf sich warten. Und meldet ihn dem Kommissar.

Der Kommissar nimmt den Gymnasiasten mit Genugtuung aufs Korn. „Na, also! Sprechen Sie! Sie heißen –?“ Kurt Heinersdorf starrt vor sich hin und überlegt. „Na, los schon, los schon! Wir haben hier noch mehr zu tun!“ Der Glogauer atmet tief und sucht nach Worten. „Ich habe – ich habe eine Bekundung zu machen.“ „Ach, Unsinn! Bekundung! Sie sollen sagen, von wo Sie ausgekniffen sind.“ „Es handelt sich um den Leichenfund in der Spree.“ Der Kommissar gibt sich einen Ruck. „Sie wollen sich wohl interessant machen? Bekundung. Leichenfund. Hier wird nicht vom Thema abgelenkt.“ Kurt Heinersdorf lässt sich nicht beirren. Sein Blick hängt auf der Platte des gelben Schreibtischs. Ein primitiver Pappdeckel schützt die Tinte vorm Verstauben. Auf einem Aktenfaszikel liegt der Taschenkamm des Kommissars, der Griff des Kamms ein rosarot bestrumpftes Damenbein, das von der tristen Umgebung magisch absticht.

„Nun, also?“ Die Stimme des Kommissars wird schneidend. „Was haben Sie denn zu bekunden?“ Da überwindet Kurt Heinersdorf seine Hemmungen und berichtet. Von Alfred Schütte. Von Herrn Tölle. Von der Begegnung auf dem Autobus. Von dem erneuten Zusammentreffen im Schlesischen Bahnhof. Der Kommissar folgt den Worten des Gymnasiasten mit Skepsis. Jedes Kapitalverbrechen stiftet Verwirrung in nicht ganz kapitelfesten Köpfen. Man kennt das. Es geht bis zu Selbstbezichtigungen. Hysteriker, Psychopathen möchten eine Rolle in der Öffentlichkeit spielen, und sei es auch nur die traurige Rolle des skrupellosen Angebers. „Haben Sie Beweise?“ „Herr Tölle hat mir seine Karte gegeben, damit ich ihn besuchen soll. Ich habe die Karte in der Tasche.“ „Na, zeigen Sie mal her!“ Der Junge krempelt seine Tasche um. Er hatte doch noch gestern –?! Die Karte ist fort. Er starrt den Kommissar bestürzt an. Der Polizeimensch triumphiert. „Na, sehn Sie! Mit Verschleppungstaktik kommen Sie bei uns nicht durch.“ Kurt Heinersdorf, verzweifelt: „Aber es ist die Wahrheit, die reine Wahrheit. Sie werden doch nicht verantworten können, dass Herr Tölle weiter nach Opfern sucht und welche findet!“ Der Beamte blitzt ihn streng an: „*Sie* werden mir nicht vorschreiben, was ich verantworten kann, was nicht. Aber nun passen Sie auf. Nun wollen wir mal Ihre Angaben nachprüfen. Wie heißt der Mann?“ „Tölle.“ „Vorname?“ „Clemens.“ „Beruf?“ „Schokoladenreisender.“ Der Kommissar greift nach dem Diensttelefon. „Mal Verbindung mit Einwohner-Meldeamt, Zentrale.“ Er wartet. Dann: „Hier Kommissar Vierkant. Bitte um Feststellung, ob ein gewisser Clemens Tölle, Schokoladenreisender, hierorts vorschriftsmäßig gemeldet ist.“ Der Kommissar spielt mit dem Damenbein auf dem Aktenfaszikel. Dann gibt er sich einen Ruck. „Was? Stimmt? Clemens Tölle? Stadtvertreter in Nonplusultra-Schokolade Ignaz Silberstern? Eigenwohnung. Straße. Hausnummer. Stockwerk. Sooo –?! Na, danke. Erledigt.“ Und hängt den Hörer wieder an.

Stille. Ein Polizeiengel fliegt durch die Amtsstube. Der Kommissar wird lebendig. „Is ja doll! Is ja *doll*! Na, wir werden ja prüfen.“

Er lässt Kurt Heinersdorf wieder abführen und erstattet Meldung beim Morddezernat. Die Räder der Amtsmaschine setzen sich klappernd in Bewegung. Ein Aufgebot von Zivilbeamten bewacht unauffällig die Eingänge des Hauses, in dem Herr Tölle wohnt. Fortgesetztes Klingeln an der Wohnungstür bleibt ergebnislos, Anfrage beim Portier des Hauses führt zu der Feststellung, dass Tölle seit mehreren Tagen verreist sei (eigene Angabe des Wohnungsinhabers, der sich übrigens bei den Hausinsassen allgemeiner Beliebtheit erfreut).

Die Affäre wird, kaum begonnen, auf ein totes Gleis geschoben. Allem Anschein nach hat der inhaftierte Jugendliche den Namen eines ihm zufällig Bekannten aufgegriffen, um in eigener Sache ein Verschleppungsmanöver zu inszenieren.

Kommissar Vierkant lässt sich Kurt Heinersdorf erneut vorführen. Aus den Zügen des Beamten spricht die volle Strenge des Gesetzes. Wie er dazu komme, die Polizei an der Nase herumzuführen? Er sei ja ein ganz Ausgekochter. Aber diese Taktik würde ihn teuer zu stehen kommen, das könne er ihm schon jetzt sagen. Der Gymnasiast ist fassungslos. Alles spricht gegen ihn, und trotzdem *muss* er beweisen –. Er stutzt. Dann mit fanatischer Überzeugung: „Der ist nicht verreist. Den habe ich erst gestern gesehen. Der kommt wieder. Am Schlesischen Bahnhof taucht der immer wieder auf. Das ist sein Revier.“ „Sie könnten ihn erkennen, wenn Sie mit ihm konfrontiert würden?“ „Den kenne ich aus Tausenden heraus.“ „Bilden Sie sich aber nur nicht ein, dass wir Ihnen eine Gelegenheit zum Ausrücken verschaffen!“, sagt der Kommissar. Und dann fügt er militärisch hinzu: „Abtreten!“

Am Abend wird Kurt Heinersdorf aus dem Polizeigewahrsam geholt. Eine Streife von Kriminalbeamten steht bereit, Leute vom Morddezernat, erstklassige Spezialisten, die nehmen den Gymnasiasten in ihre Mitte. Ziel: Schlesischer Bahnhof, Wartesaal 3. Klasse. Der Glogauer setzt sich in seine Nische und wartet. Einer der Beamten nimmt am Nebentisch Platz. Ein zweiter neben der Eingangstür. Draußen, im Gang, in den Fensterschluchten warten die anderen. Das geht so seine zwei, drei Stunden. Dann wird die Jagd abgeblasen.

Andern Tags, gleich nach Beginn der Dienststunden, nimmt das Morddezernat die Recherchen nach verschiedenen Richtungen auf, obwohl niemand die Glaubwürdigkeit des aufgegriffenen Jungen hoch einschätzt. Rückfrage bei der Firma Nonplusultra-Schokolade Ignaz Silberstern ergibt allerdings, dass von einer Reise des Herrn Tölle, wie angegeben, nichts bekannt sei. Herr Silberstern bemüht sich persönlich aufs Amt. Schließlich ist Herr Tölle seit acht Jahren für sein Haus tätig, die Beliebtheit Tölles bei der Kundschaft steht außer Zweifel, man muss also ein Übriges tun und mit der Autorität des Chefs für den verdienten Angestellten eine Lanze brechen. Was bleibt, was nicht mehr aus der Welt zu schaffen ist, ist die Divergenz zwischen der Aussage von Tölles Portier und den Bekundungen Herrn Silbersterns. Um was es sich denn überhaupt handle, fragt Herr Silberstern beunruhigt. Die Polizei verhält sich reserviert und zuckt zunächst nur die Achseln. Da will Herr Silberstern nicht länger stören und empfiehlt sich devoter, als er es bei seiner bisherigen Unbescholtenheit nötig gehabt hätte.

Der Nachmittag bringt eine neue Überraschung. Telegrafische Nachfrage in Alfeld ergibt, dass tatsächlich ein Lehrling, Alfred Schütte mit Namen, vor Kurzem auf Wanderschaft gegangen ist. Über den Verbleib liegen hierorts keine Angaben vor. Es existiert also ein Alfred Schütte, ebenso wie ein Clemens Tölle existiert! Die Sache beginnt die Herren vom Fach zu interessieren. „Besetzen Sie heute Abend wieder den Schlesischen Bahnhof und nehmen Sie den Jungen mit. Morgen früh wird überdies das Polizeiamt in Alfeld die Fotografie des Alfred Schütte zu Rekognoszierungszwecken nachgeliefert haben."

Der Abend verläuft negativ wie der erste. Am anderen Morgen bringt die Post das Bild Alfred Schüttes. Das Ergebnis der Prüfung wirkt elektrisierend. Der Lehrling Alfred Schütte ist identisch mit dem Knabenleichnam, der im Korb die Spree hinuntertrieb.

Im Morddezernat wird's lebendig. Kurt Heinersdorf ist mit einem Mal eine wichtige Persönlichkeit geworden, deren weiteren Aussagen man mit Spannung entgegensieht. Zunächst aber soll der Junge Vertrauen wiederfinden, das Milieu am Alexanderplatz hat seine Gesprächigkeit nicht gerade günstig beeinflusst. Der Kommissar Vierkant zeigt sich also von der jovialsten Seite und lädt ihn zu einem netten, kleinen Frühstück ein. Der Junge lächelt verstockt, dann aber lässt er sich nicht bitten und greift zu.

Der Kriminalrat, der den Fall behandelt, betritt das Zimmer wie zufällig. Kurt Heinersdorf erhebt sich misstrauisch. Aber der Beamte drückt ihn milde auf seinen Stuhl zurück und lässt ihn zu Ende essen. Der Kriminalrat trägt eine Brille, sein glattrasiertes Gesicht mit dem Schmiss auf der einen Backe erinnert den Glogauer an Studienrat Wollschläger, Botanik und Zoologie. Das heimelt ihn an. Wollschläger gehört zu den anständigen Paukern, der piesackt nicht mit Kreuz- und Querfragen, der hat ein Herz für die Jungens, und manchmal machen sie Ausflüge mit ihm und kneipen wie die Studenten. Der Gymnasiast hebt die Stirn und gewinnt Vertrauen zu dem Beamten. Es ist wie ein stillschweigendes Übereinkommen: Sie sind sich nicht feindlich gesinnt. Das gute Essen und die menschliche Behandlung, die Kommissar Vierkant auf einmal an den Tag legt, tun ein Übriges. Der Junge ist dem Wechsel der Situation nicht länger gewachsen. Das Blut in seinen Adern braust. Er ist wieder der Schüler in der Schulbank, an den der Lehrer seine Frage richtet. Und plötzlich erklärt er mit klebender Zunge, er heiße Kurt Heinersdorf und sei aus Glogau, auf der Durchreise nach Johannesburg, Südafrika, aber die Karre sei von Grund auf verfahren.

„Na, endlich!“, seufzt Kommissar Vierkant und macht sich Notizen. Der Kriminalrat aber streckt dem Glogauer die Hand hin. „Recht so, dass Sie uns die Arbeit nicht unnötig erschweren. Überdies brauchen wir ja Ihre Hilfe. Wir bauen darauf, dass Sie uns diesen Tölle finden helfen.“ Kurt Heinersdorf lächelt bleich, doch stolz. „Den finden wir. Heute Abend finden wir den. Der hält's nicht aus ohne Schlesischen Bahnhof und Jungens.“

Am Abend das gleiche Manöver wie tags zuvor. Kurt Heinersdorf sitzt wie fiebernd. Wenn der wieder nicht kommt, wie stehe ich dann da? Die Mamsell an der Theke wundert sich über den Jungen, der Stammgast geworden ist, auch für die Geheimen hat sie einen geübten Blick. Sie steht hinter dem Behälter mit Koschwitz-Würstchen, und auch *ihre* Spannung wächst. Aber nach zwölf gibt der Beamte am Nebentisch dem Glogauer ein Zeichen. Da erhebt sich der Gymnasiast, in seinen Gesichtszügen spiegelt sich tiefe Enttäuschung, der Beamte vom Nebentisch tritt an seine Seite, an der Tür schließt sich der Kollege an. Sie gehen den Gang hinunter, am Häuschen für Zeitungen und Zeitschriften vorüber, nun lösen sich auch die dunklen Gestalten aus den Fensternischen.

Vor der Tür wollen sie ein Auto besteigen. Gerade in diesem Augenblick entdeckt Kurt Heinersdorf Herrn Tölle auf dem Platz vorm Bahnhof. Der Reisende kommt von der Koppenstraße her, im Frühjahrsmäntelchen, den Musterkoffer in der rechten Hand. Er pfeift sich gutgelaunt seinen Foxtrott und blinzelt mit wässrigen Augen ins Laternenlicht. „Herr Tölle –!" Der Glogauer tritt auf ihn zu, unwillkürlich breitet er die Arme aus. Der Vertreter für Nonplusultra-Schokolade erschrickt unmerklich und klemmt die Augendeckel zusammen, um besser sehen zu können. Er lächelt, als er Kurt Heinersdorf wiedererkennt. Es ist ein süßsaures Lächeln, ohne Herzlichkeit, eher eine Abwehrbewegung, mechanischer Reflex. Er will etwas sagen, aber die Geheimen setzen sich auf Gummisohlen in Bewegung, das hat Ähnlichkeit mit dem Ausschwärmen der Schützen im Felde. Herrn Tölle kommen die dunklen Gestalten nicht recht geheuer vor, er ist jetzt immer so schreckhaft, kleine Herzneurose, schließlich muss er auf der Hut sein, denn im Dunkeln lauern die Gefahren, und hastdunichtgesehn –! Die Schatten springen auf ihn zu. Der Glogauer treibt sie durch einen kleinen Schrei an. Herr Tölle erkennt die Gefahr, sein Gesicht wird käsig im Schein der Laternen, doch eisig gespannt. „Aber nicht doch, Herr Wachtmeister!" Er will scherzen, mit verzerrtem Gesicht will er noch scherzen, und dabei wirft er dem ersten der Angreifer den Musterkoffer quer vor den Bauch.

Herr Tölle macht kehrt. Das Tier in der Wildnis macht kehrt, wenn es den Feind wittert. Mit geblähten Nüstern geht es durch, über Geröll, durch Knieholz und Gestrüpp. Die Zweige der Bäume peitschen seinen Hals und Nacken. Aber es reißt alle Kräfte zusammen, um dem Verfolger zu entrinnen. Herr Tölle hat einen kleinen Vorsprung, der Vorsprung muss ausgenützt werden. Im Laufen streift er den Mantel ab, den nagelneuen Frühjahrsmantel, und wirft ihn hinter sich. Das gibt ihm erhöhte Bewegungsfreiheit. Die Koppenstraße ist erreicht!, denkt er, soweit er überhaupt denken kann, reißt einen Passanten um und galoppiert weiter. Die Geheimen sind hinter ihm her. Nicht nur zu Fuß, nun auch im Auto. Ist das Gerechtigkeit? Die würden von der obersten Sportbehörde disqualifiziert, wenn –. Aber es geht ja nicht um einen Wettbewerb im Langstreckenlauf. Es handelt sich um den Mörder Clemens Tölle und die ihn verfolgende Kriminalpolizei. Jedes Mittel ist erlaubt, um des gefährlichen Feindes der menschlichen Gesellschaft habhaft zu werden.

Eine Elektrische kommt vom Schlesischen Bahnhof her, kreuzt die Koppenstraße und will die Breslauer Straße weiter. Tölle sieht den erleuchteten Straßenbahnwagen, ein Auto nähert sich aus entgegengesetzter Richtung, ein paar Passanten überschreiten den

Fahrdamm. Wenn ich auf die Elektrische springe, Vorderperron?, überlegt Tölle blitzschnell. Vielleicht, dass mich in dieser Sekunde niemand beobachtet! Aber die Passanten bleiben mitten auf dem Fahrdamm stehen, um die Elektrische an sich vorüberzulassen, und versperren unbeabsichtigt Herrn Tölle den Rettungsweg. Wäre auch Wahnsinn gewesen!, kalkuliert der Fliehende. Die mit ihrem Auto sind ja doch schneller als die Elektrische. Ja, wenn das Licht ausginge im Straßenbahnwagen! Aber dann bleibt die Karre stehen, und sie haben mich doch.

Er hetzt weiter. Die Sache ist aussichtslos. Tölle merkt das, und es wird ihm eisig kalt auf Brust und Rücken, obwohl ihm beim Laufen der Schweiß über die Stirn rieselt. Er läuft, er läuft. Jetzt dicht an den Häusern entlang. Er hat mal von einer Verfolgung durch Wölfe gelesen. Tief in Sibirien. So muss das sein, genau so wie heute. Er spürt den Atem der hungrigen Wölfe dicht hinter sich, ihre glasigen Augen glühen, das geisterhafte Tappen ihrer galoppierenden Füße ist ein Rhythmus, der ihn zu verzweifelter Anstrengung treibt. Wenn sie ihn erreichen, werden sie ihn anspringen, mit loderndem Atem, mit gierigen Zähnen. Was kann denn *ein* Mensch gegen ein Rudel Wölfe, ohne Waffe, ohne Unterschlupf? Sie schlitzen ihm ja den Bauch auf, sie zerfleischen ihm die Arme, sie beißen sich fest an seinem Hals. Vater im Himmel –!!

Hotel. Betten frei. Nichts für anspruchsvolle Gäste, aber es gibt ja genug Menschen, die für eine Mark die Nacht logieren müssen. Der Eingang ist schmuddelig, ein Licht brennt trübe, aber die Haustür ist angelehnt, für Spätankömmlinge. Herr Tölle ist Spätankömmling.

Er erreicht das Hotel in letzter Sekunde. Er besitzt Geistesgegenwart genug, um nicht erst zu überlegen, sondern durch den Türspalt zu schlüpfen. Herrgott, man hört schon das Schnauben der verfolgenden Wölfe, den Rhythmus ihres Galopps. Aber vielleicht unterschätzen sie die Entfernung, vielleicht schießen sie im Eifer der Verfolgung übers Ziel, während der Verfolgte im Unterschlupf sein rasend pochendes Herz zu ruhigerer Gangart ermahnt. Aber Herr Tölle hat keine Zeit, sich zu beruhigen. Er steht an der untersten Treppenstufe, sein Atem geht stoßweise, sein Gesicht ist gerötet wie das eines Trompeters, der eine schwierige Furioso-Passage hinter sich hat. Er stürzt die Treppe hinauf, eine ausgetretene hölzerne Treppe, die Treppe knarrt, sein Herz hämmert hohl, die Kehle schnürt es ihm zu. Erster Treppenabsatz. Er horcht. Unten rührt sich nichts. Sind die Verfolger übers Ziel geschossen? Sein Gesicht verzerrt sich zu einem hoffnungsvollen Grinsen. Weiter! Er klettert die nächste Treppe hinauf. Unten quietscht die Haustür. Ist dies Sinnestäuschung oder –? Sein Herz erstarrt. Er hält den Atem an und horcht. Unten knistert etwas. Lautlose Schritte. Vielleicht ein Gast? Ein Hausbewohner? Jedenfalls flüchtet Herr Tölle zum nächsten Stockwerk. Und höher. Und höher. Er ist wie ein Mensch ohne Waffe, der von einem Panther verfolgt wird. Der Mensch in seiner Not klettert auf einen Baum, aber die Pantherkatze verfolgt ihn von Ast zu Ast. Nun ist er auf dem obersten Zweig angelangt. Es geht nicht höher. Was tun? Wie wird die Verfolgung enden?

Es ist dunkel hier oben. Waschküche. Trockenboden. Die Bodentür ist verschlossen. Herr Tölle rüttelt, aber das Schloss gibt nicht nach. Er wirft sich mit dem Gewicht seines Körpers gegen die Tür. Es ist eine solide Tür, die dem Angriff standhält. Er muss sich erschöpft an die Wand lehnen, sein Atem faucht, er bemüht sich, lautlos zu atmen, vergebens, er ist ja kein trainierter Sportler, nur Amateur, die Leistung ist beachtenswert.

Unten knarrt die Treppe. Jemand kommt die Treppe herauf. Jemand –? Vielleicht mehrere? Vielleicht die Meute, die ihn verfolgt? Herr Tölle überlegt. Sein Hirn ist zum Zerspringen. Wenn er wenigstens einen Revolver bei sich trüge, man kennt das ja, der Verfolgte, in seiner höchsten Not, gibt aus dem Trommelrevolver Schüsse auf die Angreifer ab, der Verbrecher verteidigt sein Leben bis zur letzten Patrone. Aber Herr Tölle ist ohne Waffe. Ein Stadtvertreter für Nonplusultra-Schokolade ist immer ohne Waffe. Er erschrickt. Er schämt sich. Was werden die ältlichen Inhaberinnen der Konfitürengeschäfte, die er beliefert, sagen, wenn sie zum Frühstück in der Zeitung lesen: Als Mörder des Lehrlings Alfred Schütte wurde der Schokoladen-Reisende Clemens Tölle, in Firma Ignaz Silberstern, überführt. Der unheimliche Geselle, der seinem verwerflichen Gewerbe unter der Maske des Biedermanns nachging, wurde von Beamten des Morddezernats in einem kleinen Hotel in der Koppenstraße zur Strecke gebracht. Da Tölle, der bis zum obersten Treppenabsatz geflüchtet war, keine Waffe bei sich führte, musste er sich den Kriminalbeamten, die seine Spur aufgegriffen hatten, nach kurzer Verfolgung ergeben.

Wirklich ergeben –? Der Mörder rafft sich noch einmal auf, rafft seine Willenskraft noch einmal zusammen. Er kann sich den Beamten entgegenwerfen, mit der vollen Wucht seines Körpers, aber was nützt das? Er kann in der Dunkelheit, die hier oben herrscht, den Versuch machen, die Kette der Verfolger zu durchbrechen, aber vielleicht tragen sie elektrische Taschenlampen bei sich, so ein Licht blitzt auf, ein zweites, ein drittes, im milchigen Kegel der sich kreuzenden Lichter hängt Clemens Tölle, bequemes Objekt für die mitleidlosen Projektile ihrer Revolver. Er ist in die Enge getrieben, Kesseltreiben, er wird wie eine Ratte zur Strecke gebracht, ohne Hunde, ohne Gift, das spielt sich in wenigen Minuten ab, im Haus schlafen Menschen, in den Zimmern des Hotels sind vielleicht noch Liebespärchen wach, die scherzen miteinander, die küssen sich, die gehen ineinander auf, stöhnend in Verzückung. Aber hier oben steht Clemens Tölle, zwischen Waschküche und Trockenboden, sein Atem pfeift, sein Rücken lehnt sich gegen die Wand, seine rechte Hand hängt schlaff herab, die linke umklammert schutzsuchend den Riegel des schmalen Treppenfensters. Die Melodie der tappenden Schritte verstärkt sich, nähert sich. Das sind vier, fünf, sechs Männer, vier, fünf, sechs gegen einen. Herrgott, er ist doch ein Mensch und kein toller Hund! Sein Gehirn brennt wie von tausend Nadelstichen. Er wird sich noch ein Nervenfieber zuziehen. Schon tanzen Sterne vor seinen Augen, Streifen kreisen. Die Wand des Treppenhauses verwandelt sich. Nicht mehr das kleine Hotel in der Koppenstraße. Das ist ja seine Wohnung, Clemens Tölles Wohnung, zwei Zimmer: Wohnstube, Schlafstube, Küche. Und da – mit einem Mal –, er reißt die Augen auf, sein Blut beginnt zu stocken – mit einem Mal liegt Alfred Schütte vor ihm, Kissen unter den Kopf gestopft, sechzehnjährig, aufgeschossen, schlanke Glieder, flache Brust, ein verlegenes Lächeln um den Mund, das in Entsetzen erstarrt. Und er, der Mörder, kauert vor seinem Opfer, kauert am Fußende des Bettes, hängt am Rand der Unendlichkeit, über dem Abgrund, wie ein Stein, der zu schweben scheint, Stein ohne Härte, Masse ohne Gewicht, knochenloser, formloser Brei, der kalkig schimmert, ausgepumpt, leer, zwecklos, arbeitslos, sinnlos, wie ein Gott nach vollbrachter Schöpfung, ein lächerliches Zuviel im Organismus der Schöpfung.

Das Blut in Tölles Ohren gluckst, sein Atem pfeift, es schüttelt ihn von oben bis unten wie einen Zwischendeckspassagier bei Windstärke zwölf. Sinnlos, sinnlos, sich aufzubäumen, den Kampf weiterzukämpfen, die letzten Energien zu vergeuden! Hinter dem Treppengeländer taucht einer auf, ein Zweiter, ein Dritter, Revolverläufe blitzen ihm entgegen, es gibt kein Entrinnen mehr, keinen Kampf, keinen Blutrausch, nur noch ein Treppenfenster, schmal, nüchtern, und einen gepflasterten Hof fünf Treppen tiefer.

Der kleine, rundliche Herr Tölle, mit blondem, schütterem Haar, grauen, nun entsetzten Augen und kokettem Kirschenmund, wählt den einzigen Ausweg. Er reißt das Fenster auf, ein Griff, ein Satz, und stürzt in die Tiefe. Mutter! Er sieht seine Mutter, die reicht ihm den Konfirmandenschlips und fünf Mark für die Sparkasse – Alfred Schütte lächelt mädchenhaft, willenlos, bereits untergetaucht im Meer des Unendlichen – Revolverläufe blitzen, vier, fünf, sechs Kriminalbeamte suchen Deckung hinter dem Treppengeländer – eine Schar Affen flieht über die Zweige von Bananenbäumen (hat er mal im Film gesehen) – alles wie Scherben eines zerbrochenen Spiegels, von seinem sinkenden Bewusstsein im Bruchteil einer Sekunde aufgenommen – ein schrilles, gellendes Klingelzeichen wird wach, bohrt sich ihm zuckend ins Hirn, verwandelt sich in eine spitze, bläuliche Flamme. Die Flamme wächst, wächst, wird Unendlichkeit – und da – und da – schmettert der Körper auf das bucklige Pflaster, Stein ohne Härte, Masse ohne Gewicht, knochenloser, formloser Brei, der kalkig schimmert.

Lotte Streit ist nun schon zwei, drei Tage bei den Zugscharen. Sie denkt, das ist lange genug. Sie hantiert still vor sich hin, mal Kartoffelschälen, mal Rübenschaben, mal die Kleinsten waschen, wenn die sich vollgemacht haben. Sie muss Brennholz zerkleinern, Feuer anmachen, sie tut das mit wortlosem Lächeln, wenn Ursula neben ihr steht oder Helmuth oder gar der Oberste vom Betrieb selbst. Mit den Kindern, das ist nett, sie fühlt etwas Mütterliches in sich erwachen, etwas Besänftigendes, Stilles. Die rutschen aufm Popo übers Linoleum, bauen Bauklötzer, und manchmal zanken sie untereinander oder singen Kinderlieder, das ist schon eher ein Krähen, wie kleine Vögel im Nest, die die Schnäbel aufsperren und sich füttern lassen.

Wenn aber die Kinder von der Mutter oder von der älteren Schwester nach Hause geholt werden, erschrickt Lotte über die Stille der leeren Zimmer. Sie kniet auf dem Fußboden und räumt den Unordentlichsten die Spielsachen nach. Aber ihr Blick hängt im Leeren, ihr Ohr ist krampfhaft der Tür zugewandt. Sie fühlt ihr Herz in der Brust, das klopft misstrauisch. Sie denkt, ob nicht am Ende der Stiefvater sie ausbaldowert hat oder die Polente? Wer kann denn wissen? Eignes Bett, eigner Teller, Messer und Gabel. Vielleicht ist alles nur ein Traum, von Zugscharen hat sie nie nichts gehört, vielleicht löst sich das alles wieder auf wie Seifenblasen, die in der Luft tanzen und zerplatzen.

Sie hat einen schlechten Geschmack im Munde und eine trübe Müdigkeit im Blut. Sie geht der Ursula aus dem Weg und arbeitet beklommen. Wenn Tellerabtrocknen Lärm machte wie Dampfhämmer, so würde sie die Stimmen überhören, die in ihrem Innern flüstern. Aber so muss sie in sich hineinhorchen, scheu und schuldbewusst. Der Argwohn tuschelt und stachelt sie auf. Ist das denn Leben? Sie ist doch an Luft gewöhnt und Bewegung. Brötchenaustragen Gormannstraße, Mulackstraße, Rückerstraße. Soll sie nun immer in der Küche stehen, Schürze umgebunden, und lächeln – und lächeln? Und überhaupt: Was ist denn das für eine Freundlichkeit, die sie umhegt und wie mit Handschuhen streichelt? Vielleicht ist *doch* alles Fürsorge? Vielleicht setzen sich Ursula und ihre Kameradinnen am Feierabend auf die Treppenstufen und singen mit Mandolinen- und Gitarrenbegleitung: Dort oben ist ein bessres Land, oh, so schön! oh, so schön!, wo Sünd' und Schmerz sind unbekannt, oh, so schön! oh, so schön!, wo Harfenklang erfüllt die Luft, die Engel ziehn in sel'ger Lust, und Lobgesang erhebt die Brust, oh, so schön! oh, so schön!

Lotte Streit duckt sich und kauert reglos. Ihre Augen liegen im Schatten, ihre Lippen sind schmal wie ein Strich. Der Stiefvater hat ihr untern Rock gegriffen, der schmierige Kerl, darum ist sie ausgerückt von zu Haus. Wirklich nur darum? Sie hat keine Bleibe, aber das ist recht so, dass sie keine Bleibe hat, denn im Grunde fühlt sie sich wohl, wenn sie nicht weiß, wo sie heut Nacht schlafen soll. Sie ist ja ’n Flittchen, dazu ist sie geboren, Rumtreiber, Bettenwälzer, sie ist wie ’n herrenloser Hund auf der Straße, mit Flöhen im Pelz, sie läuft mal dem einen nach, mal dem andern. Was soll denn werden aus ihr? ’ne Fürsorgerin? Oder ’ne Familienmutter? Sie bekommt einen bösen Zug um den Mund. Warum die nur alle sich um sie kümmern, Ursula, Helmuth und wie sie heißen? Sie ist doch kein Versuchskaninchen. Was wollen die denn von ihr? Manche denken immer, sie müssen helfen. Immer helfen, immer helfen! Sie ist ja froh, wenn keiner ihr hilft. Das muss auch sein, solche wie sie selbst. Unkraut muss auch sein. Das wächst und wuchert, die anderen schlagen mit dem Stock danach, aber was geht denn die das an. Wir leben ja, die Sonne scheint über uns, der Regen klatscht uns mit Fingern ins Gesicht, wir fühlen doch, dass wir leben, und das ist unsre Sache, keiner soll uns da reinquatschen!

Zugscharen! Einer für alle, alle für einen! Sie grinst höhnisch, nun hat sie ein hässliches Gesicht und wulstige Lippen. Mir kann keiner helfen!, denkt Lotte Streit. Mir *soll* keiner helfen! Ich weiß schon, wohin ich gehöre. Auf die Straße gehöre ich. Nicht in die Küche oder Kleinkinderbewahranstalt. So ’n leichter Korken wie ich schwimmt immer oben! Das Gesicht des Mädchens wird zur Maske, die leblos lächelt. Dies Lächeln ist für Ursula und die anderen bestimmt, das ist wie ein Schutzblech, dahinter verbirgt sich ihr wahres Gesicht. Sie arbeitet stur, mit sturem Eifer von früh bis zum Abend. Aber am Feierabend ergreift sie den Eimer, Kohle holen. Sie geht die Treppen hinunter, nachtwandlerisch sicher. Unten setzt sie den Eimer neben die

Kellertür und atmet begierig. Eine graue Kühle hängt vor der Hoftür, einförmige Feuchtigkeit, die schmeckt sie mit Lippen. Alles ganz schön: Tanzsaal, Bett, Brause. Aber für wen denn? Nicht für sie, Lotte Streit!

Sie stiehlt sich übern Hof, wie eine Katze auf leisen Sohlen, zum Torweg hinaus. Ein Auto hupt, Betrunkene lärmen, ein Liebespärchen kuschelt sich in den Schatten der Haustür. Da gleitet ihr Blick an den Häusern entlang, hüpft von Laterne zu Laterne, sie ist wie im Fieber, halb Lachen, halb Weinen. Dann flitzt sie die Straße hinunter, ein Tier, das sich mit hemmungsloser Lust der wiedergewonnenen Freiheit in die Arme stürzt.

Gott lässt viele sterben, weil viele leben sollen. Ein Fluss hat viele Wellen, eine Welle viele Tropfen. Wer zählt die Tropfen, die im Sand sich verlaufen? Gott ist hart. Denn Gott ist die Kraft und das Leben und die Unerschöpflichkeit. In Ewigkeit.

Kurt Heinersdorf sieht die leblose Masse auf dem Pflaster des Hofes. Da liegt nun Herr Tölle. Die Dunkelheit wirft eine barmherzige Decke über das, was blieb von einem verruchten Leben. Der Knabe schwankt erschüttert und schließt die Augen. Aber sein innerer Blick umfasst das mitleidlose Schicksal, dem auch er untertan ist, Tropfen in der Welle, Welle im Strom. Wilde, verfehlte Tage, Sturm über Land der Jugend, Elementarkatastrophe, gigantisch und ohne Vorbereitung: Nun flammt das wieder auf und wühlt sich mit Flammenschrift in seine Seele. Alfred Schütte, blass, in mädchenhafter Scheu, lächelt schwermütig von einer Litfaßsäule auf ihn herab, der Tote. Fritz Knelke geht neben dem Schupo her, Handschelle ums Gelenk, nun blüht ihm

Gefängnis, Fürsorgeanstalt, und was dann? Wo ist Lotte Streit geblieben, geboren zwischen den kahlen Mauern eines Hinterhofes, wie Tausende ihresgleichen dazu ausersehen, ein Leben zwischen den kahlen Mauern eines Hinterhofes zu leben? Und gar er selbst? Wo steht er? Türmt sich nicht eine Mauer zwischen ihm und allem, was atmet, hofft und sucht?

Der Kriminalrat steht vor Kurt Heinersdorf im Amtszimmer des Kommissars Vierkant und sagt zu dem Knaben: „Wir haben Ihre Eltern von Ihrem Verbleib in Kenntnis gesetzt. Nun, nun, keine Angst! Sie sind nicht der einzige Halbwüchsige, der mal ausrückt von Muttern und wieder eingefangen wird wie ein Füllen, das aus der Koppel ausgebrochen ist. Zudem haben wir ja ein Pflaster für Ihren Kummer und für den Ihrer Eltern: Sie haben sich die polizeiliche Belohnung, die für die Entdeckung des Mörders Alfred Schüttes ausgesetzt war, ehrlich verdient."

Kurt Heinersdorf steht wie vom Donner gerührt. 1 000 Mark! 1 000 Mark Belohnung! Man kann dafür nach Afrika reisen, Johannesburg, ein Leben beginnen, aufbauen, ein Ziel erreichen. Ehrlich verdientes Geld! Aber wem kommt es zugute? Hat er ein Recht, die Hand zu erheben, einen Mitmenschen zu Fall zu bringen, mit lauter Stimme, ohne Zittern zu rufen: Seht den Mörder! Seht das Geschwür am Körper der Menschheit! Brennt doch das Geschwür mit glühendem Eisen aus, die Eiterbeule, die den reinen Leib verunstaltet!

Clemens Tölle haben sie nun erwischt, wenn auch tot. Nun braucht Alfred Schütte nicht mehr müde zu lächeln, Heiland am Kreuz, der ist gerächt. Der Schächer liegt erschlagen, das Pflaster ist blutbespritzt, der kommt in einen Sack wie eine tote Katze. Aber ein anderer Schächer ist da, der geht frei umher, man betrachtet ihn mit Hochachtung, der Kriminalrat sagt zu ihm: „Sie haben sich die polizeiliche Belohnung ehrlich verdient."

Betrug! Da ist eine Laube. Ein Körper ist in der Laube. Der Körper wächst, reglos, greift um sich, reglos, nun ein Fass, nun eine Tonne. *Nur* ein Toter, aber der Tote schwillt wie ein Baum, der in Saft schießt. Die Amtstube des Kommissars Vierkant wird zur Laube, Levkojenweg. Der Tote hebt sich über die Sofalehne, sein Schatten schluckt das Dunkel über, das Dunkel zwischen Sofa und Herd. Nun berührt sein Schädel die niedrige Decke, die Arme stützen sich von Wand zu Wand, nun atmet er, die Wände splittern, die Balken knicken.

Kurt Heinersdorf bricht am Tisch zusammen. Sein Kopf liegt auf der Tischplatte. Den Brustkasten schüttelt verzweifeltes Schluchzen. Jetzt fliehen können. Wenn auch nur mit den Gedanken fliehen können. Es gibt ja Träume. Man redet sich ein, das, was man fantasiert, sei Wirklichkeit.

Wenn alles Märchen wäre! Märchen! Märchen! Da gibt es den Wunderwald. Gespenstisch. Du verlierst dich in ihm. Hände greifen nach dir. Aber die Hände sind Schlangen. Die zottigen Zweige peitschen dein Gesicht. Die Wurzeln bringen dich zu Fall. Kobolde kichern. Riesen treten dir in den Weg. Und Hexen warten darauf, dich in eine Maus oder ein Kaninchen zu verwandeln.

Kurt Heinersdorf horcht auf, horcht ungläubig in sich hinein. Die Bücher seiner Kindheit, Bilderbücher, Märchenbücher, liegen in der Rumpelkammer. Ihr Zauber ist gebrochen, arme, zerrissene Blätter mit krausen Schnörkelzeichen einer jungen, freien Fantasie. Soll er sich im Spiel mit Bleisoldaten ins Land der Kindheit zurückretten?

Die Schiffe sind verbrannt! Es führt kein Weg zurück. Er selbst hat sich den Weg in die Vergangenheit, den Weg in die Zukunft verbaut. Das Leben ist eine scheußliche Fratze. Ihre Augen sind hohl. Ihr Mund ist verzerrt. Sind das noch Lippen? Oder ist es ein Kraterrand, schweflig, bröckelnd, mit tiefem Absturz in das Nichts, aus dem es giftig qualmt und brodelt?

Kurt Heinersdorf ist am Ende seiner Kraft. Die Beamten begreifen nicht den plötzlichen Nervenzusammenbruch. Sie stehen verblüfft, und der Kriminalrat bemüht sich, den Jungen zu beschwichtigen. Aber der lässt sich nicht beschwichtigen. Eine feurige Wolke erfüllt sein Inneres. Die bricht aus ihm heraus, entlädt sich, muss sich entladen: wilder Schmerz, Verzweiflung, Reue, Scham. Er springt auf, hier steht er: auch ein Mörder, und der Schatten des erschlagenen Eisenbahners klagt ihn an.

Die Beamten stehen ratlos, die Wendung ist ihnen zu plötzlich. Dann aber dringen sie mit Fragen auf den Gymnasiasten ein, der antwortet apathisch, seine Stimme kommt von weit her, als habe sie nichts mit den Dingen dieser Welt zu schaffen.

Kommissar Vierkant protokolliert. Er ist nun wieder ganz amtlich, mit kurzem Bürstenhaar und strengem Blick. Der Kriminalrat geht nachdenklich im Zimmer auf und ab, ohne sich in das Verhör einzumischen. Aber er macht sich, geschult, ein Bild von den Vorgängen, die zum gewaltsamen Tod des Laubenbesitzers führten. Die Sache kommt vors Jugendgericht, denkt er, Affekthandlung, mildernde Umstände durchaus wahrscheinlich. Der Junge hat einen guten Kern, der ist nicht sittlich verkommen. Schon mancher ist aus den Pantinen gekippt, der später ein brauchbares Mitglied der menschlichen Gesellschaft wurde. Er klopft dem Glogauer auf die Schulter. Seine Stimme ist nicht amtlich: „Das muss durchgekämpft werden, verstehen Sie! Sie sind nun kein Kind mehr, kein Schüler – ein Mann! Nehmen Sie die Sache als Mann hin und tragen Sie die Folgen aufrecht."

Kurt Heinersdorf blickt ihn mit groß aufgerissenen Augen an. Da spricht einer zu ihm wie zu seinesgleichen, Mann zu Mann. Das ist nicht die Stimme des Schuldirektors vor versammelter Klasse: Heinersdorf, Ihnen fehlt die sittliche Reife. Das Consilium hat über Sie beraten und ist zum Fazit gelangt: Ausschluss aus dem Schulverband! Glauben Sie nur nicht, dass wir Sie ohne Mitgefühl ins Leben entlassen. Aber uns Hütern der Jugend liegt es ob, dem Gesamtkörper der Schule Ansteckungsherde fernzuhalten. Sie sind ein Ansteckungsherd, Heinersdorf!

Die Stimme des Direx tönt im Hochgefühl der eignen unantastbaren Sittlichkeit. Dann flackert sie und geht in die des Kriminalrats über: „Das muss durchgekämpft werden, verstehen Sie! Sie sind nun kein Kind mehr, kein Schüler – ein Mann!"

Ein Mann! Mit eisiger Klarheit weht dies Wort ihn an. Es entzaubert, es reißt Mauern ein. Kurt Heinersdorf friert bei diesem Wort. Schutzlos und arm steht er, den drohenden Gewalten des Lebens überantwortet. Er ahnt: Hier ist ein Wendepunkt. Kein Ende, sondern ein

Anfang. Vorbereitung alles, was war. Auf stählernem Amboss liegt das glühend weiche Eisen und wird hartgehämmert von einer Kraft, die härter ist als seine eigne glühende Bereitschaft.

„Nehmen Sie die Sache als Mann hin und tragen Sie die Folgen aufrecht!" Die Worte des Kriminalrats verdichten sich und werden zum Befehl. Nun klingen sie in der Seele des Knaben weiter, hell, schneidend wie Trompetensignale. Kurt Heinersdorf reißt sich zusammen und steht wie ein Soldat, der den Befehl erhält, ins Feld zu rücken. Das Leben braust ihm entgegen – das Leben? der Tod? –, Granaten sausen durch die Ferne, ein Aufruhr trommelt durch sein Blut und Fieber leuchtet aus jungen, erfahrungslosen Augen.

Dann Schritt gefasst und – Marsch!

Paul Mielenz entdeckt Amerika

Die Bühne des National-Theaters steht leer und dunkel. Elementarkatastrophe. Im Büro gehen Männer aus und ein, die mit Theater nichts zu tun haben. Der blaue Vogel klebt an dürftigen Regalen, am leeren Kassenschrank, am durchbeulten Rohrstuhl des Direktors. Aus! Aus! Aus! Die Krückeberg'sche Pleite hat dem National-Theater-Unternehmen den Gnadenstoß versetzt. Die Schauspieler sind wie eine Schar verscheuchter Hühner bei Gewitter. Der Direktor liegt mit Schlaganfall zu Haus. Zimmerling frequentiert mit besorgter Miene die Aurora-Quelle und wartet auf den neuesten Heeresbericht, den der Laufjunge und stellvertretende Bürochef Paul Mielenz ihm zu überbringen versprochen hat. Paul Mielenz kommt, verspätet, doch er kommt. Zimmerling sitzt hinter seinem Korn und plinkt den Jungen erwartungsvoll an. Der Junge macht eine pessimistische Handbewegung. Er hat den Direktor vertreten müssen, hat die Schauspieler zu beruhigen versucht, hat mit dem Obergerichtsvollzieher Schmidt anregende Fachgespräche geführt und ist von den um ihre Gage zitternden sieben Musikern beinahe gelyncht worden. Das Ergebnis des arbeitsreichen Tages ist gleich null. Er kann die beschämende Tatsache vor Zimmerling nicht verschleiern.

Der Requisiteur wischt mit fleischiger Hand über den gescheuerten Tisch. Pleite! Beim Theater ist das Wort nicht ungeläufig. Für Zimmerling hat es 'ne Art historischer Bedeutung. Schon in der wilhelminischen Ära gab es Theaterpleiten, er kann ein Lied davon singen. Aber jetzt trifft ihn der Schlag doppelt hart. Man ist nicht mehr der Jüngste, man hat sein Geld in Alkohol angelegt, die Erwerbsmöglichkeiten werden immer geringer, wer nimmt denn Zimmerling, der ist doch stadtbekannt? Er hebt den runden Kopf und starrt den Jungen wie eine Schleiereule an. „Paule, nu such dir man 'ne andre Bleibe. Mit's National-Theater is es Essig." Paul Mielenz steht unbeweglich. Er denkt angestrengt. Was soll nu werden? Er nickt und sagt lakonisch: „Dann jeh ick rauf bei Ihre Frau, Herr Zimmerling!" Und haut ab.

„Schlechte Zeiten, Frau Zimmerling!", sagt Paul Mielenz. „Der Männe is tot. Und nu macht das National-Theater pleite." „Is es denn die Möglichkeit? Ich denke, Herr Krückeberg –?", und sie vergisst die Linsensuppe umzurühren, die riecht schon brenzlig. Paul Mielenz, Laufjunge und Bürochef, macht eine wegwerfende Bewegung und sagt als Fachmann: „Die Bonität von Herrn Krückeberg steht auch nur auf schwache Füße. Überhaupt steht alles auf schwache Füße, Frau Zimmerling. Man hat ja seine Erfahrungen. Tut mir bloß in der Seele leid, dass ick die Premiere nich mehr erlebe." Frau Zimmerling wischt sich mit der Schürze die Augen. „Mein Gott, was soll denn nu werden?" „Ick hau ab, Frau Zimmerling. Ick bin doch nur 'n überflüssiger Mitesser." Die Alte fährt mit dem Kochlöffel erschreckt in den Topf mit der Linsensuppe. Da ist doch schon der ganze Boden angebrannt! Mensch, das stänkert die Küche aus! Paul Mielenz, in seinem Kummer, muss feixen. Aber Frau Zimmerling ist gekränkt in ihrer Hausfrauenehre und keift: „Auch noch lachen! Ja, geh man! Geh man! Hungern könn' wir alleene!"

Das lässt sich der Junge nicht zweimal sagen. Schließlich: Man ist ja nicht der erste Beste. Man hat ja seine

Position bei's Theater, wenn auch –. Er läuft die Treppe hinunter und denkt an den Kladderadatsch im National-Theater. Da muss er sich am Geländer halten. Die Tränen purzeln ihm über die runden Backen. Was is denn nu? Nichts is. Nu kann er wieder seinen Karton schultern und auf die Walze gehen. Manchem wird's schwer gemacht im Leben!, denkt er. Der Weg vom Laufjungen zum Generaldirektor ist weit und voller Dornen. Wer kommt denn ans Ziel? Dollarmilliardäre? Er kräuselt die Stirn und lässt die Mundwinkel hängen. Was in den Zeitungen steht, is auch nich immer die reine Wahrheit!

Er läuft die Straße lang und weiß nicht, wohin. Er hat das Theater in sein Herz geschlossen. Theater is 'ne klasse Sache. Aber ohne Gehalt am Ersten –? Macht nichts. Er findet mit nachtwandlerischer Sicherheit den Weg zum National-Theater. Er steht im leeren Büro, letzte ragende Säule, und nimmt mit heroischer Gelassenheit den Kampf gegen die rabiaten Gläubiger auf. Er kämpft, als ginge es um seine eignen Schulden.

Franzke ist auch Gläubiger. Buchbindermeister. Dampfbuchbinderei mit Handbetrieb, Landsberger Straße, zweiter Hof, Seitengebäude. Sein weißer Schnurrbart sträubt sich schreckhaft über wulstigen Lippen. Ach, das Theater! Kommt davon, wenn man Kunstenthusiast ist und für Freikarten schwärmt. Die Freikarten allerdings sind nich ohne. Man kann sie im nächsten Zigarrenladen oder Friseurgeschäft unter pari verschärfen. Immerhin bleibt noch ein erklecklicher Rest für Rolleneinbinden, Durchschießen der Regiebücher, geliefertes Büromaterial. Man kommt am Ersten, man kommt am Sechzehnten, man präsentiert schwungvoll die quittierte Rechnung, wird aber ebenso schwungvoll auf bessere Zeiten vertröstet. Ist denn das Gerechtigkeit? Franzkes treuer Hundeblick ruht vorwurfsvoll auf der Zigarre des Theatersekretärs hinterm Schreibtisch. Er möchte aufbrausen, die Situation mit einem unzweideutigen Kraftausdruck klären, aber schon greift der Sekretär in die Westentasche und lässt das zarte Grün oder Rosa einer Freikarte erglänzen. Dem Zauber der Theaterfreikarten erliegt jeder: Bankdirektor oder Minister. Wer will Franzke schelten, wenn sein Herz beim Anblick der zartfarbigen Versuchung wie Butter in der Sonne schmilzt?

Franzke sitzt im Büro und übt sich in Ausdauer. Der Sekretär ist verschollen, der Direktor k. o. Was einzig und allein bleibt von der Direktion des National-Theaters, ist der Krümel Paul Mielenz. Franzke dreht sich sorgenvoll nach Paul um. „Wie is das nu mit Pinkepinke, Herr Bürochef?" Paul Mielenz zuckt die Achseln und fügt sich gelassen in das Unabwendliche. „Und da machste mit? Wovon lebste denn?" Der Junge erschrickt. Die Frage trifft ins Schwarze. Soll er Ausflüchte machen? Renommieren? Womit denn? Wozu denn? Plötzlich schießen ihm die Tränen in die Augen, die sitzen jetzt verdammt locker. „Junge, was is denn?" Paul Mielenz, sehr delikat: „Manchmal möchte man ja auch essen."

Der Junge hat blaue Augen, der Junge ist blond, auswendig und inwendig. Er ist ein Optimist und lacht, auch wenn's nischt zu lachen gibt. Aber dann kommen Augenblicke, in denen der unentwegteste Optimist verzagt. Die Wirklichkeit, mit grauen Wänden, rückt von allen Seiten auf ihn ein, es ist wie im Traum, atembeklemmend. Man fühlt schon die Wand auf der Brust, die Wand auf dem Rücken. Mittelalterliche Folter, ins zwanzigste Jahrhundert transponiert. Man möchte tief atmen, aber man weiß: Im nächsten Augenblick presst es dich von allen Seiten, es gibt kein Ausbiegen, kein Ducken, keine Flucht die Wände hinauf. Eine Presse ist das, Bücherpresse, die schraubt dich zusammen, mitleidlos, es geht um Millimeter, schon erfasst sie ihr Opfer, das macht sich nutzlos schmal und geht doch vor die Hunde.

Paul Mielenz heult auf, mit gehetzten Blicken. Der Buchbindermeister steht da, runder Buckel, weißer Schnauzer, kleine, verlegene Augen. „Is das so? Ja, Paule, du Schafskopp!“ Er streichelt den Bengel mit seinen weichen Kleisterfingern und denkt: Der Junge is gut. Aus dem kann was werden. Und Hujo fällt ihm ein, das lange Mondscheinlaster, sein verflossener Lehrling. Der is jetzt in Salzwedel und schreibt, es geht ihm gut als Geselle. Wenn er nu und nimmt Paulen in Lehre? Frei Kost und Logis. Der Bengel is Klasse. Franzke geht ran an den Schreibtisch, sehr verlegen, Tränen sind nicht sein Gusto. „Na, Paule, nu Kopf hoch. Noch is nich Matthäi am Letzten. Wie, wenn du als Lehrling zu mir machtest? Das wär doch 'ne Sache.“ Und Paule horcht auf. Er steht hinterm Schreibtisch, reglos, halb noch Bürochef, halb schon Buchbinderlehrling ohne Dampf, aber Handbetrieb. Er denkt, angestrengt, fieberhaft. Richtig als Lehrling? Bei Franzken? Landsberger Straße, zweiter Hof, Seitengebäude? Allerdings: Generaldirektor wird man so nich, auch nich Dollarmilliardär! Er schwult Franzken von der Seite an, seinen weißen Schnauzer, denkt: Der hat die Millionen bestimmt nich in der Tasche und is doch schon siebenundsechzig! Aber dann sieht er vor seinem geistigen Auge Papierballen, die Schneidemaschine, Kaliko, er riecht den säuerlichen Kleister schon die halbe Treppe vor Franzkes Tür. Frei Kost und Logis? Nich Bürochef mit leerem Magen? Geregelte Arbeit? Schulbücher binden, Kontobücher, Diarien, Kladden, Aufsatzhefte? Es stürmt auf ihn ein. Er fühlt sich wie in den Himmel gehoben. Nich mehr faule Versprechungen und blauen Dunst. Was Franzke sagt, is Gold. Da kannste drauf pumpen gehn. „Topp, Meester!", kräht Paul Mielenz. „Wannher is Anfang?" „Morjen! Heute! Wennste willst, gleich! Komm mit aus diesem dussligen Musenstall. Muttern wird kieken!"

Und Muttern kiekt. Richtjes Zimmer. Gute Stube. Natürlich stehn die Betten auch drin, feine, alte Nussbaumbetten, gedrehte Beine, Paradedeckbett, kupferfarben. Über den Betten Stahlstich, piekfein gerahmt: Neros lebendige Fackeln. Bild aus der Christenverfolgung. Das hängt bei den Franzkes überm Bett seit ihrer Hochzeit. Haben aber doch in gemeinsamer Arbeit einen Sohn, ihren Friedrich Wilhelm, gezeugt (gefallen vor Verdun, im Weltkrieg, Stahlbad. „Ich führe euch herrlichen Zeiten entgegen!"). Eine Kommode ist auch da, nicht zu vergessen, mit handgesticktem Deckchen, Fotografien drauf und Nippes. Der Esstisch mit Quastendecke, vier Rohrstühle, mehr Platz is nich. Doch, halt, Franzkes Radio in der Ecke. Akkumulator und Lautsprecher seit vorj'te Weihnachten. Das ist nu 'ne pompöse Sache. Übertragung des Stundenglockenspiels der Potsdamer Garnisonkirche, Blasorchester, Mandolinen-Club Neukölln, das deutsche Lied, wo braucht der Landwirt Gespann, wo Zugmotor? „Komm rin, Junge! Mutter, kiek mal. Unser neuer Lehrling. Paule heißt er. Hat dem Bühnenleben Valet gesagt, indem dass er Laufjunge bei's National-Theater is jewesen und Meechen for alles. Is ’ne serjöse Marke, Mulleken, ’n jesunder Junge. Weeß: Handwerk hat joldenen Boden, wenn uns auch der Steuerfiskus das letzte Jold von die Dielen schrappt. Also, hier is er, hier kommt er. Gib ihm deine Patschhand, Mutter, und koch Kaffee. Und drüben is die Werkstatt, Paule. Schmeiß aber nich aufm Korridor die Papierrollen um, verwechsel auch nich die Schneidemaschine mit’m Rasierapparat. Immer hibsch langsam, du wirst noch alles lernen, peu à peu, wie der Lateiner sagt.“ Und Paul Mielenz lacht. Nicht nur mit’m halben Gesicht. Er strahlt. Und zwischendurch kullern ihm wieder ein paar blanke Tränen über die Backen. Die wischt er schnell mit’m Rockärmel weg, was soll denn die Frau Meestern von ihm denken? Mordstrumm, die Meestern! Aber keine Schlechte! Das sieht man. Dafür hat er den sicheren Blick. Und er schiebt seine Hand in ihre Hand und blickt andächtig zu ihr empor wie ’n Sonntagsspaziergänger zu ’ner Denkmalsfigur. Also, nu mal los – rin ins neue Leben! Land! Land! Und Columbus hatte Amerika entdeckt.

Klaus Völker
Nachwort

Anfang der 1960er-Jahre hat Julius Berstl in New York die Erinnerungen *Odyssee eines Theatermannes* verfasst, die 1963 im Berliner arani Verlag erschienen sind, und ein Jahr später brachte der Ernst Staneck Verlag auch seinen Roman *Berlin Schlesischer Bahnhof* heraus. Die *Odyssee* ist leider ein enttäuschendes Erinnerungsbuch, weil es die spannenden Begegnungen, die vielseitige Arbeit, Verleger- und Lektorentätigkeit des Verfassers eher ausspart und stattdessen kleinlich und völlig humorlos versucht, den Regisseur und Intendanten Victor Barnowsky gegen Vorwürfe von Theaterkritikern und besonders von den Schauspielern Curt Goetz und Fritz Kortner zu verteidigen. Berstl liefert hier nur einen unzulänglichen Beitrag zu Theatergeschichte und Literaturleben zwischen 1900 und 1933. Dagegen ist sein Roman *Berlin Schlesischer Bahnhof* wie auch mehrere seiner im Exil geschriebenen biografischen Bücher der Beachtung und Entdeckung wert. Im *Handbuch zum deutschsprachigen Exil in New York*, 1989 im Verlag De Gruyter erschienen, hat Arnold Heidsieck das umfangreiche und vielseitige literarische Schaffen Berstls angemessen gewürdigt.

Julius Berstl wurde 1883 als zweiter Sohn des Schauspielerehepaars Norbert und Franziska Berstl in Bernburg an der Saale geboren. Die Eltern pendelten damals im deutschsprachigen Raum von Engagement zu Engagement. Julius und sein älterer Bruder Wilhelm wirkten schon als Kinder in Stücken wie *Wilhelm Tell* oder *Die Räuber* mit. Julius, der Gymnasien besuchte und später an der Göttinger und an der Leipziger Universität studieren konnte, las begeistert Theatertexte, schrieb Stücke für sein Puppentheater und bald auch Gedichte und Prosa.

Um 1904 verfasste er ein ins Indische transponiertes Drama *Jhavatrathe* in der Art von Oscar Wildes *Salome* (das 1907 im Neuen Theater am Schiffbauerdamm in Berlin mit der Wiener Schauspielerin Jenny Reingruber und dem Heldendarsteller Rudolf Christians vom Preußischen Hoftheater aufgeführt wurde) und die Groteske *Die Witwe von Ephesus*, die 1907 in Siegfried Jacobsohns Zeitschrift *Die Schaubühne* erschien. Die einst in Wien als „süßes Mädl" gefeierte, inzwischen gealterte, nach passenden Rollen suchende Schauspielerin Adele Sandrock sicherte sich die Aufführungsrechte der *Witwe* und bescherte dem jungen Autor 1911 einen beachtlichen Erfolg auf einer Caféhausbühne in der Wiener Wollzeile. Die Sandrock versuchte sich hier als große Tragödin mit der *Medea* von Euripides, die sie mit gewaltigem Stimmaufwand und imponierender Haltung darbot. Berstls *Witwe von Ephesus* präsentierte sie nach der Pause, alle komischen Wirkungen auskostend, als Satyrspiel. Außerdem konnte Berstl den später berühmten Verleger Jakob Hegner, der als Jean Jacques Hegner einen Magazin-Verlag betrieb, zum Druck seines nach französischen neoromantischen Vorbildern verfassten Romans *Der Phantast* veranlassen, der 1908 erschien, Lob und Verrisse bekam, jedoch, da der Verlag in Konkurs ging, bald verramscht wurde. Auch für die Romane *Schwarz-Rot-Gold* (1909) und *Nannettchen und die Liebe* (1910) fand er einen Verlag (Carl Reißner, Dresden), der zunächst nur wenige Exemplare absetzte, der aber Lizenzausgaben vermitteln konnte, die dann gut verkauft wurden. Im Berliner Mosse-Verlag erschien 1916 *Arme Eva. Roman einer Egoistin*.

Victor Barnowsky, Regisseur und Theaterleiter, der 1905 das zuvor von Max Reinhardt betriebene Kleine Theater unter den Linden übernommen hatte, engagierte 1909 den von Jacobsohn geförderten Autor und Sohn des von ihm geschätzten, damals das Theater in Göttingen leitenden Norbert Berstl, als Dramaturgen und Spielplangestalter. Obwohl sie nach außen hin so gut wie nie miteinander agierten und Julius Berstl bald noch weitere Beratertätigkeiten ausübte, Bühnenagenturen gründete und publizistisch tätig war, bestimmte der „Durchschnittsschriftsteller“, wie er sich selbst bezeichnete, die Spielpläne der von Barnowsky betriebenen Berliner Bühnen – außer dem Kleinen Theater unter den Linden (1905–1913) ab 1912 auch das Lessingtheater, das er 1924 aufgab zugunsten des Theaters in der Königgrätzer Straße, zu dem dann noch das Komödienhaus kam (1925–1930). Berstls eigene Stücke und die von ihm übersetzten Stücke von Margaret Kennedy und Frederick Lonsdale waren immer sichere Kassenschlager für die Theater Barnowskys.

In einer von Berstl 1930 herausgegebenen Festschrift zum 25-jährigen Direktionsjubiläum schrieb der Kritiker Walter Steinthal über Barnowsky: „Er ist der einzige Theaterdirektor Berlins, Reinhardt inbegriffen, dessen Krisen man nie ernst nimmt. Man weiß: er schafft es wieder. Aber das ist nicht etwa die Geschicklichkeit eines Managers. Es ist die Stärke einer Leidenschaft, die ein Motor im künstlerischen Leben dieser Stadt geworden ist. Gewiss: er war nur selten waghalsig, nie trunken von einem besonderen geistigen Ziel. Aber sein Eifer, seine Wachsamkeit, sein vitaler Ehrgeiz, sein Geruchsinn für das Kommende und für den Erfolg haben viele prächtige, modelnde Unruhe erzeugt. Er ist kein bedingungsloser Vorkämpfer für die Jüngsten, aber solange er da ist, kann Berlin nicht einschlafen. Einer Fülle von Begabungen, die heute weittragende Namen haben, hat er die ersten Schritte ermöglicht. Die Bergner hat er nach Berlin gebracht, und es war noch die andere Bergner, die ringende, junge, ungesättigte, die größte Hoffnung des deutschen Theaters. Kortner, Forster hat erst er dem Publikum nahegebracht. Mit einem Wort: nicht aus der Geschichte, nicht aus der Zukunft des Berliner Theaterlebens ist er wegdenkbar."

Elisabeth Bergner hatte ihren ersten großen Erfolg in Berlin 1921 in einem fernöstlich verpackten Rührstück mit guten Rollen, die von Alexander Granach, Conrad Veidt, Hermann Vallentin u. a. verkörpert wurden: *Der lasterhafte Herr Tschu*, ein Spiel mit Körpern und Seelen nach chinesischen Motiven, verfasst von Julius Berstl. Es erwies sich als Kassenschlager, der als *Chu, the Sinner* auch international begeisterten Zuspruch fand. Siegfried Jacobsohn schrieb in der *Schaubühne*, dass er mit seinem Körper in der Aufführung anwesend war, während seine Seele aus der Ferne vorwitzig gefragt habe, „weshalb der lasterhafte Herr Tschu nicht ebenso Klawunde heißen und aus Ziellennzig an der Knatter sein könnte".

Als Dramaturg war Berstl kein besonderer Gestalter, sondern immer nur Berater. Er lieferte Barnowsky die passenden Stücke, und wenn er sie selbst geschrieben hatte, empfahl er sie ihm „indirekt", ohne Verfasserangabe oder als von ihm übersetzte Texte. So *Dover–Calais*,

Scribbys Suppen sind die besten oder *Pech muss man haben.* Berstls dramaturgisches Credo lautete: „Beim Theater ist Instinkt alles, sowohl beim Schauspieler als auch beim Regisseur und Dramaturgen. Instinkt – das ist das selbstverständliche Erfassen einer Frage oder Situation, ohne erst die Schubkästen der Gelehrsamkeit durchwühlen zu müssen. Die Schauspieler wissen sofort, ob sie einen Regisseur oder Dramaturgen ernst nehmen sollen. Ja, selbst die Bühnenarbeiter, diese erfahrensten Auguren, haben den Instinkt für Qualität und Wirkung."

Nach dem Vorbild seines ersten Bühnenverlegers Heinz Wolfradt und dessen Anstalt für Aufführungsrecht in Berlin hatte Berstl, schon bevor ihn Barnowsky als Dramaturgen engagierte, eine Art Bühnenagentur geschaffen, um junge Autoren zu ermuntern. Mit einigem Geschick setzte er sich für die von ihm angenommenen und lektorierten Dramen ein, verbesserte außerdem bei anderen Verlagen erschienene Übersetzungen von Stücken russischer Autoren wie Andrejew, Gorki und Tolstoi, die dann erfolgreich gespielt wurden. Auch Gides Drama *König Kandaules* kam durch seine Initiative zur Premiere. Im Einverständnis mit Barnowsky vertrat er dann die Bühnenrechte von Autoren des Drei Masken Verlags und leitete später auch den Drei Masken Bühnenverlag. Anfang der 1920er-Jahre wurde er Leiter des dem neugegründeten, literarisch ambitionierten Buchverlag Die Schmiede angegliederten Bühnenvertriebs. Verlagsinhaber der Schmiede waren Fritz Wurm, Julius B. Salter und Heinz Wendriner. Sie brachten in ihrer Sammlung *Die Romane des XX. Jahrhunderts* die von Max Brod eingerichteten Werke *Ein Hungerkünstler* und *Der Prozess* von Franz Kafka heraus und begannen mit der deutschen Ausgabe von Marcel Prousts *Auf den Spuren der verlorenen Zeit*, übersetzt von Walter Benjamin und Franz Hessel. Das Programm des Verlags bestimmten die Lektoren Rudolf Leonhard und Walter Landauer. Zu den Autoren gehörten u. a. Becher, Benn, Döblin, Flake, Heinrich Mann, Roth, Tucholsky, Kisch und Georg Kaiser. Ökonomisch erfolgreich war dieser großartige Buchverlag leider nicht, er musste nach wenigen Jahren Konkurs anmelden. Dank Berstl, der besonders mit einigen Dramen von Hasenclever und Kaiser sowie einer Bühnenfassung des *Schwejk* von Hans Reimann (gemeinsam mit Max Brod) gute Einnahmen erzielte, überlebte der Bühnenverlag. Berstl wurde in dieser Zeit auch noch die Leitung des Bühnenvertriebs des Gustav Kiepenheuer Verlags angetragen, sodass er nun finanziell bestens ausgestattet war.

Zu ergänzen bleibt, dass der erfolgreiche Autor, Bühnenverleger und Dramaturg Julius Berstl 1914 die Schauspielerin Dorothea Elisabeth Koch (geb. 1890) heiratete. Ihrem Sohn gaben sie den Namen des 1913 in Bielefeld verstorbenen Vaters, Norbert. (Norbert Berstl war von 1890 bis 1906 Intendant des Göttinger Theaters und von 1906 bis 1913 des Stadttheaters Bielefeld). 1916 musste Julius Berstl Militärdienst leisten, erst kurz an der Front, dann in Berlin und im Alten Lager. Er unterstützte revolutionäre Bestrebungen, wurde Soldatenrat und konnte ab 1919 wieder seinen Beruf ausüben. Seine Mutter Franziska Berstl war weiterhin als Schauspielerin in Bielefeld engagiert, wo sie 1934 starb.

Wenngleich Julius Berstl konventionelle und boulevardeske Stücke schrieb, war seine politische Haltung eher progressiv. Von nationalistischen Kreisen und dann von den Nationalsozialisten wurde er heftig angefeindet. Seine Komödie über einen Doppelgänger Napoleons, *Napi*, die 1930 an vielen Bühnen erfolgreich Premiere hatte, musste abgesetzt werden, auch gegen die Komödie *Penelope* (1931) wurde heftig polemisiert. Nach der „Machtergreifung" verboten die Nationalsozialisten seine musikalische Komödie *Pech muss man haben*, die noch in Bremen und Wien auf die Bühne kam.

Aufgrund seines jüdischen Familienhintergrunds wurden Berstls Werke und Übersetzungen verboten, 1935 musste er die Mitgliedschaft im Reichsverband der Schriftsteller aufgeben und danach wurde ihm jede berufliche Tätigkeit durch die Reichsschrifttumskammer untersagt. Sein Versuch, sich in einem an den Präsidenten der Kammer gerichteten Bittgesuch den Gegebenheiten anzupassen, blieb erfolglos. Zu den Untertanen, die der „Obrigkeit, die Gewalt über uns hat", das politische Denken überließen, wollte er dann doch nicht gehören. Im Juli 1936 emigrierte Berstl mit Frau und Sohn über die Niederlande nach London.

Eine Organisation der Quäker, die Society of Friends, unterstützte ihn. 1940 wurde er interniert, aufgrund von Krankheit aber bald wieder entlassen. 1943 bis 1951 erhielt er eine Anstellung als deutscher Übersetzer und Scriptwriter bei der BBC, für die er etwa 60 Hörspiele verfasste. Dabei konnte er auf die Stoffe und Materialien zurückgreifen, die er romanhaft zu gestalten versuchte. Den Schriftsteller faszinierte vor allem die viel dramatischer verlaufene Lebensgeschichte des großen englischen Schauspielers Kean, die Dumas in einem mit Effekten nicht sparenden Sensationsdrama eher verharmlosend dargestellt hatte. Berstls Kean-Biografie erschien 1946 in englischer Übersetzung in London: *The Sun's Bright Child. The Imaginary Memoirs of Edmund Kean*. Danach verfasste er einen historischen Roman über die Quäker, *Die Gefangenen Gottes*, der 1948 bei Reclam in Stuttgart erschien. Außerdem schrieb er in Großbritannien zwei religions- und kulturgeschichtlich weit ausholende Apostel-Paulus-Romane, *Der Zeltmacher* und *Adler mit Kreuz*. Für den ersten der beiden Titel fand er einen Londoner Verlag. Die englische Übersetzung, *The Tentmaker*, erschien 1951 auch bei Rinehart & Co in New York, was Berstl, der 1947 britischer Staatsbürger geworden war, zum Anlass nahm, nach New York überzusiedeln. 1960 erwarb er dann die US-amerikanische Staatsbürgerschaft. 1964, nach dem Tod seiner Ehefrau, ließ er sich in Santa Barbara nieder, wo er 1975 starb. Sein umfangreicher Nachlass mit den Entwürfen und Typoskripten seiner Stücke und Romane sowie seiner umfangreichen Korrespondenz wird in der Bibliothek der Universität von Southern California aufbewahrt.

Den Roman *Berlin Schlesischer Bahnhof* schrieb Julius Berstl schon zu Beginn der 1930er-Jahre, offensichtlich stark beeindruckt von den Stilmitteln der Montage, wie sie Alfred Döblin in *Berlin Alexanderplatz* und John Dos Passos in *Manhattan Transfer* einsetzten. Als Ort der Handlung wählte Berstl den Schlesischen Bahnhof, heute Ostbahnhof, der am Ende des Ersten Weltkrieges während des Spartakusaufstands von Aufständischen besetzt worden war und nach schweren Auseinandersetzungen von Ordnungskräften geräumt wurde. Der Bahnhof blieb dennoch weiterhin eine Zufluchtstätte von Heimat- und Obdachlosen, besonders der Wartesaal III. Klasse, in dem die „halbwüchsige Unterwelt"

Berlins verkehrte, junge Leute, die ihr Elternhaus verlassen hatten oder aus ihrer Fürsorgeanstalt geflohen waren.

In Berstls Berlin-Roman werden diese jungen Leute wie Döblins Biberkopf ausgezählt und zur Strecke gebracht. Die Vorgänge sind wirklichkeitsnah und scharf gesehen. Wir erleben eine Art Totentanz aus dem Jahr 1930, in dem die Zeit mit dumpfen Glocken läutet, auf deren Herzschlag die Gejagten kleinlaut horchen: „Es ist eine schlimme Zeit, heimtückische Zeit, es dröhnt von ewigem Erdbeben, und die Erde wirft Falten. Umschichtung. Neuschichtung. Was soll noch werden? Erschreckte Gesichter, verängstigte Blicke. Auch Bankdirektoren krachen, auch Villenbesitzer verkommen. Eine neue Sintflut steht vor der Tür, die Menschen laufen in Kolonnen, wie Giraffenherden, die vorm Steppenbrand fliehen, die Untergrundbahnen speien sie aus, vor den Arbeitsnachweisen stauen sie sich zu Haufen, Demonstrationszüge am Lustgarten, Alex, Kurfürstendamm. Es ist eine allgemeine Not der Herzen, eine Verwirrung der Begriffe, die Schupos schlagen mit Gummiknüppeln drein, und am Wedding wird geschossen. Nirgends aber ein Rufzeichen von Bord der Arche Noah, die uns alle aufnehmen könnte."

Als Romancier und Dramatiker ist Berstl mit der Berliner Atmosphäre, den weitläufigen Verkehrsströmen und den verwinkelten Gassen, den „Geheimnissen" des heimlichen Berlin, eng vertraut. Aus ihnen filtert er seinen Stoff – völlig unsentimental, doch zupackend, voller Mitgefühl für seine Figuren und ihr Schicksal. Die Handlung ereignet sich in einem von Nachkriegsunruhen geprägten, an den Kräften der Menschen zehrenden, verstörenden und gärenden Alltag. Die Menschen sind nicht Herren ihres Schicksals, sondern getriebene Lemuren, die nicht sterben wollen für ihr Leben.

Vor allem Döblins Alexanderplatzroman diente Berstl als anregendes Vorbild, aber auch der rastlose Roman eines heillos Verirrten und Halt Suchenden in haltloser Zeit, *Antäus* von Anton Betzner (1929), beeinflusste seine Imagination, die Kontinuität seiner Wortströme, das nicht abreißende Wortaneinanderreihen: „Lief hinaus auf das Dach. In den Fassaden öffneten sich die Fenster. Entsetzt Neugierige schatteten mit Angstgebärden vor den Stubenlichtern. Rannten aus den Türen. Dann rannten große Trupps Aufständischer in den dunklen Straßen … Antäus stand in einer toten Ecke des Platzes. Aus allen Richtungen des Himmels liefen die Straßen hier zusammen, flutete Verkehr über den Platz mit Tuten, Klingeln, Rasseln, Rufen, stummen Zeichen. Belebt von diesen tollen Tieren, die nach Mitternacht alle in den Käfigen eine kurze Ruhe nahmen, um mit dem Morgengrauen diesen Hexentanz wieder beginnen zu können.“

Prof. Klaus Völker, geboren 1938, war Dramaturg an Bühnen in Zürich, Basel, Bremen und am Berliner Schiller Theater. 1992 Berufung zum Professor für Theatergeschichte und Dramaturgie an die Hochschule für Schauspielkunst „Ernst Busch“, Berlin, deren Rektor er von 1993 bis 2005 war. Übersetzer, Autor und Herausgeber zahlreicher Publikationen.